マリエル・クララックの喝采

JN045909

桃 春花

illustration まろ

ICHIJINSHA IRIS NEO

CONTENTS

シメオン・フロベール
28歳。マリエルの夫。
名門フロベール伯爵家の嫡男で、近衛騎士団副団長。
有能だが生真面目すぎて融通が利かない面も。
部下からは尊敬されつつも恐れられているが、
マリエルには振り回され気味。
淡い金髪に水色の瞳の、貴公子然とした美貌の青年。
セヴラン・ユーグ・ド・ラグランジュ
28歳。ラグランジュ王国の王太子。
黒髪に黒い瞳の精悍な美青年。
王子らしい威厳の持ち主だが、マリエルを前にすると
ツッコミ役になってしまう。シメオンとは幼馴染にして親友。
Marriel Clarac VIII acclamation
character

マリエル・フロベール

19歳。クララック子爵家の長女。シメオンと結婚し
フロベール伯爵家の若夫人となった。
茶色い髪と瞳の、これといった特徴のない
地味な眼鏡女性。存在感を限りなく薄め
周囲に埋没するという特技を活かし、
人間観察や情報収集をしている。
流行小説家アニエス・ヴィヴィエという裏の顔を持つ。

ジュリエンヌ・シルヴェストル（旧姓ソレル）

19歳。マリエルの友人で本好き。
少々特殊な傾向をたしなむ。
シルヴェストル公爵家の養女になり、
セヴラン王太子と婚約した。

アンリエット・ド・ラグランジュ

20歳。セヴラン王太子の下の妹。
気が強そうに見えるが、素直で可愛らしい姫君。

リベルト・フォンターナ

26歳。ラビア大公国の公子で、アンリエット王女の
婚約者。繊細な美貌の優しげな人物。

リュタン

諸国に名を知られた怪盗。
貴族や富豪ばかりを狙うので
庶民からは英雄的にもてはやされている。
マリエルのことを気に入っている。

グレース・ブランシュ

民間の有名な劇場であるアール座の女優。
垢ぬけた雰囲気の華やかな美女。

この作品はフィクションです。
実際の人物・団体・事件などには関係ありません。

マリエル・クララックの喝采

1

それは華やかな街の中でもとりわけ人気が高く、客足が途絶えることのない店にて。

音楽やショーで盛り上がる大ホールではなく、特別感漂う個室が並ぶ上階の、さらに奥深く。

他《ほか》の客と顔を合わせることもない静かな一角にある部屋で、とある男女がひそかに落ち合っていた。

この店の中では控えめな方に入るが、十分に格調高い洗練された家具や内装に囲まれて、男は落ち着かない風情で椅子《いす》に腰を下ろした。美しい模様織りの座面や背もたれがやわらかく彼を受け止める。悪目立ちしないよう着てきた一張羅は、残念ながら調度の質に負けていた。

活力に満ちた若い顔はなかなかの男ぶりながら、こうした場所に不慣れであることが丸わかりだ。日頃《ひごろ》は乱れがちな髪をせいいっぱい整え紳士らしい姿で出向いてきたのに、早くも雰囲気に呑《の》まれて居心地悪そうに身を縮めていた。

そんな彼の向かいに座るのは、レースのベールで顔を隠した女だった。晩秋にふさわしい天鵞絨《ビロード》のドレスは濃茶色と一見地味でも、近頃流行《はや》りのデザインだ。スカートを細くしぼり女性の優美な身体《からだ》の線を際立たせている。色気を見せつけるには最適なスタイルで店の妓女《ぎじょ》たちにも好まれていた。

ただ、妓女と違ってこの女にはふくらみが足りない。腕も腰も細く胸元はじつにささやかである。

豊満な魅力と縁遠い貧相な肢体は、まだ未成熟な少女《こども》のようにも見えた。

「申し訳ありません、このような場所に出向いていただいて」

腰を落ち着けたあと、女の方から先に話しだした。ベールの裾《すそ》からかろうじて口元とあごだけが見えている。美しいとは言えない顔の中で、唯一整っていると認められる部分だった。大きすぎず小さすぎず、厚すぎず薄すぎず。ちょうどよい形の唇が赤く塗られ、地味な色の服と顔の大半を隠した中で鮮明な印象を放っていた。

男もそこについ目を引かれたようだ。小さく咳払《せきばら》いして気を取り直すふうだった。

「いや、そちらこそ。ここまで来るのは大変だったろう」

「裏口からこっそり入れていただきましたの。ですから人目にはついていないと思うのですが」

「……あんたのような人がコソコソしなきゃいけないなんてな。すまない、俺《おれ》に力がないばかりに」

「そのようにおっしゃらないで。わたしのためにご面倒をおかけして、こちらこそお詫《わ》びしなくてはいけませんのに」

「いいんだ、それが俺の役目なんだから。あんたが変な誹《そし》りを受けることのないように全力で守るよ。……本当はもっと堂々と公表できたらいいんだがな」

「そうですね、わたしもそうできたらと思いますが……今はまだ、秘さねばなりません。わたしたちの関係が知られてしまわないよう、幾重にも用心しませんと」

「そうだな……」

テーブルの上に置かれた女の手元に、男が手を伸ばす。秘密を共有する二人の視線が絡み合う。多くを語る必要はなかった。かぎられた時間を無駄にすまいと二人は身を乗り出し、距離を詰める。

——その時、にわかに部屋の外が騒がしくなったと思うや、ノックもなしに扉が勢いよく開かれた。

「マリエル！」

よく通る声が室内の二人に叩《たた》きつけられた。淡い金の髪の青年が人形のように整った顔をこわばらせ、大股《おおまた》に踏み込んでくる。思わず腰を浮かせた男と息を呑む女、二人の前で立ち止まり眼鏡《めがね》の奥から水色の瞳《ひとみ》で見下ろした。

「……なにをしているのですか、こんなところで」

形のよい唇から押し出すように漏れた声は、この上なく低かった。目にした光景を信じたくない、けれど疑いようもない現実に憤るかのごとく——

「やだどうしよう、これって不貞の現場を押さえた夫って光景ですか!? うわあ思いがけず実体験な取材に！ でも誤解なさらないで、わたしが愛しているのはシメオン様だけです！ わたしのすべてはあなただけのもの！ あ、シュシュは別として」

「知っていますよ！ そういう意味で聞いているのではありません。そして猫には負けるのですか」

「同率首位です。まあ余裕のお返事ですこと。ついこの間不安と劣等感をおもいきりこじらせていた人が」

「あっ、あれは……いやその話は置いて、今のこの状況を説明しなさい！」

「あーごまかしたー」

「ごまかしているのはそちらでしょう！」

言い合う二人の間で立ち上がりかけた男性が、深々と息を吐きながらまた腰を落とした。

「なんだよ、ちゃんと話してこなかったのか。内緒でこんなことしてたら、そりゃ心配されるだろ」

こちらに顔を向けて目線で叱《しか》られ、女は――わたしは邪魔なベールを脱ぎ捨てた。

「いいえ、帰りは迎えに来ていただけるよう、伝言を残しておきました。でもお願いした時間はもっとあとなのに。まさかこんなに早くいらっしゃるとは思いませんでしたわ」

なんとか妓女たちの中にまぎれ込めるようしっかりお化粧して髪も大人《おとな》っぽく結い上げ、いつもとまるで違う雰囲気になったわたしに、立ったままの旦那《だんな》様も盛大にため息を吐き出した。

「実家へ行くと言っていたのに、なぜ迎えに行くのが老舗娼館《トウラントウール》なのですか。そんな伝言を聞いてのんびりしていられるわけがないでしょう」

「嘘《うそ》はついていませんわ。まず実家へ行って支度をし直してからこちらへ来たのです。フロベール家の馬車で直接乗りつけるのはまずいので、途中で辻馬車《つじばしゃ》に乗り換えて。なので迎えに来ていただきたかったのです。あとシメオン様と一緒に出ていけば、万一目撃されてもお持ち帰りされる妓女と思わせられるかなと」

「私に風評被害があるのですが！」

「大丈夫、世間ではよくあることですから」

開け放したままの扉からわたしたちの声が外へ聞こえているだろう。数人の若い女性が覗《のぞ》き込んできた。この店のいちばんの売り物、美しき花たちだ。

「まったく大丈夫ではありません。あなた以外の女性と親密になっているなどと、噂《うわさ》だけでも言われたくはない。私はあなたしか求めていないのに」

「うわー、堅物が大真面目《おおまじめ》になに言ってんだか」

「わたしも同じ気持ちですわ、愛する人。でもしかたなく……やむにやまれぬ事情でこうするしかなかったのです」

「こっちもノリノリよ」

「どういう事情か知りませんが、他に手段がなかったとは思えませんね」

「あらあら、とんだ修羅場ね。間男と夫の鉢合わせ」

「どうせ半分は面白がって――少し黙っていてくれませんか」

楽しげに茶々を入れながら中へ入ってきた美女たちに、シメオン様が我慢しきれず抗議する。まだまだ耐性が低い。わたしの旦那様ならこのくらい聞き流せるようになっていただかなくちゃ。

文句を言われた美女たちは、きゃらきゃら笑いながら椅子に座る男性に群がった。

「ねえねえ間男さんからの言葉はないの？」

「黙って見てるだけじゃ面白くないわよぉ。参戦しなきゃ！」

「いや間男じゃないし」

サティ出版の若き経営者、わたしの担当編集も務めるポール・サティさんは、テーブルに頬杖《ほおづえ》をついてまた息を吐いた。

さきほど手を伸ばしかけたテーブルの上の封筒を取り上げる。大きく厚みもある封筒の中には、もちろん原稿が詰まっている。こちらに掲げて見せて、サティさんは訴えた。

「お取り込み中申し訳ないが、先に打ち合わせをさせてほしいんですけどね。ここを借りられる時間はそんなに長くないんだろ？」

「あら延長すればいいじゃない」

「なんなら泊まってく？　お相手するわよぉ」

勝気そうな赤毛の美女と愛らしい金髪の美女に左右からまとわりつかれ、サティさんはたじろいだ。

「いや勘弁してくれ。吹けば飛ぶような弱小出版社なんだ。とてもじゃないが姐《ねえ》さんたちと遊べる金はないよ」

「アニエスの恩人さんなんでしょう？　わたしたちもサティ出版の本には楽しませてもらっているし、花代なんてけっこうよ」

栗毛《くりげ》のしっとりした美女が、大人の色気をしたたらせながら彼の頬《ほお》に指先をすべらせる。サティさんは赤面しながら冷や汗を流すという複雑怪奇な形相になった。

「いいいいやあの、そっ、そういうわけにはっ……お、俺にはナタリーがっ」

「オルガさん、クロエさん、イザベルさん。そのくらいにしてあげてくださいな。サティさんはもうじき結婚する身なのです」

トゥラントゥールの最高位、名高き美女三人組を相手にサティさんはたじたじだ。彼より婚約者に申し訳ないので、わたしが横から助け船を出した。

「あらつまんないわねえ、けっこう好みの顔なのに」

「イザベルはこういう純情そうな男が好きよね。真っ先にシメオン様に迫っていったのもイザベルだったし？　あっさり玉砕してたけど」

「ふられたのはクロエも一緒でしょ！　シメオン様は純情というより朴念仁よ。このくそ真面目でカチコチな男を落とせたら面白いと思ったんだけどねー」

「かわりにアニエスが落としてくれたからいいじゃない。完全無欠に見える副団長様が振り回されて落ち込んだり喜んだり、恋の前では無力って本当に面白いわね」

「まあ、オルガさんってばそんな優しげな口調で意地悪を。こう見えてシメオン様は打たれ弱い方なのでいじめないでさしあげて」

「いやあんたこそ旦那さんをいじめるなよ」

「――話がまとまらないのですが！」

それぞれが好き勝手にしゃべって収拾がつかず、ふたたびシメオン様がしびれを切らして怒鳴りつける。椅子の上でサティさんが飛び上がり、花たちは笑顔のままわざとらしい悲鳴を上げた。

「……とにかく、この状況はいったいなんなのか、最初から説明してください」

ひとまず静かになったあと、心底疲れたお顔でシメオン様はわたしにおっしゃる。さてどこからお話しするべきかと、首をひねるわたしだった。


近頃噂の女流作家アニエス・ヴィヴィエこと本名マリエル・クララック、が結婚してマリエル・フロベールになったのは今年の春のこと。しがない中流子爵家の地味な娘が名門伯爵家の嫡男に見初められて嫁ぐという、物語みたいな展開だった。

わたしの愛する夫シメオン様は、それはそれは素敵なお方。整った白皙《はくせき》を彩るのは淡い金髪に水色の瞳。すらりと背が高く上品で、まるでおとぎ話の王子様のよう。

と思ったら中身はたくましく実直な軍人で、近衛騎士団副団長という役職を拝命し、日々職務と訓練にはげみ部下たちをしごいている。敵に対しては容赦なく、抜きんでた智略と武力で完膚なきまでに叩きのめす。味方からもおそれられる彼はまさに鬼畜腹黒参謀。わたしの大好物、鞭《むち》の似合う鬼副長とはシメオン様のことよ！

――個人の感想ですが。

解釈の違いはともかく、シメオン様が有能な軍人であることには違いない。

そんな彼も家庭においては優しい夫で、新婚生活は毎日が幸せでいっぱいだ。新しい家族となった伯爵家の人たちとも仲よく暮らせ、気づけばもう冬が間近。窓の外では色づいた葉が舞うようになった。

これが雪景色になるのも、きっとすぐだろう。暖炉の前でシメオン様と寄り添い、ともに白い世界を眺めるの。シメオン様はゆったりと読書を楽しまれ、わたしは彼のために肩掛けを編む。いちばん暖かい場所は猫が占領してぬくぬくと寝そべっている。そんな静かで優しい時間は、もうすぐそこに。

季節は終わりなくめぐり続ける。去年と同じ季節、でも去年とは違う日々。同じくり返しのようで、毎日新しいときめきに出会っていく。シメオン様とともに、穏やかに時を重ねていくの。平凡な日々を彼と送ることで、世界は幸福の輝きに満たされる。たとえ事件が起ころうとも、時に国家を揺るがす陰謀に巻き込まれても、命の危機にさらされたとしても――

……あまり平凡ではないかもしれない。

でも幸せなのには変わりませんから！　シメオン様がそばにいてくだされば、なにもおそれるものはない。二人でならどんなできごとだって乗り越えていけるわ、きっと。

だからわたしは元気に踏み出すの。どこかに隠れているときめきをさがしに行かなくては。


「端的に言いますと、身バレの危機なのです」

「端的すぎてわかりません」

今日《きょう》も花の都サン＝テールはにぎやかで話題にこと欠かない。さて次はいかなる事件が待っているのか、いっそ楽しんでみてもよいのでは？

2

ラグランジュ王国の首都サン＝テール市中心部は、面積に対して人口が多すぎるためほとんどの人が集合住宅に住んでいる。広い庭をかまえた一軒家は郊外へ出ないと見かけない。

　下町に近い場所に立つ四階建てのアパルトマンは、古さを除けばそう悪い部類ではないとのことだった。

　間取りは小さな台所が一つに小さな居室が三つ。通りに面した窓は東向きなので半日は日が当たる。どの部屋も明るくて清潔な雰囲気だ。古さも逆に趣を感じさせてよい。素敵な隠れ家を手に入れてわたしはとてもワクワクしていた。

　なによりこのアパルトマンが素晴らしいのは、外からはわからない秘密の扉を隠していることだ。四階に並ぶ部屋のうち、三戸が内部でつながっている。もちろん最初は別々の家として独立していたもので、大家さんが一室を使っていた。子供が成長したり結婚したりで手狭になり、空いていた両隣を使うことにして、行き来に不便だからと壁を一部抜いてつなげたのだとか。

「別の扉から出入りすれば、中で合流しているとはわかりません。無関係な他人のふりで待ち合わせることが可能です。もちろん出入りする時は身なりに気をつけて、ここの住人や関係者に見えるようにしなさい。それで当分は監視の目をごまかせるでしょう」

シメオン様の説明に、サティさんと、同行してきた編集員も目を丸くしている。わたしは浮き立つ気持ちを抑えきれず、すべての扉を開いてあちこち見て回った。

「素敵素敵！　まるでからくり屋敷だわ！　ありがとうございますシメオン様！」

元の部屋に戻って旦那《だんな》様に飛びつく。

「こういう方法を考えられるなんて。さすがわたしの腹黒参謀、企《たくら》みごとをさせたら右に出る者なしですね！」

「そこまで大げさな話ではありませんよ」

わたしを抱きとめたシメオン様は、やれやれというお顔で頭をなでる。なだめる手つきは優しくて、でもこの興奮はちょっとすぐにはおさまらない。

「お部屋の狭さがまたなんとも雰囲気を盛り上げます。王宮の隠し部屋を思い出しますね」

「狭くねえよ十分だよお貴族様め」

「なぜあなたが隠し部屋を知っているのですか。入ったのですか」

「昔読んだ小説にこんな家が出てきたような。そうそう、あの辺の壁に死体が塗り込められていて」

「そんな物件いやだ！」

「空き巣被害と殺人未遂があっただけで、行方不明者の記録はありませんよ。もちろん鍵はすべて取り替えさせました」

「いや殺人未遂って」

「夫婦げんかが少々いきすぎたようで」

わたしはまたシメオン様から離れて部屋の中をクルクル回る。うれしくて、楽しくて、面白くてたまらなかった。

「ここでシメオン様と暮らしたい！　小さな家に二人で寄り添って、貧しくても幸せな毎日を送るの。ねえ今度泊まりにきません？」

「使用人のいない生活などあなたには無理でしょう」

「パンなら作れます！」

「火の使い方や始末のしかたは知らないでしょう。それに着替えは？　風呂や洗面の支度だってどうするのです」

「もうやだお貴族様の会話……こっちの世界に戻ってお願い」

はしゃぐわたしに、優しいまなざしのシメオン様、そしてなぜかやさぐれているサティさんたち。

この光景が生まれるには、少しばかり困ったいきさつがある。

老舗娼館《トゥラントゥール》の一室を借りて落ち合ったわたしとサティさんのもとへシメオン様が踏み込んできたのは、今から十日ほど前のことだった。

「ゴシップ紙の記者がうちを嗅《か》ぎ回ってるんですよ。作家たちの正体を暴いてすっぱ抜こうとしているようで、出入りする人間をいちいち調べてるんです」

シメオン様の鋭い眼光に怯《おび》えて小さくなりながらも、サティさんが事情を説明してくれた。

「それで打ち合わせも別の場所で、見つからないようにというわけですか」

「はい、そのとおりで」

オルガさんがみんなにお茶を淹《い》れてくれる。サティさんは気を落ち着けようとカップに口をつけた。

その瞬間目を瞠《みは》り、心底驚いた顔になる。対してシメオン様は無反応だ。最高の技術で淹れられた最高級の茶葉、しかも最高の美女の手によるというのになんの感動も見せない。大貴族の若様は目も舌も肥えているものだから、まったく。

わたしもオルガさんにお礼を言ってお茶をいただいた。カップに咲く菫《すみれ》が可愛《かわい》らしい。本来の客ではないのに、ちゃんとお気に入りを覚えてくれている。

「まず、事務所へ来るのは絶対にいけませんし、俺がそっちへ行くのも危険です。あとをつけてくる可能性が高いんで、貴族のお屋敷に出入りしてるとこなんざ見せられません」

「それはわかりますが、どうしてトゥラントゥール《ここ》なのです」

シメオン様の視線がわたしへ向かう。非難の色を含むまなざしに、わたしは胸を張って答えた。

「殿下をお手本にしました！」

「………」

しばし静止したのち、シメオン様は頭を抱えてうなった。

「内密の会談をするのにここはもってこいだと、以前聞かせてくださいましたもの。殿下の教えに従って部屋をお借りしたのです」

「そういう意図で教えられたのではありませんよ！」

わがラグランジュ王国の王太子、シメオン様の主君にして無二の親友たるセヴラン殿下がわたしに授けてくださった秘策だ。ここは客の情報をけして漏らさない。そして多分だけれど、ゴシップ紙の取材費では大ホールのショーすら見られないだろう。仮に中まで追いかけてきたとしても、個室の客は互いに顔も合わせない。別々に案内されて覗《のぞ》き見も盗み聞きも不可能だ。

「サティさんは普通にお客のふりをして、わたしは妓女《ぎじょ》にまぎれてひそかに落ち合ったのです。使い道がなく貯《た》め込むばかりだった原稿料が活躍しましたわ。あ、持参金扱いになっていましたが、勝手に使っちゃってごめんなさい」

「いや、もともとあなたの資産ですから。しかしそんなことをしていたらすぐになくなるでしょう。金が必要な時は私に言いなさい――ではなくてですね！」

いつもの調子になりかけて、シメオン様は厳しいお顔を取り戻す。

「たしかに記者の目は欺《あざむ》けるでしょうが、他《ほか》の問題が発生しますよ。経費がかかりすぎることもですが、サティ氏が娼館《しょうかん》通いをしていると思われてしまう」

「ナタリーにはしっかり説明しておきましたわ。サティさんが浮気しないようわたしが見張っておくとも約束しました」

「しねーよ！　トゥラントゥールの花に入れ込んだら俺《おれ》なんか即破産だよ！　いやその、そんな金がないことくらい連中にもわかるでしょう。誤解されるとしたら、妓女が作者の一人ではないかと思われる可能性ですが」

サティさんの言葉を受けて女神様たちがくすくすと笑う。

「それは全然問題ないものねえ？」

「誰《だれ》かが話題の作家だと噂《うわさ》されても、だからなにって話だし？」

「上流階級の奥様お嬢様と違って、わたしたちには宣伝になりこそすれ問題にはなりえないわね」

「……という、お言葉に甘えまして」

わたしが最後を引き取って話を締めくくる。シメオン様は頭が痛そうなお顔で口を閉じた。

この問題、今回かぎりの話ではなくけっこう根が深い。サティさんが会社を立ち上げて以来、女性向け恋愛小説が広く親しまれるようになったけれども、まだまだ偏見の目は多いのだ。

ほんの少し前まで、女流作家という存在じたいが認められていなかった。女にはまともな小説など書けない、女の書いたものなど読むに値しないと決めつけられていた。そこに風穴を開けたのがサティさんで、女性が書いた女性のための小説は世の多くの女性読者を喜ばせ、熱烈に支持された。

ほんの数年で一つの分野として確立するに至ったけれど、それを面白く思わない人もいる。あんなくだらない低俗なものを読んだら悪い影響を受けて不品行に走ると、妻や娘に読ませない人も多い。男性ばかりでなく女性にもそうした意識を持つ人がいる。上流家庭ほどその傾向は強く、うちの両親やフロベール家の人たちみたいに寛容な方が珍しかった。

そうは言ってもみんな隠れてこっそり読んでいるし、最近では公然の秘密という扱いながら王女様も愛読してくださって、読む分には大分風当たりがやわらいできた。でもみずから書いているとなると話は別だ。そもそも良家の女性は働かないもので、家の名誉を傷つけないと認められる職種はかぎられている。その中に作家業は含まれない。

シメオン様と婚約した時、作家であることを隠そうとしたのはいたって常識的な判断だった。知りながら求婚してくださったシメオン様が特殊なのであって、普通はばれたら即破談である。

本当にわたしの旦那様は素晴らしい人。頑固で生真面目《きまじめ》で不器用なくせに、他者の価値観に対してはとても寛容なのだから。理解できないものにも歩み寄ろうとしてくださる。安易に人を馬鹿《ばか》にしない。善良で誠実な心根の持ち主だ。

「やっぱり大好き！」

「いきなり話を飛ばさないでください」

シメオン様へのいとしさがあふれて長椅子《ながいす》の上ですり寄ると、そっけない言葉で返されてしまった。なによう、妻が愛情を伝えているのにぃ。

「その脈絡のなさに平然と対応できるのがすごいよ……話を戻していいですかね」

サティさんが口を挟む。わたしたちは彼に向き直った。

「まあ今回はともかく、そう何度もここを使えるとは思っちゃいません。他の作家もいますからね。今日《きょう》はその辺の相談もできたらと思ってました」

「マリエルに相談を？　つまり、どこか場所を提供できないかということですか」

多くを聞かなくてもすぐに理解してシメオン様はおっしゃる。別に怒っているわけでもとがめているわけでもないけれど、真面目に考えるお顔が美しくも鋭くて、サティさんをまた縮ませた。

「あ、あつかましいことは承知してますが、もしお心当たりがあればと。もちろん俺の方でもさがしてみますが！」

「ふむ……」

シメオン様はあごに手を当てて考え込まれる。わたしは女神様たちと小声でおしゃべりした。

「記者さんの目をごまかせる場所って、どんなところがよいのでしょう」

「少なくとも貴族が所有しているとわかる場所はだめね。普通の……一般庶民の家みたいなとこか、個室を借りられる店か」

「打ち合わせ用の部屋を借りたら？　住むわけじゃないんだから一部屋しかないようなうんと安いとこでも問題ないでしょ」

「部屋が問題なのではなくて、出入りするところを見られるのが問題なのよ。気をつけていても上手に隠れて尾行して、結局身元をつきとめられてしまうわ。そういうのゴシップ記者のいちばん得意なことよ」

「結局、どこを使っても問題は解決しないのですね……」

うーんと四人で首をひねってしまう。シメオン様がふたたび口を開いた。

「少し時間をいただけますか。私の方でさがしてみましょう」

心当たりがあるという口ぶりではない。でもなにか考えられたようだ。わたしだけでなくサティさんの顔にも期待が宿った。

有能なシメオン様が協力してくださるなら結果が出ないはずはない。そう信じたとおり、半月とたたないうちに場所が用意できたと言われた。サティさんたちにも連絡し、案内されたのがこの古いアパルトマンである。部屋を借りるだけではだめなのでは、と不思議に思っていたら驚きのからくりで、やっぱりわたしの旦那様はすごいとしか言いようがない。

「たった一週間ほどでよくこんなお部屋を見つけられましたね」

「空き部屋の多いアパルトマンを仲介業者に頼んだのです。買い取れば改築も自由ですから中で部屋をつなげればよいと考えていたら、もともとつながっている部屋があると教えてもらいましてね。場所も問題なさそうなのでここにしました」

「え、買ったのですか？　借りたわけではなく？」

てっきり賃貸だとばかり思っていたわたしは、シメオン様の言葉に引っかかりを覚えて聞き返す。

彼は当然という態度でさらりと答えた。

「ええ。大家はもうかなりの高齢で、管理が難しくなったということでアパルトマンを売りに出したのですよ。息子は現在外国に住んでいて相続もできないからと」

驚いたのはわたしだけではない。サティさんたちもさらに目を大きく見開いていた。

「いや、だからって、アパルトマン丸ごとポンと買う？　打ち合わせ用の部屋がほしいだけでそんな……」

「あのう、やはりかなりお高くなりますよね？」

振り返って尋ねるわたしに、サティさんはたじろぐような、呆《あき》れるような、なんとも言えない顔でうなずいた。

「一等地じゃないにしたって街なかだ、それなりの地価になるぞ」

「こういうのの大家って、昔から住んでて土地を持っていたっていうのがほとんどだから。今から買おうと思ったら普通の市民にはまず無理だね」

編集員のコルニュさんも言葉を添える。わたしはこわごわシメオン様に向き直った。

「……おいくらでしたの？」

わたしたちの反応が不思議そうに、シメオン様は少し首をかしげた。

「さほどでもありませんよ。前に買ってあげた首飾りと同じくらいです」

「どの首飾りですか？」

「ダイヤのものです」

あれですか。誕生祝いにくださった、大粒のダイヤが並ぶおそろしく豪華な首飾り。あまりに豪華すぎて当然似合わず、披露宴で使ったきり箪笥《たんす》の肥やしになっている。お気持ちはうれしいのだけれど、どうしてもっと控えめなものにしてくださらなかったのかと頭を抱えてしまった品だ。

あれと同じくらいって……アパルトマンが意外にお安いのか、首飾りが予想以上にお高かったのか、どちらだろう。後者だとますます怖いのだけど。

「そう気にしなくてよいですよ。不動産としては破格に安い部類です。土地面積が小さいのと、もともと建て替えを前提に売り出されていたものですから。古屋つき、おまけに交渉しなければならない住人が残っているということで、土地だけを買うより安いくらいでした」

「はあ……」

そう言われてもよくわからない。庶民の暮らしや街の風景などいろいろ取材してきたわたしにも、不動産取引はまったく未知の分野だった。そもそもシメオン様の感覚で言う「安い」が一般的な認識かどうかかも疑わしい。

少なくとも、お土産《みやげ》のような感覚で語れる買い物ではないだろう。シメオン様に大変な出費をさせたことは間違いなかった。

「ごめんなさい、わたしのお仕事なのにシメオン様にお金を使わせて」

「このくらいかまいませんよ。それに不動産は運用できる資産です。使いようによっては財産を増やすこともできますよ。ああ、ちなみに所有者名義はあなたにしておきました。今後も少しずつあなた名義の財産を作っておきます。万一の場合にそなえて、生活に困らない程度のものは持たせておかないと。遺言書も作成してありますが、名義からあなたのものにしておくのがいちばん確実で手間がない」

ついでの調子で思いがけない話を持ち出され、わたしはさらにたじろいだ。

「お、お気持ちはうれしいのですが、わたしに管理できるかしら」

「もちろん信頼できる管理人もつけます。宝石類もいざとなったら換金できる資産ですから、今後も買ってきますが気にしないように」

やたらと豪華な宝石を買ってくださると思ったら、そういう意図があったわけですか。なるほどと納得し、同時にますます頭を抱えたくなった。

旦那様からいただいたものを売るなんてできませんよ！　似合わなくたって全部大切な宝物なんですから！

「……ありがとうございます。そんなにわたしのことを心配してくださっているなんて、とてもうれしく思いますが、いくら財産があってもシメオン様がいらっしゃらないのはいやです。亡くなったあとのお話なんて聞きたくありません。遺言書を書くより、頑張って長生きしてくださいませ」

「余命宣告された病人か老人のような雰囲気ですが、もちろんそのつもりですよ。まだ二十代ですから。鍛えていますし持病もありません。大丈夫です」

「やだどうしよう、そういうことを言う人にかぎってあっさり早死にしちゃうのよ。物語によくある展開だわ。うわぁんシメオン様に不穏な伏線が！」

「ありませんから！　このくらいどこの家でも普通に考えることですよ」

「庶民にとっては普通じゃありませんので！　これ以上次元の違う会話聞いていたくない！　もういいですかね!?」

やけくそじみたサティさんの声が割って入って、すっかり本題を忘れていたわたしたちを引き戻した。そういえばこんな話をしているのではなかった。振り返った先でサティさんたちが目を据わらせていた。

「ありがたく使わせていただきたいと思いますが、それで賃料はいかほどで？」

なにもしていないのにひどく疲れた声でサティさんが聞く。「賃料」とシメオン様がくり返した。予想外というお顔だった。

「……それは考えていませんでしたね。今も言ったように所有者はマリエルですから、あなたが好きに決めなさい」

「ええっ？　そんな、買ったのはシメオン様ではありませんか」

「家賃を取るために買ったわけではありませんから。正直、額が小さすぎて面倒くさい」

「でしたらもう、無料でよろしいのでは」

「そうですね。いちいち料金を取る必要もないでしょう」

「お貴族様めぇぇっ!! ありがとうございますっ!」

――そんなこんなのやりとりがあって、当面の問題は解決されたわけである。

これでしばらくはゴシップ記者の目をごまかせる。ここだけを使っていたらそのうちばれるかもしれないので他の場所もさがしつつ、見合わせていた打ち合わせが再開された。

はじめのうち、身なりを変えてひそかに出入りすることに他の作家たちはとまどっていたが、すぐに慣れて楽しむようになった。みんな小説を書くくらいだもの、そういう冒険が大好きだ。大胆にも男装に挑戦する人もいた。

もちろんわたしも全力で楽しんでいる。今こそ背景同化能力と変装術を活《い》かす時よ。編集さんをつけてきたらしい記者と出くわすこともあったけれど、目の前を通りすぎてもほとんど注目されなかった。

そうやって新作も完成に近づいてきた頃《ころ》、とあるできごとがゴシップ紙のみならずあらゆる紙面をにぎわせた。

第二王女アンリエット様の婚約者たるラビアのリベルト公子が、かねてからの予定どおりラグランジュを公式訪問されたのだ。

王室のご結婚話には国民からの関心が高い。リベルト公子が到着された時、王宮の正門前にはそれこそ記者が詰めかけて今か今かと待ち構えていたそうだ。

記事に添えられた挿絵を見て、人々は大いに沸き立った。短時間で完成させ、なおかつ情景を正確に伝えるため、挿絵画家は卓越したわざで見たものを写し取る。線の少ない絵でありながら特徴はしっかりとらえ、生き生きと風景を描き出している。馬車の窓から沿道に微笑《ほほえ》みを向ける公子様は、アンリエット様が肖像画に一目惚《ひとめぼ》れしたのも無理からぬ麗人だった。

3

アンリエット様とリベルト公子の婚約が決められたのは今年のはじめ頃《ごろ》、まだ雪が残る季節だった。お隣同士とはいえ、そう簡単に遠出はできない方々だ。お二人が顔を合わせたことはこれまで一度もなく、完全に政略による縁組だった。

大公国とあるように、ラビアはとても小さな国だ。けれどラビアを軽視することはどこの国にもできない。金融業を中心とした経済面で大きな力を持ち、宗教面でも総本山を抱えている。かつて北部大陸を支配していた大きな帝国の中心だった土地で、歴史の中で国の形は変わっても言語や文化は残った。国境に近い地域ではラグランジュ語よりラビア語の方がよく使われているくらいだ。

またラグランジュとイーズデイルの間に挟まれているため、牽制《けんせい》し合う両国がある意味ラビアの平和を支えていた。どちらかが侵攻に踏み出せばもう片方が黙っていない。大戦に発展させて国土を荒らすより、ラビアを緩衝地として平和的交流による利益を得た方がよい——と、今の時代では考えられている。

見方を変えれば、両国のもめごとに常に巻き込まれてもいるわけで、いろいろ苦労の多い国である。国内にもラグランジュ派とイーズデイル派の対立がある。そのとばっちりでわたしとシメオン様まで迷惑をこうむったのは記憶に新しいところだ。

アンリエット様たちの婚約は、そうした事情から取り決められたものだった。現大公妃殿下はイーズデイルのご出身で、ラグランジュはなんとしても後れを取り返したかった。イーズデイル側にちょうどよい年頃の姫君がいらっしゃらないのが幸いして、今回はこちらに軍配が上がったというわけである。

送られてきた肖像画や写真をいつもそばに置き、文通を楽しみにしていらしたアンリエット様だけれど、押しつけた花嫁が気に入られるのかと心配もしていらした。だから歓迎の宴《うたげ》でリベルト公子と並ばれるお姿を見て、幸せそうなお顔に少しほっとした。公子様の方も優しく彼女に微笑みかけ、なにかお話をしては楽しそうに笑い合っていらっしゃる。遠目に見るかぎり上手《うま》くいっているようだ。

「本当にお美しい方ですね。まあ肖像画を見せていただいて知ってはいましたが」

広間の片隅で壁に同化しながら、わたしは感嘆の息をついた。思わず声を漏らすと、ちょうど前を通りかかった給仕がびくりと驚いてお盆を落としそうになっていた。

「なにも気配を消す必要はないでしょう。普通にしていなさい、普通に」

隣の旦那《だんな》様が呆《あき》れた目を向けてくる。

「特に意識はしておりませんが。こちらの方がわたしの普通ですよ。あ、もう少し離れてくださいな。シメオン様がそばにいらっしゃるととばっちりの注目が」

距離を開けようとするわたしと、むきになって抱き寄せるシメオン様、しょうもない攻防をするわたしたちに人が近寄ってきた。薄茶の髪に青い瞳《ひとみ》の、年若い男性だ。

「ええと、マリエル？」

「まあっ、ごきげんようルシオ様」

近すぎるシメオン様のお顔を押し戻し、わたしはあわててご挨拶《あいさつ》した。ついラグランジュ語で言ってしまい、リンデン語で言い直す。

「いえ失礼いたしました。お元気そうでなによりです、グラシウス公様。イサークさんもごきげんよう」

公式な場であることを思い出してお名前も言い直す。ラグランジュ預かりになっているオルタの王子様は、以前よりずっと落ち着いた明るい顔でうなずいた。

「ひさしぶり。相変わらず仲がいいんだな。君と一緒にいる副団長は、普段見かける姿とは別人みたいだよ」

後ろにつき従う眼鏡《めがね》の男性を振り返り、二人でおかしそうに笑う。シメオン様が軽く咳払《せきばら》いして表情を戻した。近衛《このえ》のお仕事でグラシウス公と顔を合わせることも多いのだろう。せっかく真面目《まじめ》な姿を見せていたのにだいなしですね。

「こういう場にも出席されるようになったのですね」

「ああ。いつまでも引きこもっていられないし。ただの居候でいるのではなく、たくさん学ばねばならない。知己も増やさないとな。イサークに通訳してもらってやっとだが……今宵《こよい》の主賓はラビアの公子殿だから、世話になったお礼を言わなければと思って」

グラシウス公はクーデターで国を追われた王家の生き残りとして、幼い頃から複雑な立場に置かれていた人だ。軍事政権から常に命を狙《ねら》われ、ラグランジュへ向かう道中も襲撃を受けて大変だった。その騒動に巻き込まれたのはつい最近の話で、シメオン様やセヴラン殿下が現地へ赴いてお助けしていた。その際、ラビアからも協力者が派遣されていたのだ。

せっかくリベルト公子とお会いする機会なのだから、一言お礼をとグラシウス公が考えるのは当然だった。もっともじっさいに身を危険にさらして働いた協力者本人は見当たらない。裏のお仕事専門な彼は、こういう場所には出てこないのだろう。

「もう公子様とお話されたのですか？」

「いや、まだ……周りに人が多いので、あの話はしにくくて。マリエルもご挨拶はまだなのか？」

「ええ、もう少し落ち着いてからと思いまして。ではあとで一緒に伺いましょうか」

「そうだな、そうしてくれると心強い」

リベルト公子とアンリエット様はまだ忙しそうだ。グラシウス公と近況などを語り合って頃合いを待っていると、周りの空気が変わった。さっとシメオン様が姿勢を正して直立不動になる。アンリエット様たちがいらしたのかと目を向ければ、もっと上の方のおなりだった。

「ごきげんよう、マリエルさん。直接お会いするのは夏以来ですね」

落ち着いた威厳ある声がかけられる。わたしも急いで腰を落とし、深々とおじぎした。

「おひさしぶりにございます。王妃様におかれましてはお変わりないごようすで、まことに喜ばしゅう存じます。ご息女様のご慶事、あらためましてお祝い申し上げます」

「ありがとう。あなたもお元気そうでなによりです」

数ヶ月ぶりにお会いする王妃様だった。純白の絹糸で刺繍《ししゅう》された深い緑のドレスという、色味としては地味な装いでいらっしゃるが、この刺繍が芸術作品としか言えない見事なものだった。腰のあたりから後ろに長く引く裾《すそ》まで、文様めいた花が連なって咲き誇っている。ご身分にふさわしい豪華さで、それでいてこれみよがしな派手さはなく落ち着いている。主催者ではあるが主役は若い二人という、今夜の主旨にぴったりなお姿だった。

さすが、貴婦人たちの頂点に立つお方。ドレスから髪形、小物にいたるまで、すべてにおいて完璧《かんぺき》だ。真の貴婦人はただ華やかなだけでなく場への配慮も怠らない。向こうで王太子殿下と寄り添うわが親友よ、大変だけど後継者として頑張ってね。

主役のお二人は当然のこと、国王ご夫妻にも人々の目は集まっている。それがこんな隅っこにまでわざわざいらしてお声をかけてくださるとは、身に余る栄誉というものだ。周りの視線がじつに痛い。でも王妃様が話しかけているのはわたしだから、旦那様を盾にすることもできなかった。うう、生存率が下がりそう。

「怪我《けが》が治られたら一度ゆっくりお話したいと思っていましたのに、なにかと忙しくてすっかりご無《ぶ》沙汰《さた》になってしまいましたね。先だっては中佐の方が大怪我をして、あなたたちも大変でしたね」

「お、おそれいります」

どうお答えしたものやら、わたしはつい苦笑してしまった。たしかに夏以来流血沙汰が続いている。わたしが元気になったら今度はシメオン様が銃で撃たれたり肋骨《ろっこつ》を折ったりと満身創痍《そうい》になってしまった。澄ましたお顔で立っていらっしゃるけどまだ完治したばかりだ。貴族の夫婦にしてはちょっぴり波瀾《はらん》の多い生活かもね。

「落ち着かれたらあなたにお願いしたいことがあったのですよ。中佐から聞いていらっしゃるかしら」

「ええと……」

わたしはちらりとシメオン様を見る。眼鏡の中の水色の瞳が、少し困った気配を浮かべた。

「出仕のお話でしょうか」

シメオン様の問いに王妃様はうなずかれる。

「ええ。前回は別の目的のための出仕でしたが、マリエルさんにはぜひ正式にわたくしの侍女になっていただきたいのです。お願いできませんかしら？」

回りくどい話をいっさいせず、王妃様はずばり本題を切り出される。わたしは思わずつばを飲み込んだ。

一応聞いてはいましたけどね……その後なんのお達しもないし、なしくずしでなかったことにならないかなーと期待していたのですが……そうはいきませんでしたか。

夏のわずかな期間、形だけ侍女としておそばへ上がったことがある。王妃様もおっしゃるとおり別の目的があってのことで、侍女のお仕事なんてろくにしなかった。お客様状態の役立たずだったのに、どうしてこれほど気に入られたのだろう。いまだに不思議でならない。

いったいどこが評価されたのかしら。外国語ができるから？　フロベール家の嫁だから？　気配を消したり風景に同化するのが得意だからではないわよね？　いえもしかして、そんな隠密的侍女がほしいとお考えなのかしら。たしかに情報収集力には自信がある。そういう方向でならお役に立てそうだ。

　女性の職業の中ではもっとも名誉な地位で、家の役にも立てるだろう。王妃様じきじきにお声をかけていただくなど、まったく身に余るお話なのだけれど。

　でも、わたしは家にいたい。短期ならともかくずっとお勤めするわけにはいかない。小説を書く時間がなくなってしまうもの。

　ただでさえ家の用事があるのに。結婚し若夫人となったことで、毎日好きなことだけしているわけにはいかなくなった。交際関係や使用人の雇用、監督は女主人の仕事だ。その他《ほか》にもいろいろ、お義《か》母様《あさま》から学ばねばならないことがある。

　そこへ時々もめごとや事件も起きるから、けっこう執筆時間は減っているのだ。これ以上減らされたくはない。

　それに勤めに出ればシメオン様とも離れればなれだ。同じ王宮で働くといっても場所は別々だし、顔を合わせても勤務中に好き勝手できない。ろくに会話もできないなんてさみしくてたまらない。前回は事情があったしごく短期間だったから我慢できた。でもこの先ずっととなると、とても受け入れられない。

　王妃様のご要望をなんと言ってお断りすれば無礼にならないのか、わたしは激しく悩んだ。シメオン様も珍しく言葉に迷っていらっしゃる。相手が相手なので簡単に跳ねつけるわけにもいかず二人して困っていると、王妃様はさらにおっしゃった。

「王宮に住み込むのでなく、通いでかまいませんよ。なんでしたら毎日でなくても。新婚夫婦を別居させるわけにはいきませんし、伯爵家の若夫人としての務めもありますものね。あなたを完全に召し上げてはご家族にうらまれてしまうでしょう。月の半分ほども出仕していただければけっこうですよ」

ううっ……かなり譲歩してくださっている。破格のお申し出だ。こうまで言われてなお断るなんて許されないのでは。あああでも困るんです本当にだめなんです、わたしは月の半分も時間を取られるのかと思ってしまう人間なんですぅ……！

笑顔が引きつる。どう答えようと必死に頭を回す。シメオン様が遠慮がちに口を開いた。

「まことに光栄なお話ではございますが、妻は外に出るのが合わない質《たち》でして」

そっ、そうそうそう！　そうです完全室内派の物書きです！　取材のためならどこにでも行きますが基本室内人間ですので！

「それにしては活動的なようですが？　シーズンにはあちこちに顔を出していらっしゃるようですし、王宮でも物怖《ものお》じすることなく誰《だれ》とでも話ができていましたね。あなたに背任容疑がかけられた時にはみずから乗り込んできて王太子に抗議するほど勇気があったとか」

さすがの王妃様は事前調査もばっちりですか！　全部事実だから否定できない！

「それは……必要に迫られてのことでして」

「必要ならばなんでもできると。十分ではありませんか。その行動力も魅力だと思っているのですよ」

「……おそれいります」

理不尽な要求なら王妃様相手だろうと遠慮なく突っぱねるシメオン様も、こうして理詰めでこられると苦しそうだった。ちらりとこちらへ向けられた視線が、身から出た錆《さび》だと告げていた。言い返せませんごめんなさい！　でもそんなに悪いことばかりしていましたかね!?

悪くはないはずだ。多分きっと。わたしの性格や行動力が好ましいと王妃様は言ってくださっているのだから。それ自体は光栄なかぎりで、だからこそお断りの言い訳に悩まされた。

「グラシウス公ともご縁があり、親しくされているようですね。マリエルさんが王宮へいらっしゃればグラシウス公にとっても心強いことでしょう」

イサークさんの通訳でやりとりを聞いていたグラシウス公は、ご自分に話を振られて曖昧《あいまい》な笑顔になった。わたしたちが困っていると察してくださっている。彼からすれば王妃様に味方したいだろうに、即答で同意せず流す程度にとどめてくださるのがありがたかった。

どうしよう。もう少し条件をお願いして受け入れようか……うう、本音を言えばそれでもいやだ。侍女のお仕事も嫌いではないけれど、時間を奪われるのがなにより痛すぎる。

作家であることを告白すれば、なぜ出仕できないかの説明にはなるだろう。でもそれはできないのがつらいところだ。こんな場所で、しかも王妃様に向かって、女流作家やっていますと告白するわけにはいかなかった。

「あ、あの……」

「お母様、わたくしのお友達に無理を言って困らせないで」

なんとかお断りしようと意を決して口を開きかけたら、若い声が横から割って入った。反射的に振り向けば、金糸と真珠に飾られた赤いドレスが目に入る。アンリエット様とリベルト公子がこちらへいらしていた。

「マリエルさんは枠にはめられてお定まりの毎日を送る人ではありませんのよ。王宮勤めなんてつまらない仕事は向いていませんわ」

「つまらないとはなんですか。一生懸命働いてくれている職員たちに失礼でしょう」

「ごめんなさい。彼らの仕事を見下す意図はありません。でもマリエルさんは周囲の予想外の行動をする人ですから、規則や常識の中に収まることができないのです」

叱《しか》られてもアンリエット様はひるまずわたしを援護してくださる。援護……ですよね？　常識はわきまえているつもりですけども？

そこへ、

「陛下、私も反対です。こやつが動くともれなく事件や重要人物を引っかけてくる。王宮勤めなどさせてはシメオンが心労で倒れてしまいます。間違いなく私にもとばっちりが来ますので、侍女にというお話には断固反対させていただきます」

王太子殿下までやってきた。心強い援軍と言いたいところですが、今のおっしゃりようはなんでしょう!?

「とばっちりって……」

「しっ」

抗議しかけるわたしをシメオン様が止める。大きな手に口元を押さえられてモガモガしていたら、殿下の後ろからジュリエンヌが黙ってなさいと身振りで制してきた。

二人ともひどい！　前回わたしが出仕したのはあなたたちのためだったのに！　たしかに事件もありましたがわたしが起こしたわけではないでしょう。たまたまよ、たまたまの偶然！

助かっているはずなのにものすごく納得いかない状況で、シメオン様の腕の中で声を封じられたままむくれていると、アンリエット様のそばにいる人と目が合った。優しげな面立ちの中で淡い色の瞳が面白そうにわたしを見ている。思わず抵抗を忘れて見つめ返すと、女性と見まがうほど繊細な美貌《びぼう》が微笑んだ。

やわらかな輪郭を縁取る髪は、金髪というには茶色みが強い。いわゆる亜麻色だ。肩にかかるほどの長さなのがますます彼を性別不詳に見せている。貴公子らしいほっそりした体型で、アンリエット様とは頭半分ほどしか違わない。踵《かかと》の高い靴でなければもう少し差が出るだろうけれど、それでも頭一つ分までいかないだろう。公子様に対して無礼千万ながら、この方がドレスを着てもきっと違和感はないだろうと思ってしまった。

肖像画や写真を拝見していたのに、抱いていた印象の違いに驚かされる。勝手にもっと長身の、たくましい男性像を浮かべていた。わたしの周りにそういう人が多いからというのもあるだろうが、多分いちばんの理由は彼がリュタンの主《あるじ》だからだ。

怪盗リュタン。厳重な警備を嘲笑《あざわら》い、貴族や富豪の屋敷から数々の宝を盗み出す大悪党。その正体はラビアの諜報員《ちょうほういん》で、派手に名を売り泥棒騒ぎにばかり世間の目を引きつけて、その陰で各国の情勢をさぐっていた。わたしたちも迷惑をこうむったし、かと思えば助けられたこともある。グラシウス公を暗殺部隊から守る際にはリュタンがひそかな協力者として派遣されてきた。

これまでのリュタンとのつき合いから、どうやら彼はリベルト公子の直属らしいとわかっている。あの一癖も二癖もある男が唯一従う主――そんな背景から、直接には知らない公子様の人物像が一人歩きしていたようだ。きっとリュタン以上に強くて智略にもすぐれた人物だろうという思い込みがあった。

じっさいにまみえた公子様は、皮肉屋の怪盗とはちょっと結びつかない優しげな人だった。お年は二十六歳と伺っているけれど、もう少し下にも見える。力強さや鋭さといったものは感じさせず、ただただ美しくやわらかな印象だ。王子様というより妖精《ようせい》か天使のようで、これでどうやってあの曲者《くせもの》を従わせているのだろうと不思議に思える人だった。

つい見入ってしまうわたしを置いて、話は先へ進んでいく。長男と末っ子に反対された王妃様は、パチリと音を立てて扇を閉じた。

「あなたたちの言い分はわかりましたが、当の本人の意見をわたくしはまだ聞いていません。どうするか決めるのはマリエルさんですよ。中佐も、夫として意見を言う権利は認めますが、まずは本人に答えさせるべきなのでは？」

「……は」

深い色のまなざしを受けて、シメオン様がわたしから手を放す。自由になったわたしに全員の視線が集中した。

「どうですか、マリエルさん？」

「あ、はい……あのう……」

呼吸を整え、どうお話しするか頭の中で準備する。こっそりシメオン様の上着の裾をつかむとその上から手を重ねられた。言葉はなくても、優しく包み込んでくるぬくもりが大丈夫とはげましてくれる。不安の影は小さく押しやられ、わたしはそっと口を開いた。

「王妃様のおそばにお仕えできますのは、とても名誉なことと存じます。わたしごときにお声をかけていただけるなど、お気持ちは大変うれしゅうございますが……申し訳ございません、わたしは家にいたいのです」

不敬ではありませんよねと、シメオン様やセヴラン殿下の反応を窺《うかが》いながら言葉を続ける。

「おそばに上がりました際は学ぶことも多く、有意義な経験でありました。けしてお仕事がいやなわけではございません。ただ、それ以上にしたいことがありすぎまして……毎日でなくてよいとの仰せでしたが、毎日家にいても時間が足りないと感じるほどなのです。せっかくのお話をこのようなわがままでお断りするのは申し訳ないかぎりにございますが、どうかご容赦いただきたく存じます」

「……そうですか」

ここまでの雰囲気で答えは察しておられただろう。王妃様は残念そうに微笑まれただけだった。

「しかたありませんね。あなたの能力は野に置くには惜しいと思ったのですが、本人の希望を無視して無理強いするわけにはいきません。諦《あきら》めるとしましょう」

「ありがとうございます。ご期待にお応えできませず、心よりお詫《わ》び申し上げます」

わたしは頭を下げてせいいっぱいの謝意を示した。公平で聡明な王妃様のことだから、ちゃんとお話しすれば聞き入れていただけるとは思っていた。そういう方だと知っていたから、尊敬すれど忌避する気持ちはない。ただただ自由に使える時間を死守したいだけで、申し訳ないという思いに偽りはなかった。

シメオン様から安堵《あんど》の気配が伝わってくる。セヴラン殿下までが露骨に胸をなでおろしていた。わたしが王宮に騒動を招くとでも思っていらしたのかしら。まったく失礼な。こんなにおとなしい地味な人間なのに。

「なにを皆で集まっているのかね。放り出された者たちがさみしそうにしているぞ」

どうにか一息ついたそばから今度は国王様がやってきて、わたしは勢いよく跳ね起きた。隅っこなのに王族大集合だ。とどめにシルヴェストル公爵が来たりしたらもう逃げますからね！

「若い者たちにばかりかまっていないで、あちらにも声をかけてやりなさい。ずっと待たせているのだぞ」

勘弁してくださいと思ったら、国王様は王妃様を連れ戻しに来られたようだった。わたしにはちょっと目を向けただけで特にお言葉はかけてこられない。一瞬のいたずらっぽいまなざしがなんだかすべてご承知というふうにも見えたけれど、なにもおっしゃらず王妃様をうながして離れていかれた。

お二人が遠くなって、わたしは大きく息を吐き出した。

「ごめんなさいね、マリエルさん。お母様ってばいたくあなたを気に入ったようで、侍女奉公なんて断られるわよって言っていたのに諦められなかったみたい」

アンリエット様が笑いながらおっしゃる。ようやく緊張から解放されて、わたしは苦笑した。

「お気持ちは本当に光栄でうれしいことですから、お断りするのが心苦しくて。さほどお役に立てるとも思えませんのにね」

「そうかしら。毒殺未遂事件の時、犯人の動機に気づいたのはあなたよ？　あれが逮捕の決め手になったでしょう。それ以外でもけっこう活躍しているみたいじゃない。つい先日も行方不明の聖冠を見つけたのですってね」

ねっ、と笑顔を向けられたグラシウス公がうなずいている。いえわたし一人で見つけたわけではないのですが。あれはシメオン様のおかげですよ。

「頭の回転の速さに、並外れた記憶力、それに語学力も。たしか五ヶ国語だったかしら？　外国語も必須の教養とはいえ、それだけできる人は立派よ。受けてもらえるのならわたくしだって側仕《そばづか》えになってほしいくらいよ」

「はあ……あの、せっかく誉めていただいてなんですが、正直居心地が……もう少し罵《ののし》ってくださいませんか」

「罵ったらだめでしょう。なんなのその要求は」

「あ、それ、その感じ。もう少しきつめに意地悪っぽく」

「わたくしをおかしな趣味に巻き込まないで！」

王女様が声を高めたとたん、彼女の後ろでリベルト公子が軽く噴き出した。

「あっ……ごめんなさい、お友達なものでつい」

アンリエット様があわてて振り返り、公子様の隣に並び直される。わたしも急いでおじぎした。

「申し訳ございません。まずご挨拶とお祝いを申し上げるべきですのに、とんだご無礼をいたしました。ようこそラグランジュへ。マリエル・フロベールと申します」

「妻です。御前をお騒がせして失礼いたしました。あらためましてお二人のご婚約をお祝い申し上げます」

シメオン様も礼を取る。公子様はおっとりと礼を返された。

「ありがとうございます。副団長とはもうお会いしておりましたが、奥方ともご挨拶できるのを楽しみにしていたのですよ。お二人のご活躍はいつも姫の手紙で伺っておりました」

ほとんどなまりのない流暢《りゅうちょう》なラグランジュ語をあやつる声は、見た目どおりに優しかった。やわわ、ゆったりした口調で、子守歌を聴いている気分になる。これも想像していたものとはまるで違った。もっと力強くはきはき話すか、あるいは陽気なおしゃべりをイメージしていた。まあこういう場所だから多少の猫かぶりもあるのでしょうけど、本当にリュタンとはことごとく反対の印象だ。

「おそれいります。わたしもよくアンリエット様から公子様のお話を伺っておりました。お会いすれば必ず公子様のお話になるものですから、なんだかわたしまで文通している気分になったものです」

「おや、そんなに？」

リベルト公子がアンリエット様に目を戻す。王女様は頬《ほお》を染めて言い訳した。

「そっ、そんなにうるさく言ってはいないでしょう。たまたま、お手紙が届いた直後だったりしたら、話もしたけれど……」

「よくも言う。朝から晩まで同じ話をくり返し聞かされて、こちらはうんざりだったぞ」

セヴラン殿下がぼそりとつっこむ。

「大げさに言わないで！　お兄様が朝から晩までわたくしにつき合ってくださることなどなかったでしょう。すぐに逃げてしまわれたではありませんか」

「当たり前だ。あんなのろけ話真面目に全部聞いていられるか。最近こそジュリエンヌがいてくれるが、独り身の時にやれ手紙が贈り物がと見せびらかされて、どれだけうっとうしかったか」

「それはただのひがみ根性でしょう。ご自分が失恋ばかりだったからって、まるで世界中の不幸を背負い込んでいるようなお顔をなさって、こちらこそうっとうしかったわよ」

「その口の減らなさ、リベルト殿に呆れられぬよう気をつけるのだな！」

微笑ましい兄妹《きょうだい》げんかに公子様がまた噴き出される。今度はしばらく笑い続けられて、ますますアンリエット様のお顔が赤くなった。

「あっ、あの……違います、わたくし誰とでも言い合うわけでは……」

言い訳する姫君を笑いの気配を残した青緑色の瞳が見る。また笑いだしそうな口元に手を当てて、

「可愛《かわい》らしいですね」

と公子様はおっしゃった。

この美貌からくり出される甘い殺し文句。アンリエット様が完全なる茹《ゆ》でダコと化して言葉を失ったのは言うまでもない。

――が、はたで見ていたわたしは、一瞬違うなにかを受け取った。

んん？

あまりまじまじと見つめるのは失礼だからと動かしていた視線を、公子様に固定してじっくり観察する。……別に、おかしなところはないわね。変わらず優しい微笑みで婚約者を見ていらっしゃる。政略による縁組とは思えないほどに幸せそうなお二人だ。

と思っていたら、ちらりとこちらを見た公子様と目が合った。無難にお愛想笑いを返しておいたけれど、またなにか感じたような。

わたしはジュリエンヌを見た。セヴラン殿下のそばにおとなしく控えていた彼女は、すぐに気づいて視線を返してきた。

生まれた時からのつき合いである大親友と、まなざしだけで会話する。お互い顔には出さず、でも言いたいことはちゃんと伝わってくる。

（あなたも感じた⁉）

（そうよね⁉　やっぱり気のせいではないわよね⁉）

「どうしました？」

気配を察したシメオン様に「いえなんでも」と答えて扇を開く。貴婦人ぶって表情を隠しながら、わたしたちはこっそり無言の合図を交わし合った。

（感じた感じた、一瞬の波動を逃さず受け取ったわ！）

（この感覚、絶対間違いないわ。四十七勝三敗、ほぼ全勝記録のわたしの勘が告げている！）

（こっちだってお妃教育でさらに鍛えられているのよ、勘違いではないわ！）

（どうしよう、まさか公子様が）

（待って、大事な問題が残ってる。重要なのは彼がどちらかよ）

「ジュリエンヌ？」

「仲よしのお二人に当てられてしまいますね」

あちらもうふふと笑ってごまかしている。シメオン様の視線が胡乱《うろん》になってきた気がするがかまっていられない。

（どちらもなにも、決まっているでしょう）

（作家のくせになにを言っているの。いろいろタイプがあるのよ）

（……もう少し情報が必要だわ）

（あとで膝詰めて話し合いましょう）

こちらが黙っている間にリベルト公子はグラシウス公と話しはじめていた。リンデン語も完璧だった。通訳を必要とせず会話できている。イーズデイル語は当然だろうし、このようすだとフィッセル語やオルタ語、もしやスラヴィア語とかもできたりして。さりげなくできる男、という姿にますます胸が高鳴る。扇の陰で握った拳《こぶし》に力が入った。

「……マリエル、少し疲れたのではありませんか。あちらで休憩してきましょう」

「おかまいなく、今とっても元気いっぱいですので。この上なく滾《たぎ》っております」

「言葉選びに漏れていますよ。場所を思い出しなさい」

「そこに気づくのがさすがの鬼副長です。ご心配なく、愛しているのはあなただけですから」

「いやそういうことではなく。それもですが！」

シメオン様とこそこそ攻防しながら、わたしは異国の麗人に注目し続ける。思えばひさしぶりのこの感覚、逸材発見の興奮に心ゆくまで身を投じたかった。

そうよ、物語にもあったじゃない。いかにも優しげで穏やかそうな人物にかぎって……というのも、黄金の法則だわ。

はじらう婚約者を見る公子様の瞳に一瞬よぎったのは、あの怪盗のものによく似ていた。人をからかうことが大好きな、いたずらな色。見た目どおりではない内面を覗《のぞ》かせた、彼こそは。

――今、心の底から納得した。

どうにも不思議で二人の印象がつながらないと思っていたけれど、リベルト公子は間違いなくリュタンのご主人様だった。

4

王妃様に申し上げたとおり、わたしは毎日忙しい。アンリエット様とリベルト公子のことも気になるけれど、まずは作家としてのお仕事だ。宴《うたげ》の翌日にも隠れ家へ出向き、サティさんと顔を合わせていた。何度かの改稿作業も終わり、最終確認に問題がなければいよいよ印刷工程だ。やっとわたしの手を離れると一息ついた時、サティさんから意外な話を聞かされた。

「次のお仕事ですか？　今のがまだ終わってもいませんのに、ずいぶん急ぐのですね」

「うちのじゃない。連絡先がわからないからってんで仲介を頼まれたんだ。新聞社からの依頼だ」

「新聞社って」

「大丈夫、『ラ・モーム』じゃない」

サティさんは原稿を封筒に入れ、寒くなったと席を立って窓を閉めた。今日のサン＝テール市は素晴らしい快晴で風も爽《さわ》やかすぎるほどだ。アパルトマンの最上階からは空がよく見える。

椅子《いす》に腰を戻したサティさんは、現在困らされているゴシップ紙ではないと否定してお仕事用の手帳を開いた。取り出した名刺をわたしの前に置く。手書きなどではない、ちゃんと印刷された立派な名刺には、編集長の肩書をつけた名前が記されていた。

「シェルシー新聞社……えっ、『シェルシー』!?」

社名の部分を読んだわたしは、思わず声をひっくり返してしまった。見間違いではないかと何度もたしかめるが、間違いなく「シェルシー」とある。サン＝テール市民なら誰《だれ》でも知っているくらい有名な大手新聞社だった。

貴族も読む高級紙だ。そう呼ばれる新聞社の中ではいちばん歴史が浅いけれど、ゴシップ紙とはまったく格が違う。軽薄な記事など載せない、真面目《まじめ》でお堅い新聞だった。

その「シェルシー」から原稿依頼？　とてもにわかには信じられない。

「なにかの間違いではないのですか。ゴシップ紙ならふざけた話題作りで考えるかもしれませんが、『シェルシー』がわたしに依頼するなんて……ちょっとありえないのですが」

「俺《おれ》も驚いたよ。同じように間違いじゃないのかと聞いたが、向こうさんは本気らしいんだな。あんたに――アニエス・ヴィヴィエに連載小説を書いてほしいそうだ」

「えええ……」

喜びより驚きの方が大きすぎて、わたしは呆然《ぼうぜん》と手の中の小さな紙を見つめた。女流作家なんて鼻で笑い飛ばしそうな高級紙が、わたしに依頼を。どういうことなの。

「……もしや『ラ・モーム』の記者さんが、わたしを釣り出すために策を仕掛けてきているのでは。この名刺は偽造されたものだったりして」

「意外に慎重だよな、あんた」

名刺をにらみ、表も裏もたしかめるわたしにサティさんは笑う。

「悪いことじゃないが、今回は信じて大丈夫だよ。俺は前にも『シェルシー』の記者とつき合ったことがあるんで、その名刺が本物だと保証できる。そっくりなものを作ろうと思えば作れるだろうが、そんなことをされたら本家が許さないさ。大手に訴えられるような真似《まね》はうかつにできんだろう。依頼に来たベルジェ氏も立派な紳士だったよ」

「編集長さんが直接出向かれたのですか」

サティさんは以前大手出版社に勤めていた。その時の経験や人脈が今の彼を支えている。サティさんが保証してくれるなら信じてもいい気になってきた。

「ああ。今年就任したばかりらしく、挨拶《あいさつ》をかねてとか言われたな。うちなんぞに挨拶する必要もなかろうに。おおかた女性向けの出版社がどんなとこか直接見たかったんだろう」

「印象は？」

「四十になったばかりの、編集長をやるには若い人だったな。感じは悪くなかったよ。大手にありがちな傲慢《ごうまん》さはなくて、真面目に話をしてくれた。高級紙は伝統と品格にこだわるあまり内容がつまらないっていうのが不満だったそうで、自分が編集長になったからにはどんどん改革してやると意気込んでたな」

「はあ」

それで最近「シェルシー」が変わったのか。ゴシップはもちろん扱わないけれど、これまでよりずっと内容が多彩になっている。女性向けと思われる家庭欄もできたりして、けっこう楽しく読んでいた。少し軽薄になったのではと言う人もいるが、おおむね好評だ。

「もともと『シェルシー』は歴史が新しい分、他《ほか》より柔軟なところがあるからな。これからの時代保守的なばかりでは売り上げを伸ばせないって意見が上にも認められたらしい」

上流の紳士だけでなく、より多くの読者へ向けた内容に。高級紙としての品格は保ちつつ、これまでとは違う新聞のあり方を模索したい。その改革の一環として女流作家の小説を掲載することにした、という話だそうな。聞いて一応納得はしたが、それでも驚きは去らなかった。

「思いきったことを考えられますのね。男性読者から反発されそうな気がしますが」

「まあ、あるだろうな。向こうもそれは承知の上だよ。けど世の中の半分は女だ。商売人ならそれを無視するのは賢いやり方じゃない。ベルジェ氏の挑戦を俺は評価するね」

女性向けの出版物という分野では大手に先駆けて成功しているサティさんの言葉だ。経験に裏付けされた力強さがある。

「受けるかどうかはあんたの自由だが、俺としては悪くない話だと思ってる。もし受けるつもりなら全面的に協力するよ。これでもっと知名度が上がればうちの利益にもつながるからな」

わたしはうーんと考え込んだ。基本的にお仕事はサティ出版と続けていくつもりだけれど、この話はとても魅力的だった。新聞の連載小説は子供の頃《ころ》から楽しみにしていて、特に推理小説にはワクワクさせられたものだ。わたしの小説も同じように読まれるとしたら——なんて、ときめかずにはいられない。

「……わたしに、できるでしょうか」

「いろんな作家の本を読んだ上でアニエス・ヴィヴィエを選んだらしいぞ。求める水準に達する作家がいないと思ったら企画自体断念してるだろう。自信を持てよ」

れっきとした男性のベルジェ氏がわたしの小説を選んでくれた。応援してくれるサティさんも男性だ。シメオン様からも人物描写が上手《うま》いと誉められたことがある。すべての男性がわたしの小説を馬鹿《ばか》にするわけではない。それに女性だって新聞は読む。これまでわたしの本を手に取ったことのない人たちの目にも留まる。

書ける？　書きたい。読んでほしい！

「……ベルジェ氏と直接お会いして、お話を伺えるでしょうか」

わたしは名刺から顔を上げる。サティさんは大きく微笑《ほほえ》んだ。

「ぜひそうしてほしいって言われてるよ。なんなら今からでも連れてってやる」

人生なにが起きるかわからない。そう実感するのは何度目だろう。シメオン様との出会いといい、驚きと喜びは思いがけずそばにある。

わたしはさっそくシェルシー新聞社へ向かいベルジェ編集長と話し合った結果、連載の依頼を受けることにした。

まずはお試しで全二十話、休刊日もあるので約一ヶ月間の連載となる。紙面の四分の一という小さな面積なので一話ごとの内容はごく短いものだ。全話合わせても本一冊分にはならず、短編一本といったところ。量だけ考えれば一日で書ける程度だった。問題はその内容で。

「ううー……」

フロベール邸の広い庭園を、わたしはうなりながら何周も歩いていた。依頼を受けたその日から構想に着手したのに、丸一日経過してもろくに進展していなかった。

足元を猫がついてきて、かと思うと虫を見つけて追いかける。晩秋の午後は風が冷たくて、肩にかけた厚手のショールをしっかりと巻き直した。

花壇の向こうで飛び跳ねる猫をぼんやり眺めながら、わたしはひたすら悩んでいた。小説を書くのにこれほど悩んだのははじめてかもしれない。たかが短編一本と言うなかれ。短い中で物語を盛り上げて完結させる方が長編よりずっと難しい。しかも単行本や雑誌ではなく新聞に掲載されるのだ。わたし《アニエス・ヴィヴィエ》の小説を求めてくれる読者だけでなく、老若男女あらゆる人の目にふれる。これまでと似たような内容では、多分楽しんでくれる人は少ないだろう。

男性や年配の人も読むことを考慮して……となるとやはり歴史ものや推理もののあたりがいいのかしら。歴史ものはちょっと難しいかも。特別に思い入れのある時代はないから、知識は通り一遍でしかない。今から調べていたのでは間に合わない。ああ、でも海賊――ダンディ船長の話とかどうかしら。彼が活躍したアンシェル島を見てきたし、子孫にも会った。海賊たちが暮らしていた場所がそのまま残っていて面白かったのよね。あれはいつか書きたい。

それでも準備不足ではあるか……書くならもう一度アンシェル島へ行ってじっくり取材しないと。

「ううーん……」

執筆に詰まった時は歩くといい。身体《からだ》を動かす刺激や目に入る景色が新しい発想を与えてくれる。その経験に従ってもう三十分くらい歩いているのだけれど、なかなかこれぞという案は浮かんでこなかった。

庭園の一角に、ブランコがある。木の枝に縄を結んだようなものではなく、ちゃんと金属製の柱をそなえた本格的なものだ。今は庭の飾りでしかなくなったここで、昔幼い兄弟《きょうだい》が遊んだのだろう。

わたしはブランコに溜《た》まった落ち葉を払い落とし、そっと腰を下ろした。小さく揺らしながら近くに植えられた薔薇《ばら》を眺める。原種に近い小輪の花で、秋にもよく咲く。冬が間近になってもまだ頑張る姿に、繊細な姿とは裏腹なたくましさを感じた。

見た目と違う中身……どこかの公子様みたいね。

美しく優しげな公子様、その本性は——って、いいネタになりそうよね。でも今回はそっちで書くわけにはいかないし。それはそれとして、リュタンは同行していないのかしら。宴のあとも全然姿を見かけない。もともと表に出てくる人ではないとわかっているけれど。

「マリエル」

いい案が思い浮かばなくてつい気をそらしていると、シメオン様がやってきた。今日《きょう》は近衛《このえ》のお仕事がお休みで、朝から書斎にこもって事業のお仕事の方を処理されている。一度休日の意味を話し合いたいところだ。

「シメオン様も休憩ですか？　ようやくお身体を休めなければと気づいてくださったのですね」

「仕事はとうに終えていますよ。あなたがいつまでたっても戻ってこないから」

呆《あき》れた調子で言い返してシメオン様はわたしのそばに立つ。ブランコの鎖に手をかけるので、わたしは足を地面につけて揺れを止めた。

「つまり、ついさっきまでお仕事をなさっていたわけでしょう？」

「……今度から時計を持って出なさい。あなたが外に出てからもう二時間はたっていますよ」

「え、そんなに？」

三十分ほどと思ったら、その四倍だと知らされて驚く。時間の感覚をなくすほど考え込んでいたのか。

わたしの頬《ほお》に指先をふれさせ、シメオン様が少し眉《まゆ》を寄せる。わたしはショールをさらにかき寄せて首回りを温めた。

「こんなに冷えて。いくらあなたが風邪知らずでも熱を出しますよ。いったい二時間もなにをしていたのですか」

「別になにも……ただ歩き回っていただけです。なかなか方針が決められなくて」

手袋をしていない大きな手が両側から包み込んでくる。この上なく心地よいぬくもりと鍛えられた手の硬さを同時に感じる。見た目と中身が違うと言ったらこの人がいちばんだ。貴公子的な美しさと微笑みに漂う曲者《くせもの》っぽさ。さぞかし鞭《むち》の似合う鬼畜腹黒参謀だろうと思ったら、頑固で生真面目で不器用な可愛《かわい》い人だったなんてね。社交界の人々を見てきたわたしの観察力、四十七勝三敗における数少ない黒星の一つだ。

――リュタンや銀狐《ぎんぎつね》みたいな人をだます専門家は除外する。ああいうのを入れるとややこしくなるもの。それに彼らにだってところどころで違和感は覚えていたわ。

「新聞社から依頼された件ですか」

シメオン様の問いに、ため息まじりにうなずく。

「ええ。これまでと同じ調子で書くわけにはいかないと思ったら、どうすればいいのかわからなくなってしまって。いつも書いているような恋愛小説では、殿方には面白くありませんよね？」

「それは好みによるでしょうが……女性を喜ばせる内容だと、男には少々非現実的に思えるところもあるでしょうね」

「ですよねー」

反対もしかり、どうしたって女性と男性では求めるものが違うのだ。

だからどちらかの憧《あこが》れに特化した内容ではだめで、もっと幅広く受け入れられる話を……と考えると頭を抱えてしまう。

何度もため息をつくわたしの頬から手を離し、それを胸の前にさし出してシメオン様は立つよううながしてきた。彼の手を取ってわたしは立ち上がる。空っぽになったブランコが抗議するようにきしんだ。

「行き詰まったまま考え続けてもよけいにはまり込むだけですよ。そういう時はいったん頭を休めて気分転換する方がよい。せっかくの休みなのですから、私の相手もしていただけませんか」

「そちらが先にわたしを放置なさったくせに。お仕事はもうよろしいのですか？」

「ええ、急ぎのものはすべて片づけました。今夜は二人で出かけませんか」

シメオン様はポケットから細長い封筒を取り出す。手紙にしては宛名も差出人名もなく、封もされていない。受け取ったわたしはもしやという予感を抱きながら封筒を開いた。案の定、出てきたのは便箋《びんせん》ではなく劇場のチケットだった。

「……こんなものを用意されていたのなら、先に教えてくださいませ。用事を入れてしまったらどうするのですか」

「手配を頼んだのは今日ですよ。あなたがあまりに悩んでいるようすだったので。席のあるところでさがしたので演目は二の次になってしまいましたが、多分あなた好みだと思いますよ」

チケットは国立劇場のものではなく、民間の有名な劇場だった。好みで言うなら独身時代によく通った小さな芝居小屋がいいのだけれどね。あそこならふらりと訪れても入れる。でもシメオン様がそんなところを選ばれるはずもなく、貴賓席もあるような格式高い劇場だった。演目は明るい喜劇だ。そういえば広告を見かけてちょっと気になっていたのだった。

んもう、時々こういう心憎いことをしてくださるのだから。お仕事中毒なようでいて、ちゃんとわたしのことも見てくださっている。そんな旦那《だんな》様が好きでたまらない。

「ありがとうございます！」

わたしは背伸びしてシメオン様の首に抱きついた。すかさず身をかがめてくださるので頬に口づける。そうしたらちょっと不満そうなお顔をされたので唇を期待されていたのだと気づいた。いったん離れて眼鏡《めがね》をはずし、もう一度背伸びする。こちらから口づけたのに唇が重なればシメオン様の情熱に圧倒されるばかりだった。

「……ん、早く支度しませんと」

何度も何度も求めてくる旦那様を制して身体を離す。二時間も庭に出ていたのならもうお茶の時間だ。あまりのんびりしていられない。急がないと夕方からの開演に間に合わない。

もの足りなそうにしつつ、シメオン様もうなずいた。

「そうですね。この時期ですから社交は気にしなくてよいでしょう。簡単な用意でかまいませんよ」

「……殿方ときたら。そういうわけにはいきませんのよ」

わたしは頬をふくらませた。劇場はただの娯楽施設ではない、社交場の一つだ。シーズン外であっても都住まいの貴族たちはやってくる。シメオン様と一緒ならご挨拶はまぬがれないし、そんな時に適当な格好では恥をかく。わたしがではなくシメオン様がだ。目立つ必要はないけれどフロベール家の品格をそこなわない装いで行かなくては。

「シュシュー、シュシュちゃん、もう帰るわよ」

遠くで動く毛玉を呼ぶと、たっぷり遊んで満足した猫は尻尾《しっぽ》を立てて素直に寄ってきた。わたしは猫を抱き上げて家の中に戻り、急いで身支度を整えた。

「兄様たちだけでずるーい。今度僕も連れてってよね」

ふくれっ面のノエル様に見送られて馬車に乗り込む。お土産《みやげ》を買ってくると約束したら帆船模型という難しい注文をされてしまった。さがしている時間はないので今日のところはお菓子で手を打ってもらう。

日暮れの近づいた空の下、劇場街へ向かって出発する。不意討ちの素敵なお誘いが今だけ悩みを忘れさせてくれた。

わたしたちが訪れたのはアール座という、民間の中では特に大きな劇場だった。正面ファサードはアーチがいくつも並び、音楽や演劇に関係する偉人たちの像が来客を出迎える。うんと見上げる屋根には天使が翼を広げていた。

この壮麗な建物は古い劇場が一度全焼して、新たに造り直されたものだ。もともとこのあたりは商店や住宅なども集まる雑多な町だったらしい。今から三十年ほど前に、周辺一帯が焼け野原になるほどの火事が起きて人も大勢亡くなるという惨事があった。その後当時の国王陛下の号令で復興事業が行われ、区画整理をするとともに立派な建物が次々建設された。国立劇場ができ、アール座も支援者を募って再建した。今ではサン＝テール市の見どころの一つになっているけれど、じつはまだできたばかりの新しい風景なのだった。

馬車を降りると、もう外灯に明かりが入れられていた。シメオン様に寄り添って入り口へ向かえば周囲からチラチラ視線が向けられる。おなじみの状況に今夜はとりわけ共感した。

わかる……！　わかるわ、その気持ち！　薄暗がりの時刻は現実と幻の境が曖昧《あいまい》になる。古い時代を模倣した建物と金色の明かりがますます周囲を幻想的に見せている。そんな風景の中、すらりと見栄えする長身を正装に包み、貴族然として優雅に歩く美青年……ああ、ここがすでに舞台と化している。華やかな劇場に事件の幕が上がる。冴《さ》えた美貌《びぼう》の青年は探偵か、はたまた暗躍する怪人か。怪人の方が萌《も》えるかな！　でもシメオン様の場合怪人を追い詰める探偵かしら。ああんどっちも素敵、どっちも見たい！

「マリエル、せめて階段を上りきるまでは現実に戻りなさい」

「怪人という響きが魅力的すぎて……」

「どこからも響いていない気がしますが、いいから前を見て歩きなさい」

「たまには悪のヒーローもいいかも……でも内面は純粋でけして悪人ではなくて……ひゃんっ」

うっとり妄想していたら階段に蹴《け》つまずいてしまった。予想していたシメオン様がしっかり支えてくださったので、無様に転ばずに済む。おほほとごまかすわたしに、旦那様は諦《あきら》めの息をつくばかりだった。

中に入ればさらに豪華な造りが来訪者を圧倒する。大きな柱は吹き抜けの高い天井につながり、見上げれば華麗なシャンデリアがいくつも輝いている。大理石の大階段は優美な曲線を描き、左右からぐるりと回って踊り場で合流し、そこからさらに正面へ上がっていく。宮殿扱いされる国立劇場ほどではないが、芸術性にあふれる装飾で満たされた、とても美しい空間だった。

階段に囲まれるフロアでは、ブロンズの彫像が名作の一幕を演じている。その周囲には著名な作曲家の直筆の楽譜や、いわれのある楽器などが展示されていた。これらを見学するだけでもちょっと楽しめる。ぐるりと見て回ったわたしは、階段の近くに展示された絵の前で足を止めた。

「コッティネッリの『菫《すみれ》の貴婦人』……」

はじめて見る絵だった。以前来た時にはなかったものだ。簡単な解説が添えられていたので読んでみる。ラビアの画家による作品とだけ記されていて、どの演目を描いたものかなどはわからなかった。

そういうものではなく、普通の肖像画に見える。

「コッティネッリって有名な画家ですか？」

この手のものはシメオン様の方が詳しい。尋ねれば案の定すらすらと答えが返ってきた。

「不遇の画家として一部では知られていますよ。生前は評価されず、三十代で早世しました。肖像画の依頼を受けて生計を立てていたそうなので、これもそうした作品ではないでしょうか」

ふむ、やはりただの肖像画かしら。もしかしたら演目ではなく女優を描いたものかな。そういえばこの顔、どこかで見たような。

描かれているのは白いドレスを着た若い女性だった。栗色《くりいろ》の髪の美人で、ちょっと珍しい紫の瞳《ひとみ》をしている。大きく露出した胸元を飾る、アメシストと思われる首飾りが印象的だった。深い紫の大きな石が七つ連なり、周りを小さなダイヤが飾っている。その下にも紫の雫《しずく》がぶら下がっていた。多分瞳の色に合わせたもので、菫というのは女性と首飾り双方を指しているのだろう。

アメシストはそれほど高価な石ではないので、わたしも似たような首飾りを持っている。社交界にデビューした時お母様から譲られた。お母様はお祖母様から譲られたそうで、宝石というものはそうやって代々伝えられていく。

「ドレスのデザインを見るに、三十年くらい前のものでしょうか」

うんと昔の絵ではなさそうだが、少々古風でもある。この女優を描いたものではなさそうだ。

「ええ、コッティネッリは現代画家です。長生きしていればまだ存命だったでしょうね」

「いまいち知名度が低く、歴史的価値があるわけでもない……演目やモデルの名前もないし、どういう絵なのかしら？」

最初の疑問に戻ったわたしに答えてくれたのは、シメオン様ではなかった。

「それは最近手に入れたばかりの絵で、演劇には関係ないのですよ」

豊かに響く声に驚いて顔を上げれば、風采のよい男性がそばの階段を下りてくる。多分六十歳までいっていないだろう。年齢を重ねた深みと若々しい活力をともにそなえた、感じのよい人物だった。茶色の髪も半分くらい白くなっているけれど量はフサフサだ。

「ようこそおいでくださいました。劇場支配人のブランシュと申します。名高きフロベール伯爵家のご夫妻にご来場いただけますとは、光栄のかぎりに存じます」

わたしたちの前まで下りてきて、男性は丁寧に一礼した。なるほど、アール座の支配人だったのね。納得の貫禄《かんろく》だ。

「ご丁寧にどうも」

「ごきげんよう。素敵な夜を楽しみにまいりました」

わたしたちも挨拶を返し、せっかくなので絵について質問した。

「関係のない絵をここに展示していらっしゃるのは、なにか特別な理由が？」

ブランシュ氏は温かみのある笑顔で答えてくれる。

「いや、特別というほどでもないのですが。先日たまたまオークションに出ていたのを落札しただけです。絵のモデルがうちの女優に似ていたので気に入りましてね」

「ああ、わたしもどこかで見たお顔だと思ったのです。どなたかしら」

わたしはもう一度絵に目を戻した。アール座の女優でこの絵の女性に似ている人……と考えながら観察して、ふと気づく。

「あ、もしかしてグレースさん？」

記憶にある顔が絵の女性に重なる。たしかに似ているかも。女優の方は三十代の人なので印象が違うが、若ければもっと似ていただろう。髪もよく似た栗色だ。

「おお、ご存じでいらっしゃいますか。これはうれしい。ええ、おっしゃるとおりです。二十歳の頃のグレースにそっくりなんですよ」

ブランシュ氏はなつかしそうなまなざしを絵に向けた。単なる女優の一人に向ける顔ではなかった。たしか、とわたしは思い出す。グレースさんのフルネームはグレース・ブランシュ——支配人の娘だと聞いたことがある。自分の娘を見ているのだと思えば、彼の表情にも納得がいった。

なるほどねと思いながら、少し違和感も残る。だからといってここに展示するのはどうなのだろう。グレースさんは今いちばん人気の女優というわけでもないのに……ただの親馬鹿？　アール座は特定の役者をひいきしないと聞いているのだけどな。

「残念ながら足を止めてくださるお客様は少ないのですが、ラビアの公子様にも同じようなご質問をいただきましたよ。同郷の画家ということで目を留められたようですね」

内心不思議に思っていると、ブランシュ氏は驚くべきことを聞かせてくれた。

「リベルト殿下がこちらへいらしたのですか」

「はい、ついさきほど。いやあ、噂《うわさ》にたがわぬ美しいお方でした。今宵《こよい》はご身分の高いお客様が多くてありがたいやら、緊張しますやら」

自慢するでもなくブランシュ氏は笑う。わたしはちょっとシメオン様と目を見交わした。リベルト公子が今ここへ来ていらっしゃる……って、お一人ではないわよね。多分アンリエット様もご一緒だろう。つまりデートですか。

順調に親睦《しんぼく》を深めていらっしゃるのかな。それは喜ばしいことだ。お邪魔せずそっと見守りたいところだけれど、同じ場所に居合わせて知らん顔するわけにもいかない。あとでご挨拶しなければと、シメオン様とうなずき合った。

そこでブランシュ氏と別れ、わたしたちは客席へ向かった。シメオン様が手配してくださった席は馬蹄《ばてい》型に平土間を囲むボックス席だ。上の階になるほど席料は安くなり、天井桟敷ならとても安い料金で平服でも入れる。王族と庶民が同じ場所で一緒に楽しめるなんて、ちょっと他ではないことだ。劇場はそういうところも面白い。

わたしたちの席はいちばん下の階で、舞台正面に近い右手側だった。舞台が見やすくてとてもよい席だ。いちばん見やすいのは平土間の中央付近だけど、狭い座席が密集しているところに座りたがる貴族はあまりいないでしょうね。シメオン様もはなから選択肢に入れていないようだ。

係員に扉を開けてもらってボックス内に入る。狭い空間を奥へ進めばバルコニーの前に椅子と小さなテーブルがあった。わたしはワクワクしながらバルコニーに手をついて場内を見回す。眼下にずらりと並ぶ人の頭に、まだ緞帳《どんちょう》で隠されている舞台。その手前のオーケストラボックスではすでに楽団が準備を整えている。

左手を見ると舞台の真正面にある貴賓席が目に入った。間の客席が邪魔をしてちょっと見づらいので身を乗り出せば、アンリエット様とリベルト公子が談笑していらっしゃるのがわかった。

「マリエル、あぶないですよ」

「楽しそうにしていらっしゃいますね。ふふ、やはり婚約者とのおでかけは特別ですものね。思い出しますわ……なんだかいろいろ起きた気もしますが」

「あまり思い出したくないこともいろいろありますが、それはともかく乗り出すのはやめなさい。落ちそうで怖いし、はしたない。これ！」

腰にシメオン様の腕が回される。やりとりが聞こえていたのか、近くの席からくすくすと笑い声が上がった。「なにあれ、親子？」なんて声まで聞こえる。それが届いたのか貴賓席のアンリエット様がこちらを向かれた。

あ、今目が合ったかな。場所と相手を考えて手を振るような真似はせず、しとやかにおじぎしておいた。子供ではないもの、ちゃんとできますよ。親子ではありません、夫婦です！

渋いお顔のシメオン様に笑顔でごまかし椅子に戻る。外套《がいとう》を脱いで落ち着いた頃合いに料理が運ばれてきた。ボックス席の場合希望すればそういうサービスが受けられる。はじまるのが夕食の時間で終わるまで何時間もかかるので、お芝居を観ながら食事する人も多かった。ただし、物音が邪魔にならないよう手で食べる軽食くらいしか出ない。

具材を挟んだパンやキッシュ、手でつまむ小さなケーキ。簡単だけど美味《おい》しい食事を楽しんでいるうちに開演時間になった。場内のざわめきが静まり、緞帳がゆっくりと上がりはじめる。いよいよだと、わたしもいったん食事の手を止めて舞台に注目した。

最初の場面はヒロインの独白からだ。死の床《とこ》にあるヒロインが過去を回想するところから物語がはじまる。

豪華だけど暗い室内と孤独な寝台が現れた。ヒロインが寝台から手を伸ばし、嘆きと後悔の独白をはじめる。よく通る声でここまではっきり聞こえてきた。

台詞《せりふ》に聞き入っていたわたしは、しかしすぐ違和感に気づいた。わたしだけでない、他の客たちも気づいている。一度は静まった客席がまたざわめきだしたので、ヒロインの声が聞き取りにくくなっていった。

主演女優は気づいていない。なぜこんなに客席が騒がしいのかと腹立たしく思ってはいるだろうが、頑張って台詞を続けている。彼女には見えないだろう。寝台の後ろに立つ、舞台背景。部屋の壁部分に落書きのようなものがあるのだ。幕が上がるにつれて姿を現し、不自然さを人々の前に見せつけてきた。あれは演出ではないだろう。どう考えてもおかしい。わたしはオペラグラスを顔に当て——眼鏡がぶつかって邪魔なので、はずしてからもう一度覗《のぞ》き直した。

「……嘘《うそ》」

「マリエル？」

落書きが文字らしいことはわかっていた。オペラグラスで見ればなんと書かれているかもわかる。短い文章を最後まで読んだわたしは、間抜けに口が開くのを止められなかった。

「なんと書いてあるのです？」

尋ねるシメオン様に、ご自分で確認してもらおうとオペラグラスを渡す。同じように眼鏡をはずして覗き込んだシメオン様の身体が、一瞬固まったのがわかった。

難しいお顔でシメオン様はオペラグラスを下ろす。眼鏡をかけ直したわたしたちは、黙って見つめ合った。

『舞台にすべての幕が下りる時、菫の貴婦人をいただきに参上します。 ――リュタン』

5

ますます大きくなる人の声に背を向けて、わたしはボックスの出口へ向かった。

「マリエル！」

「犯人は近くにいるはずです！」

廊下へ飛び出すわたしにシメオン様が追いついてくる。

「あんなものがずっと前からあったら舞台関係者が気づかないはずありません。開演直前に書いたとしたらまだどこかにいるはずでしょう？」

「そうとはかぎりませんよ。人の目があるのに悠々と落書きなどできないでしょう。おそらく背景道具に布かなにかを重ねて二重にしておき、緞帳《どんちょう》に糸などでつないであったのです。幕が上がれば自然にめくりあげられ、下の本体が現れる。そんな仕込みは直前にはできません」

「なっ、なるほど——でも緞帳とつなぐのは直前でないと。いずれにせよ犯人は関係者の中にまぎれ込んでいるということですよね！」

スカートをつかんで猛然と廊下を走る。気分だけは。ううう、正装は動きにくくて早足になるのがせいいっぱいだ。隣に並ぶシメオン様はいたって普通の歩調である。

「だからといってあなたが向かってどうするのです。だいいち舞台裏など部外者が入れる場所ではないでしょうに」

「だってあの署名！　リュタンの予告状ですよ！」

「だから？」

シメオン様の声がわずかに低くなった。ひやりとしたものがまじったことに驚き、わたしは彼を振り返る。眼鏡《めがね》の向こうから見下ろしてくる水色の瞳《ひとみ》がわたしをとがめていた。

「シメオン様……？」

「リュタンがここにいるとして、だからどうなのです。会いたいのですか」

不愉快だとはっきり伝えてくる。そういう話ではないのに——と思いかけて、本当に？　と自分に聞き返した。

わたしはなぜリュタンの存在をたしかめようとしているのだろう。それはもちろん、あんな予告状を目の当たりにして気になるのは当然だ。物語みたいな展開で飛びつかずにはいられない。でも、本当にそれだけ？　リュタンは知らない相手ではない。もう何度も顔を合わせてきた知り合いで、友人くらいには思っている。向こうからは何度も口説《くど》かれていて、好意を持たれていることも知っている。

足の進みが遅くなった。シメオン様にどう答えればよいのか、すぐにはわからなかった。別にリュタンに会いたいから飛び出したわけではなく、ただ犯人がまだ近くにいるはずだと思って気がついたら身体《からだ》が動いていた。それだけ……ではあるけれど。

リベルト公子のことを考えるたびにリュタンは同行していないのかと気にしたのも、無意識に会いたがっていたのだろうか。会いたいか会いたくないかと聞かれれば、まあ……会いたいかも。だって知り合いが――友人が近くにいるなら顔くらい見たいじゃない。会おうと思って会える相手ではない。普段はどこにいるのかなにをしているのかさっぱりわからない。機会が訪れるのを待つばかりで、こちらからは会いに行けないのだもの。

だからってリュタンを異性と――恋愛対象と意識するわけではない。そういう気持ちはシメオン様にしか抱いていない。あくまでも友情止まりのはずで。

「わたしは……」

ここはとにかく否定しなければ。シメオン様に疑いを抱かせて傷つけたくない。ただ犯人を見つけたいだけだと言いかけた時、シメオン様が厳しい表情になって前方へ向き直った。

なにかに気づいた動きにつられてわたしも前を見る。大階段の近くまで来ていた。手すりの向こうに吹き抜けの空間が見える。上演中でがらんとした廊下にただ一人、手すりにもたれて立つ姿があった。

わたしは息を呑《の》んで立ち止まった。黒い外套《がいとう》を羽織った背の高い男性だ。短い黒髪が元気に跳ねていて、男らしく整った顔は若く快活だ。近くで見なくても知っている。こちらを見る瞳は海のような青色で――

「リュタン！」

わたしが声を上げるのとシメオン様が飛び出すのは同時だった。大理石で描いたモザイクを蹴《け》りつけて彼はリュタンへ走る。わたしたちを見る顔に不敵な笑みが浮かんだと思ったら、リュタンはそのまま背後へ倒れ手すりの向こうに身を投げ出した。

　上げそこねた悲鳴がひゅっと喉に吸い込まれる。黒い翼のように外套がひるがえり、すぐに視界から消えていった。地上階までかなりの高さがあるのに！　立ちすくむわたしを置いてシメオン様も手すりに飛びついた。下を覗《のぞ》き込むや一気に乗り越える。

　シメオン様まで――――！

　わたしはあわてて走った。ドレスの裾《すそ》に足を取られてなかば倒れ込みながら手すりにすがる。凍りつく思いで下を覗き込めば二人の姿はすでになく、「お客様！　そちらは関係者以外立ち入り禁止です！」と叫ぶ警備員が手すりの下の通路へ駆け込んでいくところだった。

　遠ざかる足音だけがホールに反響し、消えていく。安堵《あんど》のあまりわたしはその場に崩れ落ちそうになった。

　もうぅ、二人とも無茶なんだから！　この高さを平然と飛び下りちゃうのはすごいけど怪我《けが》をしたらどうするのよ。

　胸の中の空気を全部吐き出して身を起こす。間違いなく今のはリュタンだった。ということは、あの予告状は本物だったの……？

　リュタンがいるかもしれないと思いつつ、心の半分は疑っていた。今までリュタンが予告状を出したなんて話は聞いたことがない。いつも署名を残していったり、犯行のあとで広告を出したりしてふざけたお礼を述べ、自分のしわざであったと明かしていた。なにせ彼の本当の目的は諜報《ちょうほう》活動で、盗みは人々の目を真実からそらすためだもの。派手な泥棒騒ぎの陰で情報も盗まれていたなんて気づく人はほとんどいない。そのための「怪盗リュタン」だ。警備をだし抜くスリルを楽しむとか物語みたいなことは言わない。予告状なんて出したら仕事がやりにくくなって困るだけだから、彼がそんな真似《まね》をするはずがなかった。

それに、とわたしは背後を振り返る。廊下に並ぶボックス席の扉。奥の貴賓席にはアンリエット様とリベルト公子がいらっしゃる。こんな騒ぎを起こしたらせっかくのデートがぶち壊しではないの。ご主人様の目の前で悪ふざけをする？　二人がどういう関係なのかよく知らないが、リュタンはわりと忠実に従っている気がしたのに。

だから疑ったのだ。あれは有名な怪盗を騙《かた》る偽者のしわざではないのかと。

そうだ、わたしはそれを見極めたくて飛び出したのだ。今頃《いまごろ》やっと思考が追いついた。犯人を見つけてその正体をたしかめたかった。

……でも、見つけたのはリュタン本人で。

どういうことなのだろう。あれは本当にリュタンが書いた予告状だったの？　もしかしてリベルト公子の指示？　だとしたら、いったいなにを目的として。

考えれば考えるほどさっぱりわからなかった。わたしは階段へ向かい、地上階の展示フロアへ下りた。警備員が数名残って展示物を見張っている。「菫《すみれ》の貴婦人」に異常はなく、来た時と同じ状態のままそこにあった。

絵を見ていると、職員を引き連れてブランシュ氏が駆けつけた。彼は真《ま》っ青《さお》な顔で「菫の貴婦人」へ直行する。絵が盗まれていないと知ると、さきほどのわたしのように深く息を吐いて安堵していた。

「舞台はどうなりました？」

尋ねると今はじめて気づいた顔でわたしを見る。挨拶した時とは別人のように、ブランシュ氏は力なく首を振った。

「いったん幕を下ろさせました。あれではとても続けられませんので……せっかくお越しいただきましたのにこのような騒ぎになりまして、なんとお詫《わ》び申し上げればよいのか……」

「ブランシュさんが謝られる必要はありませんでしょう。被害者ですのに」

「そう言っていただけますと救われます……しかし、王女様や公子様の御前でこのような……」

「だ、大丈夫ですよ。アンリエット様はとても気さくでお優しい方ですし、リベルト殿下もけしておとがめになどなりません。ええ、きっと！　心配いりませんから！」

もしかして張本人かもしれないのに文句を言われてたまるものですか。そんなことになったらこちらも黙っていないわ。そう思ってブランシュ氏をはげましているとシメオン様が戻ってきた。

「逃げられました」

首を振りながら彼はくやしそうに言う。さすがリュタン、シメオン様をもってしてもとらえられなかったか。

わたしのそばまで来ると、シメオン様はブランシュ氏に尋ねた。

「その絵には、どのようないわれがあるのです？」

「いわれと申されましても……」

鋭い視線を受けてブランシュ氏がうろたえる。ようやく戻りかけた血の気がまた引いてしまった。

わたしはそっとシメオン様をつついた。

「ブランシュさんは被害者ですよ。怯《おび》えさせないでくださいな」

「……そのようなつもりは。普通に聞いているだけですが」

「まだお顔が怒っています。ほら、深呼吸して笑顔笑顔」

「え、笑顔……」

「ごめんなさい今のナシ！　普通でいいです！」

シメオン様が意識して笑顔を作ると凄味《すごみ》増し増しの鬼畜様になってしまう。周りの人がかえって震え上がり、一斉にあとずさってしまった。その反応にシメオン様もひそかにショックを受けている。よけいなことを言ってすみませんでした！

「……あれは、ラビアのオークションに行った時たまたま見つけたものでして、特にいわれなどは聞いておりません」

ブランシュ氏が汗を拭《ふ》き拭き答えた。まだ動揺の残る顔で、それでも支配人として事態に対処しようと頑張って平静な態度を取り戻していた。

「持ち主もどういういきさつで家にあったのかわからないと。親族が亡くなったあと物置を整理していたら出てきたそうで、専門家に鑑定してもらったところコッティネッリの作品であることがわかり、それなら売れるのではと出品したのです。私が落札しましたが、競争もなかったので高額にはなりませんでした。アルジェに換算しますと五百を少し切る程度です」

「意外とお安いのですね」

思わずわたしは言ってしまった。五百アルジェならわたしのお小遣いでも買える。有名な画家の絵なんてその百倍は値がつくものだと思っていた。

「人物画ですから。コッティネッリは肖像画をたくさん描いています。希少価値がないということで高値はつかないのです。これが風景画であれば二、三万にはなるでしょうが」

「はあ、そうなのですか」

「わざわざ予告状まで出して盗むような絵ではないはずですがね。そこの楽譜やヴァイオリンの方がよほど貴重で高価なものですよ」

他《ほか》の展示物を示してブランシュ氏は言う。シメオン様は難しいお顔で絵を見つめ、考えていた。

その後、大急ぎで背景を取り替えて舞台ははじめからやり直したが、終始客席がざわめいていて役者たちがかわいそうだった。きっと誰《だれ》もお芝居に集中していなかっただろう。かの怪盗リュタンの予告を目撃したという興奮が人々の意識をすっかり奪ってしまっていた。せっかく楽しい喜劇なのに、ここぞという場面でもろくに笑いが上がらない。幕が下りたあとのカーテンコールも少なく、さっさと席を立つ姿が多かった。

「あんなやり方で予告するなんて、ひどい迷惑ですね。たしかに強烈な印象を与えることには成功していますが。きっと明日《あす》はどの新聞も一面の見出しに書きますね」

幕がもう上がらないことを確認して、わたしたちも帰り支度にとりかかった。あとでお見舞いでも手配しようかな。ブランシュさんも役者たちも本当に災難だこと。

「案外話題になったと喜んでいるかもしれませんよ。これでアール座はサン＝テール中の注目を集めることになった。明日から客が殺到して入りきれなくなるでしょうね」

「真面目《まじめ》にお芝居に取り組んでいる人なら、こんな形で話題になっても喜べませんよ。アール座はもともと人気の劇場なのですから変な話題づくりをする必要もありませんし」

もう深夜だ、外はかなり寒いだろう。肩の出るドレスの上にガウンを着て、さらにその上にケープを重ねた。

「あれは本当にリュタン本人の書いたものだったのでしょうか……」

首をひねるわたしに「これも着ておきなさい」とシメオン様はご自分の襟巻きをかける。髪を結い上げているため剥き出しになったうなじを、やわらかなカシミアの感触が包み込んでくれた。ぬくもりを楽しむふりしてこっそり鼻を寄せる。シメオン様の匂《にお》いが残っていた。香水のような強い香りではなく、もっとひそかに優しい匂いだ。

「違うと思うのですか？」

「わかりません。いろいろ気になる点があって、不可解な事件ですね」

「そんなことに頭を悩ませている場合ではないでしょうに。ある意味気分転換にはなったかもしれませんが、あなたが今考えるべきことは他にあるはずですよ」

「うっ……いやだ、思い出させないでくださいな。はあ、帰ったらまた頑張らないと」

わたしの頭をポンと叩《たた》き、シメオン様は外へうながす。彼とともに廊下へ出れば、近衛《このえ》の白い制服が目についた。彼らもこちらに気づき、上官に敬礼する。奥からアンリエット様とリベルト公子が出てくるところだった。

「こんばんは、マリエルさん。シメオンも」

アンリエット様の方から声をかけてくださる。わたしたちはおじぎしてお二人を迎えた。

「ごきげんよう。お二人がお越しと伺い驚きました」

「リベルト様がお誘いくださったの」

アンリエット様は相変わらず幸せそうだ。頬《ほお》を染めながら婚約者を見上げ、優しい微笑《ほほえ》みを返されてますます赤くなっている。見ている方が照れてしまうほどの熱々ぶりだった——表面上は。

わたしは思いきってリベルト公子にも話しかけた。

「演劇はラビアが本場と言われておりますが、ラグランジュの舞台はいかがでしたでしょう……と、お伺いしたいところにございますが、あのような騒ぎが起きますとはね。せっかくのお運びでしたのに、役者たちもさぞ無念な思いでいっぱいでしょう」

シメオン様がちらりと視線だけわたしに向ける。公子様は表情を変えず、優しい笑顔のまま首を振った。

「いいえ、彼らの歌も演技も見事でしたよ。うろたえることなく堂々と続けて立派でした。場内が騒がしかったのはたしかに残念ですが、十分に見応えのある舞台でしたよ」

けがれなき天使のごとき微笑みで美貌《びぼう》の公子様は答える。そこになんの悪意もうしろめたさも見つけられなかった。迷惑をこうむった役者たちがかわいそうだと当てこすっても、まるで気づかないふりで聞き流し、よい舞台だったと誉めている。騒ぎに気分を害することなく役者たちをねぎらう優しい公子様——知らない者が見ればそうとしか思わないだろう。彼こそが黒幕かもしれないなどと気づく余地がない。こんな人を疑う方がどうかしていると恥じ入りそうになるほどの、あまりに無垢《むく》な笑顔だった——表面上は。

どこにもほころびはないように見える、その完璧《かんぺき》さこそがうさんくさい。だって彼はリュタンの主《あるじ》だ。それはもうシメオン様もセヴラン殿下もご存じのれっきとした事実なのに、なにも知らない関係はないと言わんばかりのこの態度。彼が今、意識して純真な笑顔を作っているのは明らかだった。

すごいわ……これほど完璧に演じきるなんて、誰よりも彼がいちばんの名優だ。

背中がゾクゾクした。得体の知れない人物に対する緊張と、よくもぬけぬけと言うものだという呆《あき》れ、そして——萌《も》え。

胸がときめいて止まらない。彼こそ真の腹黒様！　シメオン様とは正反対、表面真っ白中身真っ黒の本物です！　そうよね、ただ優しいだけの人にラビアみたいな難しい国のお世継ぎが務まるわけないのよ！

「本当に、あれには驚いたわ。まさか怪盗リュタンの予告をこの目で見ることになるとはね」

なにも知らないアンリエット様が無邪気におっしゃる。

「予告に書かれていた『菫の貴婦人』って、下のフロアにある肖像画よね？　リベルト様も見ていらっしゃいましたよね」

「ええ、コッティネッリはラビアの画家ですので。彼の作風は写実的ながら優しい色彩とタッチが特徴で、見ていてほのぼのした気持ちになるのです。大公宮にも何点か所蔵されているのですよ」

「公子様はコッティネッリがお気に入りでいらっしゃいますか？」

「そうですね、好きな画家の一人です。フロベール夫人は？」

「わたしは絵についてはあまり詳しくなくて。でもリュタンに狙《ねら》われるなんて、コッティネッリの絵は大変な値打ちものなのですね」

「そういうことになるのよね？　普通の肖像画に見えたけど……」

「ねえ？　美術品の価値って素人《しろうと》にはわかりませんわね。大公家にコレクションされるほどですから、いずれも名画なのでしょうね」

後ろからシメオン様がこっそりついてくる。ほどほどにしなさいという合図に、申し訳ないが知らん顔させていただく。リベルト公子はまったく動じるようすもなく世間話の調子で言った。

「コレクションというほどのものではありませんよ。祖父の頃にコッティネッリに依頼して肖像画を描かせたのです。ああでも、風景画も一枚ありますね。おそらく援助のつもりで買ってやったのでしょう。当時はまったく評価されることのない画家でしたから」

「まあ、そうなのですか」

シメオン様が小さく息をつく。大丈夫ですよ、無礼になるようなことは言いませんから。ただ公子様の反応を見ているだけです。あの予告はリュタンが勝手にやったことなのか、公子様の命令なのか。尻尾《しっぽ》がなかなか出なくて見極められない。

「でも不思議ですよね、今までリュタンが予告状を出したことなどございませんでしたのに。わざわざあんな目立つ真似をするなんて、もしやお二人がいらっしゃることを知って見せつけようとしたのでしょうか」

「ええ？　どうしてわたくしたちに？」

「さあ……もしやあの絵は大公家と関わりがあったり、とか？」

コホン、とシメオン様が咳払《せきばら》いをした。わたしの腰に腕を回し、少し強引に引き寄せる。

「もう遅いのですから、あまりここで話し込んでお二人を足止めするのではありませんよ。おしゃべりなら日をあらためてゆっくり時間を取ればよいでしょう？」

水色の瞳がめっと叱《しか》りつけてくる。踏み込みすぎというわけですか。相手がえらい人だとやりにくいなあ。

「そうですね、申し訳ございませんでした。お芝居のあとというものは、つい興奮が残ってしまって。大変失礼いたしました」

おとなしく従って話を切り上げると、アンリエット様は苦笑した。

「わたくしも全然話し足りないわ。シメオンってば昔からこうよ。ちょっと夜更かししていると早く寝ろって叱るの。近衛なのだか乳母なのだかわからないといつも思っていたわ」

「わあ目に浮かぶ」

ふたたびシメオン様が咳払いをし、公子様はくすくすと笑い声を上げた。

「ねえ、明日王宮へ来られるかしら？　できればもっとゆっくりお話したいわ」

さっそくのお誘いを受けて明日の訪問が決定する。公子様はお仕事もあるそうで、一日中一緒にいられるわけではないらしい。空いた時間に続きを話そうということになった。きっとたくさんのろけ話を聞かされるのだろうな。まあそれも取材です、楽しみにさせていただきましょう。

地上階のフロアまではお二人と一緒に下りる。「菫の貴婦人」は展示をとりやめて撤去されていた。盗難を警戒する以上に、野次馬が殺到して混乱が起きることを防いだのだろう。係員が声を張り上げて客たちに説明している。絵がすでにないと知れば、みんな素直に出口へ向かっていた。

アンリエット様たちは王族専用の出入り口を使われるので、そこでお別れする。リベルト公子は最後まで穏やかで泰然とした態度を崩さなかった。

「優しそうなお顔をなさって、とんでもない曲者《くせもの》ですね。でもあれでわかりました。きっとあの予告状は公子様の知らないことではありませんよ。そうならあそこまで平然としてはいられないでしょう」

シメオン様と馬車に揺られて帰路につく。劇場街を離れ郊外へ向かう道に入ると、だんだん窓の外の明かりが減っていった。

「もしリュタンの勝手な行動だとしたら、ご主人様に対する反逆と言ってもよい事態ですもの。目の前に見せつけて騒ぎを起こすなんて、不愉快に思われるはずです。怒りは人から余裕を奪いますから、たとえ笑顔は崩さずともピリピリした気配があったはずですわ」

「事情も知らないまま決めつけるのではありません。本当にリュタン本人のしわざと決まったわけでもないのですよ」

わたしの意見には乗ってくださらず、シメオン様は苦いお顔でたしなめてくる。

「あら、てっきりシメオン様はそう考えていらっしゃるのかと。でしたらなぜリュタンを追われましたの？」

「あの状況で追わない方がおかしいでしょう」

当たり前に返す言葉におかしくなる。もしつかまえていたら、きっと容赦なく締め上げていたのでしょうに。

「誰のしわざかはともかく、あそこにリュタンが現れて無関係なはずはありませんよね？」

「それは認めますが、リベルト公子が絵を盗ませる理由など考えつきません。仮にあの絵が本当に大公家縁《ゆかり》のもので手に入れたいのであれば、まず買い取り交渉をするでしょう。まがりなりにも公子殿下がいきなり盗むことなど考えないはずです」

「すでに交渉して断られた、とか？　ブランシュさんにも疑問があるんですよね。特別な絵ではないと言いながら、とても大切にしているようでしたもの」

ブランシュ氏の話になり、わたしは彼の顔を思い出した。娘のグレースさんが二十歳の頃というと今から十数年前だ。とてもいとおしげに、なつかしそうに絵を見ていたけれど……そんなになつかしむほどかしらね？　子供の頃を思い出すならともかく、大人《おとな》になってからの十年ではそれほど姿は変わらない。よほど思い出深いできごとでもあったのか……あのまなざしはもっと違うなにかを見ていたような気もする。

「グレースさんに似ているから気に入って落札した。そのお話だけならおかしなところはありません。ただあそこに展示するのはおかしいでしょう？　自宅なり支配人室なりに飾ればよいではありませんか。わざわざ劇場に展示して多くの人に見せる理由はなんなのでしょう」

「…………」

「グレースさんって歌も上手《うま》いしいい演技をされますが、脇役に回ることも多い人です。特別ひいきされているという話は聞きません。ブランシュさんは公私混同しない人のようですね。なのに親馬鹿《おやばか》よろしくあの絵だけ見せびらかすなんて不自然でしょう」

シメオン様は腕を組んで黙っている。座席に深くもたれ目を閉じる姿は眠っているようでもあるが、ちゃんとわたしの話を聞いてくださっているのはわかっていた。どんな話をしても、いつもちゃんとつき合ってくださるもの。無視して聞き流すということはしない人だ。

だからわたしは気にせず話を続けた。

「それに騒ぎが起きた時、ものすごくあわてて飛び出してきたのです。真っ青な顔で駆けつけて絵が無事だと知ると安堵していましたわ。五百アルジェほどの絵にですよ？　親の形見とかではなく、最近買って来たばかりの。どんな安物でも盗まれたくはないでしょうが、それにしてもおかしな反応ですよね？」

「…………」

「なんだか、わからないことばかりでお手上げです。いったいなにが起きているのだか」

ため息をつくと、シメオン様も息を吐き出して腕組みをほどいた。水色の瞳がしかたなさそうにわたしを見る。

「わかることもありますよ。ブランシュ氏は見せびらかすためではなく、真に見てもらいたくて絵を展示していたのでしょう」

「……どう違いますの？」

言われた意味がよくわからなかった。説明を求めるついでに座席の上を移動してシメオン様にくっつく。ちょっと寒くてぬくもりを分けていただきたいのだ。ガウンとケープだけでは足りなかった。シメオン様はわたしをお膝に抱き上げ、外套の前を開いて中に入れてくださった。大きな胸に頬を寄せて甘えればぬくもりが心地よい。頭や背中を優しくなでられて、うっかりとろけて眠り込んでしまいそうだ。

「詳しい事情はもちろんわかりませんが、絵を――肖像画ですから、人相書きとも言い換えられますね。それを不特定多数に見せる理由といったら？」

「……尋ね人？　え、でも最近手に入れたばかりの絵ですよね。グレースさんに似ているといっても別人で、描かれたのは三十年くらい前で……ええと」

頭を上手く整理できないわたしに、シメオン様は焦《じ》れることなく丁寧に言葉を重ねる。

「そう、別人です。女優を見せたかったのではない。見せたかったのはモデルの女性です。この人を知りませんかという問いかけだったのでは？」

「……知っている人が現れるのを期待して……足を止めてくれる人は少ないと残念がっていましたね。そういうことで……となると、あの絵のモデルをブランシュさんは知っていた？　その人を見つけたいと考えている？」

ブランシュ氏の年齢を考えれば、モデルと知り合いだった可能性は十分にありえる。絵が描かれた時彼は二十代か、せいぜい三十歳くらいだろう。ひょっとして昔の恋人だったり？　あ、いえいえ待って、それがグレースさんに似ているということは！

「もしかして、グレースさんのお母様かも⁉」

つい勢いよく顔を上げてしまい、シメオン様のあごに頭突きしそうになった。さすがの反射神経で彼はさっとかわし、落ち着くようわたしの頭を押さえる。ごめんなさいと謝ってわたしは元の姿勢に戻った。

「決めつけるのは尚早ですが、可能性としては考えられますね。だとしたら、一般的な評価は低くても彼にとっては価値のある大切な絵というわけです。一連の行動に説明がつくのでは？」

「つきますね……」

おおお、謎《なぞ》が一つ解明された。いえまだ推論だけど、シメオン様のお話はとても説得力があって納得できるものだった。

血相を変えて駆けつけた理由がわかる。ブランシュ氏にとって、盗まれてしまっては困る絵だったのだ。

「行方《ゆくえ》のわからない奥様か、あるいは昔の恋人をさがしたくて、誰か知っている人が気づいてくれないかと絵を展示した……そう仮定するとすっきり筋が通りますね。さすがシメオン様！」

わたしは手を打ってはしゃいだ。うちの旦那《だんな》様は本当に全方面に有能だ。筋肉だけでなく頭脳も一流のできるゴリラ、近衛騎士団の鬼副長！　これでこそわたしのシメオン様よと喜びかけて、まだほどけていない糸が残っているのを思い出した。

「ブランシュさんの方はそれでよいとして、ではリュタンの予告状は？　買い取り交渉は多分していないでしょうね。きれいさっぱり知らん顔されていましたし、ブランシュさんもなにも言っていませんでしたもの。たしかに公子様がいきなり盗ませようとするとは考えにくいし、そもそも予告なんてする必要もないし……うーん」

ふたたびうなって考え込む。予告状についてはさっぱり意味がわからなかった。

そんなわたしにシメオン様はやれやれと呆れた声を漏らす。

「推理ごっこよりもっと頭を悩ませる問題があったのでは？　コソ泥のことなどどうでもよいでしょう」

「そちらも悩みますが！　もう、また思い出させる！　不可解な状況を目の当たりにしてどうでもよいと忘れられるわけないでしょう。このままではとても落ち着いて執筆に集中できません。いっそ取材した方がよいくらいですわ」

「そんなにリュタンが気になりますか」

「また拗《す》ねる。そういう意味で気にしているのではありませんてば」

わたしは両手でシメオン様の頬を挟んだ。

「あの時飛び出したのは本当にリュタンのしわざなのか、偽者が仕掛けたものなのか、たしかめたかったからだと言いましたでしょう？　嘘《うそ》やごまかしではありません。わたしシメオン様を裏切るようなことは考えていません」

「もちろん、そうでしょうとも」

んもう。認めるふりしてまだ拗ねている。お膝の上で伸びをして、わたしはシメオン様に口づけた。

「知り合いですし、いいかげん友人認定してもいいくらいに思っていますから気にはなりますよ。全部否定する気はありません。でも心配されるようなことはありませんから。もしリュタンがあの絵を狙っているのなら全力で阻止してやりますとも。どういう理由があろうと泥棒はいけません。ブランシュさんの大切な絵なのですから、なおさら守らないと」

「あなたが奮闘する必要はないのですが」

息を吐いてシメオン様はわたしを抱き直す。お返しの口づけはずいぶん長くて熱烈だった。

「ん、ん……め、眼鏡、眼鏡が当たって……うん」

お揃《そろ》い第二弾、先日だめにして作り直したばかりの眼鏡がぶつかり合っている。痛いし傷がついてしまうってば。

「……もう」

ようやく解放されてずれた眼鏡をかけ直す。旦那様もツンと澄ましてやはり眼鏡をかけ直した。鬼畜っぽいような子供っぽいような、拗ねるあなたも可愛《かわい》くてたまりません。あんもう大好き。

「盗難対策についてはブランシュ氏から警察に要請をかけるでしょう。部外者の出る幕ではありませんよ」

そう言ってシメオン様は窓の外へ顔を向けた。話しているうちに大分進んで、そろそろ郊外にさしかかっていた。

一晩中眠らない繁華街と違い、このあたりはもう寝静まる時刻だ。明かりの灯《とも》る窓は少なく、静かな道に馬車の音だけが響いていた。

「われわれはたまたま居合わせただけの無関係な人間です。ブランシュ氏に協力を頼まれたわけでも

ない。興味を持つのは当然でしょうが、立場は野次馬なのですよ。それをわきまえなさい」

「むう……」

ずばり言われてしまうと返す言葉がない。たしかにわたしにはなんの権利も義務もなく、おっしゃるとおり野次馬でしかなかった。

むくれてわたしは目の前のクラバットをいじる。子供をなだめるようにシメオン様の手が背中を叩いた。

「警察ではリュタンを止められませんわ」

「だからといって勝手に関与できません。明日、王太子殿下にご報告しますよ。リベルト公子がからんでいるのなら、うかつな対処はできません。どうすべきかご判断を仰がねば」

「……はい」

規則的なリズムでくり返し背中を叩かれていると、だんだん眠くなってくる。まだ考えるべきことがたくさんあるのにと思っても、まぶたに鳩《はと》が乗ったみたいに重くてたまらない。次第にわたしはとろとろとシメオン様の腕の中でまどろみはじめた。


——舞台にすべての幕が下りる時、菫の貴婦人をいただきに参上します。

あれは本当にリュタンの予告状なのだろうか。ブランシュ氏以外にはさほど価値のない絵が、なぜ狙われるのだろう。

……ううん、なにかおかしい。予告って、盗むためのものではなく知らせるため……見せつけるためではなくて……？　絵を狙うというよりも……。

なにかがわかりかけた気がした。もつれた糸をほどく手順が見えかけたのに、思考がどんどん溶けていってまとまらない。わたしを眠らせてしまおうと優しく叩き続ける手のせいで、まんまと意識が夢にとらわれていく。

脳裏に黒い翼がひるがえっていた。いつも陽気に口説いてくるすっかり見慣れた顔が、急に知らない人みたいにわたしを突き放してくる。不敵な笑みを残して消えていき、かわりに亜麻色の髪の美しい人が浮かんでくる。優しく微笑みながら平然と嘘をつく公子様。絵に描いたような腹黒ぶりにはしゃいだけれど、もしあの方がよからぬことを企《たくら》んでいるのだとしたら。

無邪気に純粋に憧《あこが》れて、嫁ぐ日を楽しみにしていらっしゃるアンリエット様……どうかあの方の想《おも》いを踏みにじるようなことにだけは、なりませんように……。

6

夜更かしのせいで寝過ごして、目を覚ました時すでに旦那《だんな》様は家を出てしまっていた。行ってらっしゃいのご挨拶《あいさつ》は欠かすまいと決めていたのに、不覚なり。シメオン様も起こしてくださればいいのにとむくれながら一人で朝食をとった。

予想どおりすべての新聞が昨夜のできごとを報じていた。「ラ・モーム」は当然一面記事にしているし、「シェルシー」も大きく取り扱っている。

ゴシップ紙の記事は情報として読むには信憑性《しんぴょうせい》に欠けるので高級紙から先に読んでいくが、目新しい情報はなにも得られなかった。予告された絵についての説明は昨夜ブランシュ氏から聞いたとおりの内容でしかない。ちなみに舞台に予告状を仕掛けた方法はシメオン様の考えたとおりだった。

変装名人のリュタンなら関係者に化けて大道具に細工するくらい簡単でしょうね。偽者の犯行だとしたら、考えられる可能性は……狂言？

昨夜眠り込む寸前に考えかけたことを思い出す。そう、絵の価値とか考えるからややこしくなる。わざわざ予告状を出したのは大声で宣伝して人々の目を引きつけるためではないだろうか。

ただ展示するだけでは絵に注目してくれる人は少ない。大きな劇場といっても街中の人が集まるわけでもないし。尋ね人に関する情報がほしいならもっと話題を広めないと。その点昨夜の騒ぎはもってこいだった。このとおり新聞という新聞が報じているから、夜明けとともにサン＝テール中に知れ渡っている。

それを狙《ねら》ったブランシュ氏の自作自演？　……という仮説も成り立つけれど、どうにも腑《ふ》に落ちない。昨夜の彼のようすはとても演技には見えなかった。絵はすぐに片づけられてしまったから宣伝なのだとしたら矛盾している。そしてリュタン。あの場にリュタンがいた理由は？

偶然、なのだろうか。怪盗騒ぎを計画した日にたまたまリベルト公子が訪れて、部下であるリュタンも同行していた。まさか本物がいるとは思わず、彼の目の前でリュタンの名を騙《かた》ってしまった……とか？

テーブルいっぱいに広げた新聞の前でわたしは首をひねり続けた。どうにかこうにか説明にはなるけれど無理やり感が否めない。ちょっとできすぎだ。

まったく、リュタンもリュタンよ。黙って逃げないで一言説明くらいしていきなさいよね。いつもよけいなことはいっぱい言うくせに。

「まだのんびりしているの？　今日は王宮へ行くのでしょう。早く支度しないと間に合わないわよ」

いくら考えてもわからなくて脳内の泥棒に文句を言っていると、お義母様《かあさま》が部屋に入ってきた。急《せ》かされるので時計を見るが、時間はたっぷりある。フロベール邸から王宮まで三十分とかからないのであわてる必要はないはずだ。

「お約束の時間にはまだ早いですわ。昼食にお誘いいただきましたので、お昼の少し前にお伺いする予定です」

「昨日《きのう》馬車の中で眠り込んで、帰り着いてからも寝ぼけてお化粧を落とさせるのがやっとだったと聞いていてよ。そんなままで王女様の御前へ出るつもり？　フロベール家の若夫人たる自覚を持ってちょうだい。着替える前にお風呂に入ってしっかり磨き上げるのよ。さあさあ、急いで！　あなたたち、まかせましたよ」

お義母様の号令を受けて侍女《ジョアンナ》と女中たちが入ってくる。こうなったら抵抗する余地はない。あれよあれよと浴室に連行されて服をはぎ取られ、お湯に放り込まれてしまった。野菜のように丸洗いされている最中、扉の向こうでお義母様が指示を出している。今日《きょう》も自分でドレスを選ぶ権利は与えてもらえないらしい。

そうして頭のてっぺんから爪先《つまさき》までお義母様コーデに固められ、約束の時間ぴったりにわたしは王宮に到着した。

「いらっしゃい。お待ちしていたわ」

アンリエット様が今日も気さくに迎えてくださる。深いワイン色のドレスに金色のツタと木の実が刺繍《ししゅう》されていた。秋の彩りを表した可愛《かわい》らしい装いだ。ふわふわした巻き毛にも金細工の木の実が飾られていた。

通されたのは地上階にある、小さな庭を眺められる部屋だった。半分温室みたいになっていて明るく開放的な空間だ。花の少ない季節だけれど、紅葉した植え込みの間に東の国から入ってきたという菊が控えめに咲いていた。

部屋の中では白と黒の長い毛を持つ小さな犬が遊んでいた。わたしが入ると床に爪《つめ》の音を立てながら寄ってくる。リベルト公子から贈られたアンリエット様の愛犬だ。わたしは犬の前にしゃがみ、猫とどちらが小さいだろうかという頭をなでてやった。

「こんにちは、ペルルちゃん」

人なつこく賢い子で、ちゃんとわたしのことを覚えている。無駄吠《ぼ》えもせずうれしそうに尻尾《しっぽ》を振っていた。

「昨日のドレスも素敵だったけど、それもとびきりおしゃれね。どなたの見立て？」

アンリエット様は窓の前の心地よい椅子《いす》にわたしを誘ってくださった。向かい合って座れば犬がアンリエット様のスカートに前脚をかけておねだりする。膝に抱き上げなでてやりながら、アンリエット様はこちらのドレスに関心を見せられた。

「義母《はは》です。嫁いでからはほとんど義母がわたしの装いを決めています」

派手なのはいやだと言ったら、たしかに落ち着いてはいるけれど高級感増し増しになってしまった。おしゃれすぎてまったく地味になれない。風景に埋没できない。深刻な問題である。

苦笑気味にお答えするわたしの心情を悟ってくださり、アンリエット様も笑われた。

「伯爵夫人のおしゃれ好きは有名だものね。さすが、ちゃんとあなたに似合うものを選んでいるわ。色が落ち着いているのに地味には感じないの。洗練された上品さが際立っているわ」

「そこが悩みどころなのですが」

「あなたならもっと可愛らしい感じが似合うのではと思ったのに、意外とこういうのも合うのね。いつもよりずっと大人《おとな》っぽい雰囲気になっているわよ」

「本当ですか⁉」

「ええ、これなら子供っぽいとは言われないわ。お見事ね、わたくしも伯爵夫人に見立ててもらおうかしら」

そんなことを言ってアンリエット様はご自分のスカートに手をすべらせる。王女様にふさわしい格をそなえ、可愛らしさもある、十分に素敵なドレスなのにとわたしは首をかしげた。

「新しいドレスをお作りになるのですか？」

「そうではなくて。わたくしも、そんなふうに上品になりたいの」

「もともと上品でいらっしゃいますよ」

「ああ、いえ、なんというか……つまり、気が強く見えないような、もっとおとなしくて可愛らしい雰囲気になりたいな……という、ね」

もじもじとスカートをいじりながら恥ずかしそうにおっしゃる。今とてもお可愛らしいですから！

わたしの胸がキュンとしましたよ！

顔がにやけそうになってしまった。女の子がこんなふうになる理由は決まっている。そうなの、公子様に可愛いと思われたいのね。周りの侍女たちもこっそり笑いを隠している。恋する女の子ってどうしてこういじらしいのだろう。

「お望みなら義母に伝えますが、ご心配なさらずともアンリエット様はお可愛らしゅうございます。今のお顔、公子様がご覧になったらさぞ萌《も》え――ではなく、ときめかれたでしょう」

王女様をニヤニヤからかうわけにはいかないので、言葉を選んでお話しする。公子様のことを言われて赤くなるかと思いきや、アンリエット様はしゅんと眉《まゆ》を下げられた。

「そうかしら……」

あらら？　予想と異なる反応をされて、わたしは目をまたたく。急に元気がなくなられた。手元に視線を落としたまま不安そうに黙っていらっしゃる。

「アンリエット様？」

声をかけると気を取り直すように顔を上げられ、でも途中で笑顔がまた曇ってしまった。

「どうなさいました？」

「……どうもしないわ」

アンリエット様は元気なく首を振られる。そっと侍女たちを見ても困った視線を返されるばかりだ。

「公子様とけんかでも——なさるとは思えませんが、なにかすれ違いのようなことでも？」

「いいえ。リベルト様はずっと優しくしてくださっているわ。心配しないで、なにもないのよ。ただ、わたくしがちょっと気にしているだけで」

「どのようなことを？」

恋をすると幸せな気持ちと同じかそれ以上に不安も多くなる。出会ったばかりでお互いをまだよく知らない時は特に、いろいろ考えてしまうものだ。わたしにも覚えのあることなので、じっくりお話を聞いてさしあげようと思った。一人で考え込んでいるとどんどん落ち込んでしまうものね。そういう時は誰《だれ》かに聞いてもらうのがいい。

話してくださるのを急かさずに待っていると、ためらいがちにアンリエット様は口を開かれた。

「本当になにもないのよ……なさすぎるから気になるというか」

「幸せすぎて怖いというお話ですか？」

「ちょっと違うかしら。そこまで幸せだと思い込めないわ。もちろんリベルト様が冷たいとかではないのよ。言ったとおりとても優しくしてくださるわ。わたくしが緊張しておかしな話をしてしまっても馬鹿《ばか》にせず、いちいち丁寧に答えてくださる。聞き流さないで、ちゃんとわたくしに向き合ってくださっている……それはたしかなの。でも内心でどう思われているのかしらと、ずっと気になっていて……」

ふーむ、相手の本心が気になるというパターンですか。

「だってわたくしたちの婚約は、完全な政略よ。恋愛どころか面識すらなかったのよ。以前も少し話したけど向こうにとっては押しつけられた花嫁だわ。政略的には受け入れても個人の感情は別よ。本当はうとましく思われているかもしれない……もしかしたら好きな人がいたのにわたくしのせいで引き離された……って、そんな可能性も考えてしまって」

アンリエット様の不安は漠然としたものではなかった。ちゃんと理由があって、聞けばたしかに不安を抱いても無理はない。舞い上がっているように見えて現実も忘れてはいらっしゃらなかった。

幸せそうなお顔の裏でそんなことを考えていらしたのかと、わたしは少し表情をあらためた。アンリエット様は賢い方で、王女としての心得も叩《たた》き込まれていらっしゃる。普段は難しい話題を避けて普通の女の子みたいにはしゃいでいらっしゃるけれど、なにも考えず夢だけ見ているような女性ではないのだ。

「お考えはわかりましたが、少々悲観的になりすぎですね。たしかに個人の感情より国同士の事情優先で決められた縁談ですが、出会い方の一つにすぎませんよ。顔も知らなかった人に嫁いで、それでも幸せに暮らしている人はたくさんいます。大切なのは出会ったあと、どのように関係を作っていくかだと思います。公子様はよい関係を作っていきたいと言ってくださったのでしょう？」

「そうだけど……」

「仮に公子様に恋人がいたとしましょう。でもその方と結婚せずアンリエット様との縁談を受け入れた時点で、公子様はご自身の判断と責任によって選択をされたのです。誰かのせいにすることではございません」

「………」

「大きな声で言うのははばかられますが、大公殿下より有能で着々と実権を手に入れていらっしゃる、なんて噂《うわさ》も聞こえてきます。ラグランジュ派とイーズデイル派、反目し合う派閥双方から支持されているようなやり手です。お芝居のように、親の命令に逆らえず泣く泣く恋人と別れた……なんて状況はちょっと考えられません」

あのリュタンを従えているご主人様だものね。優しいだけのお坊っちゃまでは絶対にないでしょう。以前あった事件の際も、イーズデイル派の暴走にしっかり鞭《むち》を振るっていらしたし。それでいて支持率を落とさないのだからすごい。

「その情報どこから手に入れてくるの」

アンリエット様の目つきがちょっと胡乱《うろん》になった。

「いえまあ、いろいろと……おほほ」

ごまかすわたしに肩をすくめ、アンリエット様は話を戻される。

「あなたの言うことはわかるの。多分そうなのだろうなって自分でも考えていたわ。その場合、恋人は恋人で別れずつき合い続ける可能性があるけれど」

「あくまでも仮定ですからね？　恋人がいたかどうかも不明ですよ」

「わかっているわ。でもいてもおかしくないでしょう、あんなに素敵な人なのだから。いなかったとしても、わたくしを気に入ってくださるかどうかは別問題よ。いざ会ってみたら期待はずれでがっかりしたかもしれないじゃない。たいして美人ではないし、眉が太いせいで気が強いと思われがちだし、髪もすぐ爆発してしまうくせっ毛だし、豊満な体型とは言いがたいし」

「…………」

「じ、自分でも面倒な女だって思うわ！　考え出したらきりがないってわかっているわよ。でも気になるものは気になるの、どうしようもないのよー」

とうとうアンリエット様は子供みたいに声を高め、犬の毛並みに顔をうずめてしまわれた。じゃれつかれたと思ったのか犬はごきげんに尻尾を振っている。わたしは侍女たちと顔を見合わせ、一緒にうーんとうなった。

なかなかに重症だわ。これはなぐさめや説得でどうにかなるものではないわね。

「公子様にそのようなごようすが？」

「ないわ。全然ない。なさすぎて不安！」

「あー……つまり、なにを見ても聞いても変わらない態度が、かえって疑わしいというわけですね？全部ただのお愛想ではないかと」

「そう――そう！」

勢いよくアンリエット様は顔を上げられる。

「少しくらい反応が悪い時もある方が人間味があって信じられる。ずっと愛想よくつき合ってくださるなんてありえない。上っ面の態度を崩さないのは隔意の表れ、距離を置かれ適当にあしらわれているだけなのではと思ってしまうわけですね」

「それよ！」

アンリエット様はビシリとわたしを指さして叫ばれる。驚いた犬が膝から飛び下りて逃げていった。

「見事にまとめてくれたわね。そのとおりだわ。リベルト様の本心が見えないのは、それだけ距離を置かれているからだって、そこが不安なの」

「ええ、わかります」

わたしは実感を込めてうなずいた。たしかに、あの笑顔は曲者《くせもの》ですものね。リュタンとのつながりを知られている相手の前で平然と知らん顔をしてのけた。その態度が嘘《うそ》だと見抜かれるのを承知しながら、白々しくも完璧《かんぺき》に演じきった。おなかの中でなにを考えているのか、かけらも見せない人。ますます腹黒っぽい。そういう意味でアンリエット様の懸念は的を射ていた。

とはいえ、大当たりですと言ってしまうわけにはいかない。そんなことをしたらアンリエット様を落ち込ませてしまうだけだ。それに腹黒疑惑の嘘つき公子様だからといって、婚約者への態度まで嘘とはかぎらないのだから。

ありきたりな言葉でなだめても王女様の不安は解消されないだろう。どう申し上げたものかと悩んでしまった。

「はじめて顔合わせをして、まだ数日ですもの。素をさらせないと身がまえてしまうのはお互い様でしょう。アンリエット様だって同じことをなさっているのでは？」

「それは……そうだけど」

「お澄まししきれず時々失敗してしまうか、ずっと上手《うま》くやれるか、それは単なる個人差であって隔意の問題ではありませんよね」

「ええ……」

うなずきながらも姫君のお顔はすっきりしない。理屈だけで納得できれば苦労しませんよね。わかります。

「隔意があったとしても、これからもっと親しくなって互いへの理解を深めれば勝手に消滅していきそうな気がします。人の関係なんてそんなものですわ。この際、公子様のお愛想がいつまで続くか観察してやろうっていうくらいの気持ちで臨まれては？」

わたしの提案にアンリエット様はちょっと驚いたお顔になった。

「リベルト様を試すの？」

「こちらからなにか仕掛けるのではなく、ただ観察するだけです。どんなにお愛想が上手な人でも、一生ずっと完璧にとりつくろうなんてできませんよ。そのうち公子様の素顔が見えてくるはずです。意外なくせやこだわり、好き嫌い、得手不得手に価値観……そうしたものを一つ一つ見つけていくのは楽しゅうございますよ。夫婦となってすぐそばで観察できるのです。ワクワクしませんか？」

「ワクワク……」

すぐにはピンとこないのか、アンリエット様は怪訝《けげん》そうに考え込まれた。

そんなに難しい話ではないのですけどね。人と出会ってつき合うようになれば、誰もが自然にすることですよ。公子様の笑顔が完璧すぎて裏が怖いと感じられたのは第一歩。そこからもっと相手をよく見て知っていく。意識しなくてもなんとなくわかってくるものだけど、意識して注目すればさらに多くのことが見えてくる。

それが人生の楽しみではないかとわたしは思う。人を知ることは楽しい。ともに暮らす夫婦となればなおのこと。その点リベルト公子はじつに観察し甲斐《かい》のある人だ。一筋縄ではいかない方が長く楽しめるではないですか……って、まあわたしの感覚なので一般的ではないかもですけどね。

「あなたらしい考えね。そんなふうに楽しめたらいいわね」

「楽しめそうにありませんか？　公子様のこと、もっと知りたいと思われません？」

「思うわ」

きっぱり答えられる王女様の手を取り、わたしは微笑《ほほえ》んだ。

「好きな人のことを知っていくのは、最高の楽しみですよ。大丈夫、その気がなくても勝手に楽しめますから」

「すっ、好きっ……好き……って、いえその……」

今さらな部分に反応して王女様のお顔が真《ま》っ赤《か》になった。そういう反応が来るとは思っていなくてつっこまずにいられなかった。

「そこですか？　これだけ恋する乙女《おとめ》のお悩み相談しておかれながら、今さらそこですか」

「こっ、恋かどうかまだわからないもの！　ずっと憧《あこが》れていたけど直接お会いしたのははじめてよ。緊張して舞い上がってそれどころではないわよ！」

「十分恋していらっしゃるように見えますが……」

わたしは侍女たちと一緒に呆《あき》れまじりの笑いを漏らした。犬がおもちゃをくわえて戻ってくる。尻尾を振りながら見せてくるので受け取って、うんと遠くへ投げてやった。

「でしたら、これから恋する楽しみもありますね。案外公子様の方が振り回されるお立場になるかもしれませんね」

「えええーないわよー」

転がるようにおもちゃを追いかけていった犬が、またくわえて戻ってくる。これ、相手をしてやる方も根気と体力がいるのよね。交替しながら何度も何度も投げているうちに、アンリエット様も明るい表情に戻っていった。気分の浮き沈みが激しいのは恋する乙女の特徴だ。その時の本人は深刻に悩んでいても、あとで振り返ればけっこう楽しい経験よ。あまり落ち込みすぎないよう見守ってさしあげればよいでしょう。

その後は昼食をいただきながら恋愛以外についてもたくさんおしゃべりした。話題の多くは昨夜の舞台と予告状に関してで、王女様も一般大衆と変わりない好奇心を見せられていた。リュタンがリベルト公子直属の諜報員《ちょうほういん》であることはご存じでない。そういう表沙汰《おもてざた》にすべきでない情報は、身内にも安易に話さないのが国王陛下やセヴラン殿下の方針だ。わたしも不用意なことを言わないよう気をつけて、なにも知らないふりで話を合わせた。

午後はリベルト公子を植物園へご案内する予定だそうで、おしゃべり会は昼食を終えるとともに解散した。アンリエット様とお別れして廊下を歩きながら、帰る前に近衛《このえ》騎士団の官舎へ寄ろうかな、などと考える。でも用もないのに会いに行っても、シメオン様のことだから邪魔だとはっきり言って追い返すでしょうね。しまった、さし入れでも用意してくればよかった。

なにか上手い口実はないものかと頭をひねっていたら、向かいからお供を連れた人が歩いてきた。気づいたわたしはすぐに立ち止まり、端へ寄って礼を取る。集団の中心に立つ人は、黙って通りすぎていかずわたしの前で立ち止まった。

「こんにちは、フロベール夫人。姫と会ってこられたのですか」

やわらかな声がかけられる。噂の人登場だ。まだ一度しか会っていないのに、公子様はちゃんとわたしを覚えていらした。

ドレスがおしゃれでも顔は変わらないのにね。この印象の薄い顔をよく覚えていらしたこと。あ、服装だけ洗練された地味な女ということでわかったのかしら。なるほどそれは印象に残るかも。いけない、もっと気をつけなくては。

ともあれ、思いがけない好機である。わたしは内心で拳《こぶし》を握りつつおじぎした。

「ごきげんよう、公子様。昼食をご一緒いたしまして、さきほどお別れしてきたところにございます。公子様はこれからアンリエット様のお部屋へ？」

「ええ、少し用を済ませてからね。午後は王立植物園へ案内していただけることになっているのですよ」

昨夜の騒動などなかったかのように、リベルト公子はきれいな笑顔でのたまう。いえ昨夜からこうでしたね。アンリエット様が不安になられるのもむべなるかな、手ごわい曲者ですよまったく。

失礼のないよう笑顔で向き合いながら、わたしはさりげなくお供の人たちに目を走らせた。ラビアからの随行者とラグランジュ側のお世話役両方がついているようだ。護衛として近衛騎士も二名いる。当然ながらリュタンの姿はなかった。もしや変装してまぎれ込んでいないかとさがしてみるが、彼と似た背格好の人はいないようだ。

「私の連れがどうかしましたか」

あからさまに見ていたわけでもないのに、リベルト公子は目ざとく気づいて尋ねてきた。最初からわたしの反応を読んでいたのかもしれない。どう答えようか一瞬だけ考えて、ごまかす必要はないと開き直った。

「いえ、チャルディーニ伯爵は同行されていないのかと思いまして」

どうせわたしとリュタンが一度ならず関わっていることもご存じだろう。そこを隠さなければならない理由はないのだから、堂々とお聞きいたしましょう。

「婚約交渉の時には伯爵が派遣されていらっしゃいましたから、てっきり今回もご一緒されるのかと思っておりました」

リベルト公子の微笑みがほんの少し深くなったような気がする。わかって見ていなければ気づかない程度の反応だ。どうということのない会話を装って、わたしたちは他人にはわからないやりとりをした。

「そういえば、夫人は彼と面識がおありなのでしたね」

「ええ、あのあとも何度か顔を合わせる機会がございまして。昨夜もお姿を見かけたような気がしたのですが……」

「ふうん？」

是とも否とも言わず、曲者公子様は答えをはぐらかす。淡い青緑色の瞳《ひとみ》が面白そうにきらめいていた。こういうところがリュタンとよく似ている。主《あるじ》がこうだから彼もああなったのか、もともと似た者同士なのか。公子様はリュタンよりさらに手ごわいと感じるわ。

また別の足音が近づいてきた。あまり引き止めて話し込むわけにはいかないかな。でもちょっとくらい、この方を揺さぶれないものだろうか。こちらばかり翻弄《ほんろう》されるのはくやしいじゃない。

「伯爵は今、どのようなお仕事をされているのでしょう」

あの予告状はなんですかと、ずばり切り込んでみる。ひそかに笑いをこぼしてリベルト公子は聞き返してきた。

「彼に会いたいのですか？」

なかなか素直に答えてくださらないわね。わかっていたけれど。

「そうですね、いろいろ話したいことがございます」

「そんなに彼が気になりますか」

「ええ……」

「マリエル」

答えかけた時、厳しさを含んだ声が割って入った。ぱっと振り返ればシメオン様とセヴラン殿下が連れ立ってやってくる。足音は彼らのものだったのね。

シメオン様は足早に近づいてきてわたしとリベルト公子の間に立ち、一礼した。

「妻がどうかいたしましたでしょうか」

「いいえ、ご挨拶していただけですよ」

リベルト公子は変わらない微笑みで鷹揚《おうよう》に答える。数歩遅れて追いついたセヴラン殿下がわたしの隣に立たれた。

「チャルディーニ伯爵のことを聞かれて少し話をしていました。奥方は彼と会えるのを楽しみにしていらしたようですね」

あ……。

広い背中に一瞬波が立った――そう、感じた。今の、わざとまぎらわしい言い方したわね！　さっきのやりとりも聞こえていたとしたらシメオン様には不愉快だろう。立ち位置からしてリベルト公子にはシメオン様が来るのが見えていただろうし、聞かせるためにあんな質問をしたのかもしれない。

いや、したのだ。間違いない。やられた！

無意識に身体《からだ》が前へ出かける。その瞬間強い力で腕をつかまれて驚いた。セヴラン殿下の手がわたしを引き止めていた。お顔はリベルト公子に向けたまま穏やかに微笑んでいらっしゃる。しっかり押さえる手の力だけで黙っていろとわたしに伝えてきた。

くうう……揺さぶってやるつもりが逆に揺さぶられてしまった。この腹黒公子！

もちろんシメオン様にも事情はわかっているだろう。でもネタがネタだ。いちばん気に障るところをつかれて不快感を抱いていることは、お顔を見なくてもわかった。

「リベルト殿、午後はアンリエットと出かけられるのだったな。緊張するとすぐ失敗する妹で呆れさせてしまうかもしれぬが、リベルト殿と会えたうれしさで舞い上がっているのだ。よろしくお願いする」

セヴラン殿下がおっしゃる。リベルト公子はそれにも笑顔で答えた。

「ええ、私も楽しんでおりますよ。お会いできるまでずいぶんかかってしまいましたが、その分有意義な時間をすごしたいと考えております」

軽く会釈を交わしてリベルト公子は去っていく。遠くなった姿が角を曲がり、完全に見えなくなるまでわたしたちはその場で見送った。

十分な時間を置いてから、ようやく殿下は息を吐いて手を離された。

「あんな狸《たぬき》に下手《へた》なちょっかいをかけるのでない。馬鹿者が」

拳骨《げんこつ》が軽くわたしの頭を小突く。

「そなたにつつかれた程度で尻尾を出すものか。無駄に挑むな。見ろ、シメオンがとばっちりをくらっていじけてしまったではないか」

「別にいじけてはおりません」

「そうおっしゃるなら殿下がつついてくだされればよろしいのに。シメオン様もあんな意地悪真に受けないで、元祖鬼畜腹黒参謀として負けずにやり返してくださいな」

「誰が元祖ですか」

「昨夜の話なら聞いているが、外見詐欺のシメオンと違ってあちらは本物だ。一筋縄ではいかぬ」

「いちいち私を引き合いに出されなくてけっこうです」

「シメオン様だってやればできる子です！　腹黒度で負けているとしても鬼畜度では負けません！」

「そんな勝負をする気はありませんし鬼畜でもありませんから！」

律儀につっこみを入れてくるシメオン様に、わたしたちは同時に目を向け、揃《そろ》って首を振った。

「ともかく、この問題はこちらにまかせてそなたは首をつっこむな」

さらりと抗議を流されて、シメオン様はショックを受けていた。

「『リュタン』はたしかに泥棒だが、グラシウス公の時のように協力者になることもあった。国同士表沙汰にできぬ取り引きがいろいろある。正直なところ、泥棒騒ぎごときをいちいち追及できんのだ。国家に関わる問題ならともかく、民間所有の絵が一枚盗まれたところでどうだというのだ。被害者は気の毒だと思うがわれわれが口出しするような事例ではない」

本当にいじけてしまった旦那様の背中をよしよしとなでながら、わたしは訴える。

「承知しておりますが、泥棒騒ぎだけで済む話なのでしょうか。公子様が関わっていらっしゃるとしたら、なにかもっとありそうな……それにアンリエット様が不安がっていらっしゃるのです。公子様の本心が見えないと。気にしすぎとも言いきれないものですから、なんとか公子様のお考えを知りたくて」

「いつもの調子で騒いでいるだけだろう。ポーッとのぼせていたかと思えば勝手に心配ごとを増やしたり、婚約してからずっとだ。あれの話を全部まともに取り合わずともよい」

「んまあ、兄君がそのようなおっしゃりようを。わかりました、ではジュリエンヌに相談します」

「待て。なにを言いつける気だ。悪口を吹き込んだら承知しないぞ」

シメオン様を盾にしてわたしは殿下の手を逃れる。きれいな眉をちょっと寄せて見下ろしてくる旦那様に微笑みを返した。

「わたし、これから実家へ行ってきますね。夕方には帰りますので」

「かまいませんが……なにか企《たくら》んでいますか？」

わああ鋭い。でも外交問題になるようなことはしませんよ、大丈夫。リベルト公子を追いかけたりとか、そんな真似《まね》はしませんから。

「いいえ、調べものをしたいだけです。お帰りになったらゆっくりお話しましょうね。朝お見送りできなかった分も愛を込めてお世話しますわ。ということで殿下、シメオン様に残業など言いつけないでくださいませね」

「ポワソンに言え。ったく毎度見せつけおって。よいな、くれぐれも問題を起こしてくれるなよ」

「はーい」

「──おいシメオン、あの返事大丈夫か⁉　今ものすごく不安になったぞ！」

「おっしゃらないでください……私がいちばん不安です」

顔色を悪くするお二人から離れ、引き止められないうちにさっさと外へ向かう。嘘をついたつもりはなかった。リベルト公子に対して、わたしの立場でこれ以上なにかできるはずもない。なので違う方向から当たることにしたのだ。

シメオン様に言ったとおり馭者《ぎょしゃ》に頼んで実家へ向かう。門の前で馬車を降り、帰りは送ってもらうからと言って先に帰す。そのまま門は通らず裏へ回り、使用人たちが使う出入り口からそうっと中へ入った。

「お帰りなさいませ、お嬢様。コソコソなさらずとも奥様はお出かけ中ですよ」

入るなり小間使いのナタリーに出迎えられて飛び上がってしまった。

「びっくりした！　気がついてたの⁉」

「馬車の音が聞こえたのでお客様かと思いまして。二階の窓からよく見えていましたよ」

子供の頃《ころ》から世話になっているナタリーは、わたしがなにをしようと今さら動じない。彼女の後ろから他《ほか》の使用人たちも顔を出し、わたしの姿を認めると「なんだお嬢様か」と戻っていった。みんな理解にあふれていてうれしいわ……。

「お父様とお兄様はお仕事よね。お母様は何時に帰ってくるの？」

「夕食は家でとると言っておいででしたから、それまでにはお帰りでしょう。ビドー男爵邸へ行かれたんですよ」

「あら、あちらも帰省中」

お祖母様のところへ行っているならギリギリまでゆっくりするだろう。わたしは時間を計算しながら二階へ上がった。かつてわたしが使っていた部屋に飛び込む。まだ泊まりの帰省をしたことはないけれど、そういう時のため客間にもせずそのまま残してくれている。わたしは箪笥《たんす》を開き、こっそり隠しておいたものを引っ張り出した。

「着替えてまたすぐ出るわ。ナタリー、手伝って」

「街へ行かれるんですか？　嫁がれても変わりませんね。まあたまの息抜きくらいとは思いますが、これって……」

「いいから、いいから、急いで！」

ナタリーを急かして手早く着替える。最近ますます上達した技で変装し、わたしは単身サン＝テール市中心部へと飛び出したのだった。

7

「グレース・ブランシュさんにお届けものでーす。楽屋はどちらですか？」

ふたたびやってきました劇場街。アール座の通用口で大きな花束を抱えながら声をかければ、係員が顔を出してきた。

人気の役者には支援者やファンから贈りものが届く。街の古着屋で買った男物の衣装に身を包み、髪もまとめて帽子に隠したわたしを、花屋の小僧さんと信じてすんなり中へ通してくれた。

先に見てきた正面入り口側のようすは、予想どおり野次馬が集まってにぎやかだった。予告状にあった「舞台にすべての幕が下りる時」というのは千秋楽のことだろうから、今日《きょう》はまだリュタンは現れないはずだ。にもかかわらず一目見ようと押しかける人があとを絶たない。そちらの対処に人手を割かれているせいか、花束を預かるとも言われず直接楽屋まで届けることができた。

教えられた扉を叩《たた》けば、中からすぐに応《いら》えがある。わたしは重たい花束に苦戦しながら、失礼しますと扉を開いた。

「リトレ花店です。お客様からのお届けものを持ってきました」

抱え直した花束の脇から顔を出す。狭い部屋だった。わたしの衣装部屋の半分もない。こんなものかと少し驚きながら鏡の前に座る人を見る。栗色《くりいろ》の髪を長く伸ばした、あの絵のモデルとたしかに似ている女性がこちらへ振り向いていた。

ぱっちりした目元が特徴の、華やかな美人だ。垢抜《あかぬ》けた雰囲気で大胆な花柄のドレスがよく似合っている。胸元は豊かなのに腰は驚くほど細く、同じ年頃《としごろ》の女性よりずっと若々しい。二十歳の人にくらべればどうしても年齢を感じさせるけれど、その分大人《おとな》の魅力がある。衰えたのではなく、より美しさを重ねたという印象だった。

「ご苦労様。そこに置いてちょうだい」

舞台で聞いた声が優しく答えてくれる。グレースさんはお遣いの小僧にも横柄な態度は取らない人みたいだ。わたしは言われた場所に花束を下ろした。

立ち上がったグレースさんがこちらへ来る。近くで見れば瞳《ひとみ》の色は絵と違うのがわかった。青みがかった緑色だ。リベルト公子の瞳と似ているけど彼より少し暗めかな。

グレースさんは花束からカードを抜き取って、「まあ」と小さく声を上げた。

「マリエル・フロベール……フロベール伯爵家のお方かしら。昨夜ご夫妻がいらしていたとは聞いたけど……あの騒ぎでわたしたちの存在なんてすっかりかすんでしまったのに、こんなお気遣いをしてくださるなんて」

本当にうれしそうに言ってくれるので、思いきり罪悪感にかられてしまった。劇場内部に入り込む口実だなんて口が裂けても言えない。でも応援する気持ちは本物ですから！ ごめんなさい今度もっといいもの持って来ます！

「真っ白できれいな薔薇《ばら》ね。秋薔薇ももう終わりでしょうから、これはきっと温室で育てたものね」

「はい」

女優さんに贈るなら華やかな赤やピンクがいいかしらと思ったけれど、なんとなくグレースさんには白が似合う気がしたのだ。もちろん白だけではさみしいので、優しい色の小花を添えてある。今の時期でも置いていそうな花屋へ行って頼んだ。ええ、ご主人様のお遣いと言ってカードも先に自分で用意しておきました。ここまで誰にもあやしまれず、われながら完璧《かんぺき》に役になじんでいる。

「きっと今夜の舞台もろくなものにならないと思っていたけど、こうして応援してくれる人がいるのだから頑張らないとね」

「ええ、お芝居を楽しみにしている人だって絶対にいますよ。わた——僕もグレースさんのお芝居や歌が好きです」

「あら観に来てくれたことが？」

「はっ！　もちろん天井桟敷ですが！　遠くてお姿はよく見えませんでしたが、台詞《せりふ》はよく聞こえましたし伸びやかに響く歌声にうっとりしてですね！」

「ありがとう」

ぼろを出しそうになってあたふたするわたしに、グレースさんは楽しそうに笑う。憧《あこが》れの女優の前であがっているとでも思われたかな。彼女は鏡の前に戻り、大量の化粧品やブラシの間からなにかを取り上げた。

「今回は脇役で出番も少ないけど、よかったら来てちょうだい。主役の子の歌も素晴らしいわよ」

さし出されたのはチケットの封筒だった。役者が席を確保するといったら支援者のためだろう。もらっていいのだろうかとわたしはためらった。

「いいのよ、余っているものだから」

グレースさんはわたしの手に封筒を乗せる。

「ずっと支援してくれていた人が亡くなったらしくてね。ご遺族から返送されちゃったの」

「別に返送しなくても、かわりに観に来てくだされればいいのに」

わたしの言葉にグレースさんは首を振った。

「外国だから難しいわ。不思議な人でね、わたしがまだ駆けだしの頃から支援してくれていたの。劇場にはたまにしか来られなくて、ほとんど手紙だけのやりとりだったのよ」

「よほどグレースさんを気に入られたのですね」

「そうね、会う機会は少なかったけど本当によくしてもらったわ。でもご遺族には、これでもう支援は打ち切るって言われたの」

「そんな……」

つい非難がましい声を出してしまったわたしに、「しかたないわ」とグレースさんは言った。

「ご本人が亡くなったら当然よ。大丈夫、別に支援者がいなくても舞台には立ててるんだから。雇い主は劇場だから収入を失うわけでもないし。また誰《だれ》かに目を留めてもらえるよう頑張るわ」

ひねくれるようすもなくグレースさんは明るく笑う。いつまでも引きずって落ち込まない強さを感じる。話していてとても気持ちのよい人だった。

「最近主役が取れなくて招待をためらっていたことだけ、後悔してるけどね。もっと早く送っていればよかったわ。今からじゃお墓参りしかできない」

「きっと今も応援してくださっていますよ」

「ありがとう。——まあこんな騒ぎが起きてまともな千秋楽にはなりそうにないし、ある意味よかったのかもね」

その言葉にここまで来た目的を思い出した。いけない、うっかり花だけ届けて帰るところだった。応援についてはあとにして、今は情報収集だと自分に言い聞かせる。

「ああ、表にたくさん人が集まっていましたね。記者とかも来てるのかな。迷惑ですよねー。新聞で見ましたけど、狙《ねら》われた絵ってグレースさんに似てるだけで関係ないんでしょう？」

「……そうね。支配人が買って来ただけの絵よ」

答えが返るまでにちょっとだけ間があった。あの絵のモデルは自分の母親だと知っているのだろうか。

「リュタンもどうしてあの絵を狙ったのかな。グレースさんのファンなら本人の写真を買えばいいのに」

「さあ。よくわからないけど、ファンなんかじゃないと思うわよ」

グレースさんは開けっぱなしになっていた宝石箱を引き寄せ、ふたを閉めた。かなり古いもののようで、ふたに描かれた花がはげかけていた。

「本物のリュタンのしわざかどうかも疑わしいし。悪質ないたずらかもしれないわ」

「そうですね……」

「あんまり仲間を疑いたくないけど、あの仕掛けができるのは内部の人間だし……ごめんなさい、今のなし。聞かなかったことにしてくれる？」

グレースさんはもう一度振り返ってわたしに頼んできた。うっかり口がすべったと後悔する顔だった。そうね、こんな話が外に漏れたらゴシップ紙の格好のネタになってしまう。

「深く考えたわけじゃないの。なんとなく言っちゃって。根拠とかあるわけじゃないから」

「僕は花屋のお遣いで、新聞記者ではありませんから」

安心させるようわたしは笑顔で言った。

「お届け先での立ち話の内容なんてすぐに忘れます。それにリュタンは変装の名人ですよ。関係者になりすますなんて朝飯前です。いつも完璧に別人を演じて驚かされるんですから――って新聞に書いてありました！」

「……ありがとう」

微笑むグレースさんにえへへとごまかす。あぶないわ、いつまでも話し込んでいると墓穴を掘りそう。お遣いの小僧さんが延々とねばるのも変かな。そろそろ退散するべきか……もう少しだけ情報がほしいけど。

「えっと、絵は盗まれないようしまい込んであるんですよね？　警察にも連絡を？」

「連絡する前に向こうから来たわ。絵を預かるとか言ってたけど、どうなったのかしら」

宿敵リュタンの話を聞きつけて乗り込んできたのか。正直まったく頼りにはならない。せめて軍の施設で預かってもらいたいものだ。リュタンならそれでも盗み出してしまうかな。いちばん安心なのはシメオン様の手元なのだけど。

なんてことは言えないので、わたしは「それなら安心ですね」と言っておいた。そろそろ潮時だろう。このあたりで話を切り上げる。

「きっと野次馬もすぐに飽きますから、気にしないでお芝居頑張ってください。チケットありがとうございます、必ず観に来ますね！」

「ありがとう。その席は正装しないと入れないわよ。ちゃんとドレスで来てね」

「…………」

最後は言葉を返せず、わたしは引きつった笑顔で頭を下げて外へ出た。花屋さんも劇場の係員も全然気づかなかったのに……さすがその道のプロ。いつから気づかれていたのかしら。もしやはじめから？　だとしたら、他《ほか》の役者に見られるのもまずいかしら。

などと思った折も折、奥からやってきた若い女性がじろりとわたしをにらむ。わたしはもう一度挨《あい》拶《さつ》するふりで室内へ顔を向け、女性に背を向けたまま扉を閉めた。

あやしまれはしなかったのか女性はなにも言わず速い足取りで歩いていき、近くの部屋に入った。乱暴に扉を閉める音が廊下に響く。中から話し声が聞こえてきたので、誰か先に入っていたようだ。たまたまきげんが悪かっただけかな。ほっとしながらわたしは元来た方向へ歩きだす。さっきのも女優さんよね。お化粧を落としていたから印象は違うが、たしか今やっている演目の主演女優だ。

彼女が入った部屋の前を通りかかった時、扉になにかがぶつかる音がした。わたしはびくりと跳び

上がって身がまえる。中でけんかでもしているのか、それとも事件が⁉

「ほんっといやんなる！　なによあの野次馬の群れ！　芝居どころじゃないわよ最低！」

扉越しにもはっきり聞き取れるほどの声がした。この声、さっきの女優さんだ。けんかでも事件でもなさそうね……ほっと胸をなでおろす。そして周囲を見回し、人けがないのをたしかめてわたしは扉に耳を寄せた。

情報収集、情報収集。失礼いたします。

「どうせ今夜の舞台もめちゃくちゃよ。誰も芝居なんて観てないし歌も聴いてないわ。やってらんない！」

怒りの声が続いている。まあ当然よね。せっかくの主演舞台なのにだいなしにされて、きげんも悪くなるだろうと深く同情した。

「全部グレースのせいよ！　あの女が仕組んだんだわ！」

耳をそばだてなくても聞こえる声に、わたしはぎょっとして後ろを振り返った。グレースさんの楽屋も近いのに、下手《へた》をしたら聞こえてしまわないだろうか。聞かせようとしてわざと言っているの？　ただの悪口なのか、それとも根拠のあることなのだろうか。

わたしはさらに気配を殺して中の声に集中した。

「そんな、証拠もなしにうかつなこと言っちゃだめですよ。人に聞かれたら……」

「はっ、みんな口にしないだけで同じこと考えてるわよ。そうとしか考えられない状況じゃない。支配人があんなどうでもいい絵を展示させた時から不自然だったのよ。グレースに似てるからって、なんでそれを展示する必要があるの？　あんなもん誰も見たがらないしほしがりもしないわよ。お宝でもなんでもないのにリュタンが狙うですって？　笑っちゃう、ありえない！　全部嘘《うそ》！　話題作りよ。注目を集めるために支配人とグレースが仕組んだ狂言だわ」

……わたしが抱いた疑いと似たようなことを、彼女も考えたのか。他の役者や職員も？　たしかに事実だけを並べればそんなふうにも見えるが、決めつけるにも不自然さがある。ブランシュ氏のようすやリュタンの存在――それらを目撃したわたしには、すんなりうなずけない意見だった。

そこを多分知らない女優は、完全に狂言だと思い込んでいるようだ。

「でも公演の最中に予告状を出すなんて、舞台がめちゃくちゃになるのわかりきってるじゃないですか。いくらなんでもそんなこと」

「めちゃくちゃにしたかったんでしょ。最近全然主役が取れないし今回なんて出番もろくにないもの、腹いせのいやがらせであんなことしたのよ」

「そうなんでしょうか……」

「なによ、あんたグレースの肩持つの？」

「いえ！　そうじゃありませんよ。あたしだって不自然だなって思ってます。でもブランシュさんは違うんじゃないかなって。公演をぶち壊すようなこと、ブランシュさんは許さないでしょう」

また乱暴な音がした。女優が周りのものに八つ当たりしているようだ。

「グレースに泣きつかれて協力してやったんでしょうよ。舞台がどうなろうと客さえ入れば支配人は困らないもの。おかげさまで今夜のチケットは天井桟敷まで早々に売り切れ、このまま千秋楽まで満員御礼でしょうからね。大儲《おおもう》けでウハウハなんじゃないの」

「ブランシュさんがそんなことを……」

「あたしだって幻滅したわ。ひいきしない公平な人だと思ってたのに。きっとね、グレースとできてんのよ。愛人に頼み込まれて言いなりになっちゃったんだわ。最低」

――はい？　愛人という言葉にわたしは内心首をひねる。グレースさんとブランシュ氏は親子のはずでは。

疑問は続く言葉ですぐに解消した。

「親子って言っても血はつながってないもの。本当はあの二人できてんのよ」

「あ、それ他の人から聞いたことあります。昔の火事で亡くなった劇団員の子供だったとか。ブランシュさんが引き取って育てたんでしょ？　いやー、自分で育てた子供を愛人にとか、できますかねえ？」

「男にしてみれば理想なんじゃない？　まあ理想の女も今じゃすっかり薹《とう》の立った三十すぎだけど」

いくら腹を立てているからにしても、ちょっと言葉がすぎる。可憐《かれん》な容姿と歌声で人気の女優さんなのに、それこそ幻滅ものだ。こっそり盗み聞きしているわたしにえらそうなことは言えないが。

しかし、そうか。グレースさんはブランシュ氏の実子ではなく養女だったのか。あれ？　そうすると絵のモデルがグレースさんの母親だとして、ブランシュ氏とはなにも関係がない？　奥さんではなかったの？　あるいは連れ子とか？

ますますわからなくなってきた。できれば中へ入って詳しいことを聞かせてもらいたいくらいだ。

「あの絵もさ、たまたま見つけて買ってきたっていう話、嘘くさいと思ってんのよね。本当は最初からグレースに似せて描かせたんじゃないの？　だってあたし知ってんのよね。あの絵に描かれてる首飾り、あれとそっくりなのグレースが持ってんのよ」

「そうなんですか？」

「前に見せてくれたことがあるのよ。母親の形見だって言ってたわ。石の色は違ったけどデザインはそっくりよ。だからきっと、グレース自身がモデルやって、細部だけ手を加えて別人のように見せかけてるのよ。ね？　全部嘘っぱち。支配人もグルの作り話なの。なーにが『菫《すみれ》の貴婦人』よねー」

「へぇえー」

中でずっと動き回る音がしていると思ったら、気配と足音がこちらへ向かってきた。わたしは急いで扉から離れ、足音を立てないよう出口方向へ進んだ。背後で扉が開き、人が出てくる。そっと振り返ると荷物を持った女優さんと、もっとたくさん持った付き人が奥へ歩いていった。

こちらに気づくようすもないので歩調をゆるめる。これは情報収集になったのだろうか、ただの悪口でしかないのだろうかと考えながら、わたしはゆっくり出口へ向かった。

愛人うんぬんはともかく、絵の首飾りとそっくりなものをグレースさんが持っているというのは重要かもしれなかった。形見ということはお母様はすでに亡くなっている……ならばブランシュ氏がさがしているのは母親ではなく別の人ということになる。いったい誰を？　尋ね人という仮定がそもそも間違いだったのだろうか。

情報が入ってもさっぱり謎《なぞ》が解けない。かえって深まってしまった。そもそもこの事件、リュタンやリベルト公子とは関係があるのだろうか。あるような、ないような、調べるほどにわからなくなってくる。

もう少しなにか聞けないかと周りを見回しても、そうそう都合よく人に出くわさなかった。職員は表の騒ぎに対処しているし、まだ時間が早いからか役者らしき人も通らない。楽屋の中から声が聞こえてくることもなかった。

諦《あきら》めて帰るしかないかなと思っていた時、向かいから猫背の男性が歩いてきた。一瞬期待したが役者ではなさそうで、係員にも見えない。くたびれたスーツ姿でさりげなく周囲を見回しながら歩くという、わたしと同じことをしていた。私服警官だろうか。あやしまれないよう堂々としていよう。わたしは知らん顔ですれ違おうとしたが、相手の顔を見てあっと気がついた。

「……なんだよ、坊主」

じろりとにらみ返される。思わずわたしは言ってしまった。

「あなた、警官でも劇場の人でもありませんよね。『ラ・モーム』の記者さんでは」

「――っ⁉」

男が目を剝《む》く。そう、この顔にわたしは見覚えがあった。サティ出版を張り込んでいたゴシップ記者ではないの！　隠れ家の前にも張りついていたわよ、間違いない。さてはこちらの騒ぎを取材しに来たのね。女流作家よりリュタンの方がもっと美味《おい》しい話題というわけですか。

「あれ、でもよく入れましたね？　取材なんてお断り状態かと」

言ってすぐに気づき首をひねるわたしに、記者はあわてて手を伸ばしてきた。

「しぃっ！　なんだよお前、どうして俺《おれ》のこと知ってんだ」

煙草《たばこ》の匂《にお》いのする手がわたしの口を押さえ込む。このようす、どうやらこっそり忍び込んできたようだ。これだから油断できない。ネタのためなら手段を選ばないのだから。

「お前も劇場関係者じゃないだろ。どっかの小僧か？　小遣いやるから黙ってさっさと行ってくれ」

「んむむ――いりませんよ！　放してください、変なところさわらないで！」

「しぃっ、静かにしろって。ちょっと中のようす見に来ただけで、なんも悪さはしねえよ。おっしゃるとおり俺は新聞記者だ、泥棒や強盗じゃないんだからさ」

わたしはどうにか記者の手を振り払った。大声を出すとあわてさせてしまうから、声をひそめて言い返す。

「忍び込んだ時点で悪いのでは？　見つかったらまずいからそんなにあわてるんでしょう」

「うるせえな、表から堂々と訪ねるばかりが取材のやり方じゃねえんだよ。真実を報道するためには時に危ない橋も渡らなきゃいけねえんだ」

なにが真実の報道よ、脚色がすごくてほとんど捏造《ねつぞう》級の記事ばかりなくせに。格好つけてるけど、人がいない隙《すき》に忍び込んだだけで危ない橋とか笑っちゃう。

……しかし、わたしもやっていることは同じだった。馬鹿《ばか》にできる立場ではない。それにこの状況は都合がよいかもしれなかった。

「心配しなくても人を呼んだりしませんから。僕もリュタンの予告状にはすごく興味があるんです。中を調べてなにかわかりました？」

さらに声をひそめて聞けば、記者の表情が変わった。なんだ、こいつもただの野次馬かという侮りが浮かぶ。彼は肩をすくめてわたしから身を離した。

「あいにくまだ入ってきたばかりなんでな。お前さんこそ、奥から出てきたってことはなにか見てないのかよ。いいネタ教えてくれたら小遣いやるぜ」

見てはいないが聞いている。教えてあげたら大喜びしそうなゴシップネタだ。もちろんわたしはなにも知らない顔をして、それらしい話でごまかした。

「配達の帰りですよ。役者さんとちょっと話をしましたが、詳しいことはご存じないみたいでした。ああ、絵は警察が預かるって言ってたとか」

「警察？　ふーん……なんか妙だな。警察ならついさっき到着したみたいだったぞ。なんか入り口でごちゃごちゃもめてんのを見たが」

「さっき？」

わたしも違和感を覚える。グレースさんの話では連絡しないうちにやってきたということではなかったかしら。今頃入り口でもめるのはおかしくない？

「それって具体的にどのくらい前……」

時間を確認しようと聞きかけた時、記者が急に顔つきを変えてわたしの前に手を突き出した。しぐさだけで黙るよう指示され、わたしは耳を澄ませる。こちらへ近づいてくる足音が聞こえた。

「誰か来ますね」

「くそ、どっか隠れる場所は——おい、そこ開いてるか」

「ええっ？　中に人がいるかも……」

「いたらとっくに顔出してるだろ。さっきからここでしゃべってんのによ」

記者はわたしを押しのけて背後の扉に手をかけた。人はいないと言いながらも音を立てないようそうっと開いて中を覗《のぞ》き込む。誰もいないことを確認し、わたしに手招きしながら中へ身をすべり込ませた。

急いでわたしもあとに続く。ここも楽屋のようだが、役者がまだ来ていないのか荷物も見当たらなかった。

記者は扉を完全に閉めきらず細く開いて外のようすを覗いている。わたしも彼の下から扉におでこをくっつけた。

「今気づきましたけど、この部屋へ来たらどうしましょう」

「そういう不吉なことを言うんじゃねえ。本当になったらどうすんだよ」

そしてさらに気づいたけど、わたしまで隠れる必要なかったのでは。もう今さら出られないのでこのまま隠れているしかない。

足音はどんどんこちらへ近づいてくる。ずいぶん急いで歩いているようだ。

「一人か……いざとなったらなんとかなるかな」

「暴力はだめですよ。いざとなったら謝りましょう。殴って気絶させたりとかだめですからね」

「お前の方が過激だぜ。俺はただ逃げようと……しっ」

足音の主がいよいよ目の前を通る。わたしたちは息を殺して見守った。ありがたいことにこの部屋に入ってきたりはしなかった。警官の制服を着た男性が通りすぎていく。隙間《すきま》から覗いていたわたしは、警官が脇に大きな荷物を抱えているのをはっきり目撃した。

わたしたちは顔を見合わせる。

「あの荷物……」

「絵ですよね。大きさといい形といい、例の肖像画と同じくらいです」

「実物見たのか」

「見ました。つまり今の人は絵を預かった警官？」

「んなわけあるかい」

はっきり否定した記者は姿勢を戻し、把手《とって》に手をかけた。

「警察ってのは単独行動はしねえ、絶対複数で組んで動くんだ。狙われた絵を預かったのに一人で運ぶわけあるかよ。へへえ、こりゃプンプン匂うぜ」

「え、ちょっと」

止める暇もなく扉を開き、記者は廊下へ飛び出していく。見つかってもかまわないの？　呆《あき》れながらわたしも外へ顔を出した。

「おい、あんた！　その絵をどこへ持って行くつもりだ？」

記者は声を上げながら警官を追いかける。驚いて振り返った警官が、次の瞬間走って逃げだした。

「やっぱリュタンか！　待ちやがれ特ダネ！」

忍び込んでいる立場も忘れて記者が追いかける。リュタンよりずっと背が低いから違うわよ！　でも泥棒だ！　わたしも彼らを追いかけた。

記者はけっこう足が速くて逃げた男に追いついていた。揉《も》み合いになって荷物が床に落ちる。包んでいた布がほどけて中身が見えた。やっぱり！　わたしは飛びついて拾い上げた。

『菫の貴婦人』です！　間違いありません！」

出てきたのはあの絵だった。落とした衝撃で額の留め金がはずれ、裏の板がずれている。絵に傷がついていないかとひっくり返してたしかめたら、なにかが落ちた。――封筒？　額の中に手紙が入っていたの？

「うぐぇっ」

記者の悲鳴に驚いて顔を上げれば、どうなったのか彼は床に転がっていた。ぐったり伸びたまま動かない。背中が冷たくなった。まさか――まさかよね⁉

泥棒がわたしを振り返る。まだ若い、二十代だろう。刺すような鋭い目つきだった。人を殺してもおかしくないような、と感じて身体が震える。伸びてきた手に絵を奪い取られても抵抗できなかった。

走り去る男を追いかけることもできず、わたしはその場に立ちすくんだまま見送る。そして足元に倒れた人のことを思い出し、あわててそばに膝をついた。

「おじさん、おじさん、しっかりして！　おじさん――」

声をかけながらざっと全身を見る。どこからも血は流れていないようだ。服も破れていない。口元に耳を寄せれば規則的な呼吸が聞こえ、どうやら気絶しているだけらしいとわかった。わたしはどっと安堵《あんど》の息をついた。

よ、よかった……殺人事件には発展しなかった……。

頭を打っているかもしれないから揺さぶらない方がいいだろう。記者をそのままにしておき、さきほど落ちた封筒を拾い上げる。絵から手紙が出てくるとは妙な話だ。どういう手紙なのだろう。

表書きをたしかめようとした時、あわただしい足音と人の声が聞こえた。

「あっちで声が聞こえたぞ！」

「裏口から逃げたんだ！」

泥棒に気づいた劇場の人たちだろう。どやどやとこちらへやってくる。ちょうどいい、逃げた男のことを伝えよう——と考えかけて、それはまずいかもと気がついた。

事情を聞かれたら身元がばれない!?　通りすがりの花屋でごまかせるだろうか。グレースさんに証言してもらえる？　わたしだけなら通るかも……でもこの倒れた記者をどう説明するの。通りすがりの知らない人です、って言っている間に目を覚ましたら。ややこしいことになってもめているうちに本物の警官が来て身元確認なんて話になったら——花屋に問い合わせてそんな店員はいないと言われてしまったら——ままままずい、まずすぎる！

ばれたら叱《しか》られるとかそういう次元で済まされない。フロベール伯爵家の若夫人が花屋になりすましていたなんて、それこそ特ダネだ。

わたしは出口へ向かって走りだした。記者のことは駆けつけた人たちにまかせよう。申し訳ないがわたしは逃げる！

「足音が——あれか!?」

背後にまた声が響いた。あれってわたしのこと!?　違ーう！　わたしは泥棒ではありません！

「あれって、子供じゃないのか？　泥棒は警官の格好してるって――おい誰か倒れて」

「なんでもいいからつかまえるんだ！」

なんでもいいで追いかけないで！　偽警官だとわかっているならそっちを追いなさいよ！

雑なことを言う声に抗議もできず、わたしは裏口から飛び出した。そのまま表通りに向かって走る。

どうしよう、追いつかれてしまったら特ダネ一直線だ。どこかに隠れる場所は……。

ぶつかった通行人に謝り、落ちそうになる帽子を押さえて。わたしは周囲を見回しながらひたすら走る。すでに息が上がっている。隠れる前に力尽きそうだ。もう本当にどうしよう――と泣きそうになった時、わたしの横を大型の馬車が追い越していった。客をたくさん乗せた長い車体を見た瞬間、これだとひらめいた。

「く――っ」

残る力を振りしぼって馬車に追いつく。目の前に手すりと後部デッキがあった。乗合馬車《オムニバス》だ。わたしはなんとか手すりにつかまり、なかば引きずられながらデッキに飛び乗ることに成功した。

や、やった――！

その場でぜいぜい苦しい呼吸をくり返す。無茶な乗り込み方をしても馬車が停まることはなかった。忙しい人が多いサン＝テール市中心部のこと、駆け込み乗車なんて日常茶飯事なのだ。

少しだけ息が落ち着いて顔を上げる余裕ができ、わたしは道の後方に目をやった。追手の姿は見えなかった。上手く振りきれたのか、本物を見つけて追いかけていったのか……ほっとしてへたり込みそうになる。そこでふと気がついた。

――別に逃げなくてもよかったのでない？

泥棒を追いかけているふりをして、あっちへ逃げました！　とか言えばよかったのでは。そのままどさくさで外へ出て、姿をくらますこともできただろう。

……馬鹿？

自分の間抜けさに気絶したくなった。なにをやっているのわたしは――――！

「信じられない……本当に馬鹿……」

わたしはがっくりうなだれた。あわてるとろくな判断ができない。身にやましいことがあるものだから、つい逃げなければいけない気分になって……わたしって悪事に向いていないわ。

「お客さん？」

中から扉を開いて、車掌がいぶかしそうに声をかけてきた。

「あ、ごめんなさい」

わたしは手すりから離れて財布を出そうとし、ずっと封筒を握り続けていたことを思い出した。持ったまま逃げてきてしまったわね。

運賃を払って車内に入り、空いている席があったので座らせてもらう。全身に汗をかいていた。ハンカチで額を拭《ふ》きながら封筒に目を落とす。これ、ちゃんとブランシュ氏に返さなければ。でもなんて言って返そう。

表に切手も住所もなく、「セレーナへ」という宛名が書かれているだけだった。ラビア風の女性名だ。封は切られていた。

とりあえずしわを伸ばしてポケットに入れておく。馬車は時々停まり、客を乗せたり降ろしたりしながら下町方面へ向かっていった。どこで降りようかと景色を眺めながら考える。適当なところで辻《つじ》馬車《ばしゃ》に乗り換えて帰りたい。ただ、元来た方向へ引き返すことになるから、もう少し時間を置いてからがいい。大丈夫だろうとは思うけれど念のためにね。

どこで時間をつぶそうか……あ、そうだ。

ちょうど見覚えのある場所を通っていた。あのアパルトマンの近くだ。そうよ、いい隠れ家があったじゃない。

「降りまーす！」

わたしは次の駅で馬車を降りた。ちょっと通りすぎてしまったので歩いて戻る。さほど時間をかけずアパルトマンに到着したわたしは、まず入り口近くにある部屋を訪《おとな》った。

「ごめんください、上のお部屋を掃除しに来ました」

「はいはい、どうぞ」

秘密の合図を伝えれば住人のおばあさんが鍵《かぎ》を出してきてくれる。もともとこのアパルトマンに住んでいたおばあさんだ。鍵の管理をお願いして出入りに協力してもらっている。そのかわり家賃を免除すると言ったらとても喜ばれた。

「今日はまだ誰も来てないんですよ。このあといらっしゃるのかしらね？」

「いえ、今日はちょっと別の用事で……多分誰も来ないと思います」

「あら、そうなの」

それならとおばあさんはわたしをお茶に誘ってくれた。身内がみんな先に亡くなって訪れる友人もいないというさみしい暮らしだったため、わたしたちがやってくるようになったのがうれしいそうだ。焼きたてのパイをいただきながらしばらくおばあさんの話し相手になったあと、わたしはお礼を言って四階へ上がった。

部屋に入ってしっかり鍵をかけ、まず窓から表の道を見下ろす。入り口付近に人の姿はなかった。尾行もされていないと安心し、椅子《いす》に座り込んでどっと息をついた。

「はー……」

疲れた。まさか泥棒と鉢合わせしちゃうなんて。

シメオン様に叱られるかなあ。わたしが動くと事件を引っかけてくるって、殿下のお言葉を否定できない……でもわたしはたまたま現場に居合わせただけで、事件を狙って劇場へ行ったわけではないわよ。予告された日でもないのだから、今日はなにも起きないはずだった。どんなようすか見たり関係者の話を聞いたりと、ちょっと情報収集してくるだけのつもりだったのに。

予告状の解釈を間違えていたのだろうか。でも今日が「すべての幕が下りる時」に当たるとは思えない。なにも特別なことはない、普通の日のはずだ。つまり今日の泥棒は、予告状を書いた人物とは別口ってこと？

「あーもう、いったいなにがどうなって……あ」

身じろぎした拍子にポケットの中で音がして、絵から落ちた手紙のことを思い出させた。あー、そうだったぁ。これをどうするかも考えないと。

わたしはため息をつきながら封筒を取り出した。他人の手紙を勝手に見るのは申し訳ないが、内容を確認させてもらうことにする。もし全然どうでもいい関係のない手紙なら、匿名で郵送という手段が使える。そうだったらいいなと思いながらわたしは便箋《びんせん》を開いた。あ、これアッカー社の便箋ね。独特の透かしですぐわかる。はじめて見る模様だわ。

便箋より内容だ。わたしはラビア語で書かれた、おそらく男性のものであろう整った筆跡に目を通し――これまでのすべてが頭から吹っ飛んだ。


『おお、セレーナ。わが身と心を燃やす愛の女神よ。

君のかぐわしき白い肌が今もはっきりとよみがえる。なんと甘美な時間であったことだろうか。

ふっくらとなめらかな丘のやわらかさ、頂《いただき》に口づけた時の感動たるや。

潤う泉がいかに熱いかを知った時の興奮たるや。

ともに果てるまで情熱のかぎりに抱きしめ合う、これほどの悦《よろこ》びがあることを知り――』


「はいっ――!?」

思わず変な声が出てしまった。なにこれ、おもいっきり恋文ではないの！ しかもやたらとあからさまに濃厚な内容で、はっきり言って事後よね!? 昨夜のあなたは素敵でしたねっていう手紙よね!?

誰よこんな手紙書いたのは――!?

便箋を放り投げそうになってしまった。こんなの読んではいけないわ！　いけないいけど先が気になるわ！

『惜しむらくは人目を忍ばねば君と愛し合えぬこと。私たちの愛はけして日の下では許されぬ。ああ、なぜもっと早くに君と出会えなかったのか。ままならぬ運命に人は常に踊らされ――』

……これってもしや、ブランシュ氏が書いたのかしら。セレーナというのは絵のモデル……グレースさんの母親かもしれない女性？　昔の恋文をこっそり額の中に隠すって、まあ、あるかな。でもその場合、自分が書いた手紙ではなくもらった手紙だろう。われに返って恥ずかしさで死にそうになったなら隠さず燃やすわよね。してみるとセレーナさんが隠したの？　それもなにか引っかかる……。

一つたしかなのは、二人が公には認められない関係であったということだった。どちらかが――あるいは両方が、すでに結婚していたのではないかしら。

綴《つづ》られた内容からなんとなくそういった状況が見えてくる。秘密の関係だからこそよけいに燃え上がり、そして手紙が余人に見つからないよう隠したのだろう。

不倫かあ……手紙の主はずいぶんひたっているけど、奥さん（あるいはご主人）が気の毒よね。

ブランシュ氏とグレースさんに血縁はないという話を思い出す。不倫相手の子供を引き取ったのか、表向き養女でもやっぱり本当の親子だったとか……。

なんにせよ事件とは関係なさそうだから郵送しちゃってもいいだろうか、なんて少しなげやりに考えていたわたしは、末尾の署名のところで息を呑《の》んだ。

『――リベルト・F』

ブランシュ氏ではない。手紙の差出人はリベルト・Fという男性だ。

リベルトって！

手が震えた。これはリベルト公子の手紙なの？　リベルト・F……リベルト・フォンターナ。彼の名前に当てはまる。

で、でも、年齢的にグレースさんのお母様とつき合っていたはずがないし。絵とは関係ないってこと？　隠し場所に使われただけ？

だからリュタンが狙うわけ……？　こんな手紙が公になってしまっては困るから……。

いいえ、それではめちゃくちゃだ。こっそり取り返したい人が予告なんてするわけがない。注目してくださいと派手な真似《まね》をした理由がこれって、おかしすぎるでしょう。それに絵を盗んでいった偽警官は？

ああもう、頭がこんがらがってなにがなんだかわからない。わたしは便箋を封筒に戻し、手に持ったまま部屋の中をウロウロした。ちょっと落ち着いて頭を冷やさないと考えがまとまらない。シメオン様にも相談しよう。とてもわたし一人の胸に収めておける話ではない。

全部家に帰ってからよ。そうしよう。

わたしは立ち止まり、手の中の封筒を見つめた。どうにも持っていると落ち着かない。その辺に放り出すのはもっと落ち着かないし、どこかにしまって……念のため見つからないような場所に……。

どこに隠そうと考えて、いい場所があるのを思い出した。わたしは秘密の扉を通って隣の家へ行き、台所に持ち込んだ小型の食器棚を動かした。後ろの壁は老朽化のせいで傷んでいる。一部タイルがはがれて下の壁が剥き出しになっていた。これを隠すためもあって棚を置いたのだ。

周りのタイルも半分くらいはがれかけている。わたしは封筒を壁とタイルの隙間にさし込んだ。さらに棚を戻して前をふさいでしまえばもう全然わからない。たとえ家さがししたって見つからないだろう。

うん、これで大丈夫。完璧！

持ち歩いてまたなにか起きたらいけないし、しばらくここに隠しておこう。回収が必要になったらシメオン様と一緒に取りに来ればいいわ。

仕上がりに満足してわたしは元の部屋に戻った。あと一時間もしないうちに日が暮れる。暗くなってきたら外へ出ても大丈夫だろう。実家に寄って着替えて、急いでフロベール邸に帰宅して……シメオン様とどちらが先になるかしら。この時期って日暮れが早いだけだからなんとか先に着けるかな。

などと考えながら休憩していたら猛烈に眠くなってきた。昼前から出かけてあちこち移動したし、最後は死ぬほど走ってクタクタだ。そこへおばあさんのパイとお茶でおなかが満たされて、眠くならないわけがない。わたしは椅子でうとうとして——そのままけっこうぐっすり寝入ってしまったらしい。寒さに震えて目が冷めると、窓の外が真っ暗になっていた。

「え、嘘、寝すごしちゃった？」

あわてて立ち上がり窓に張りつく。中が明るいから暗く見えたわけでなく、完全に夜だった。街灯に明かりが灯《とも》っている。

「何時!?」

悲鳴を上げたい気分で時計を求めて振り返る。そこで気づいた。

どうして明るいの……？

机の上のランプに火が入っていた。わたしがつけた覚えはない。眠り込んでしまう前はまだ明るかったもの。

他に明かりをつける人なんていないはずなのに、誰が？　編集さんが来たの？　だったら声くらいかけない？

背中に冷たいものが走る。わたしはおそるおそる室内を見回した。小さなランプ一つでは部屋中を照らすことはできない。隅には暗がりがわだかまっている。なにかがそこにひそんでいるように思えて震えが走った。

その時。

隣の部屋で足音がして、と思ったら扉が開いた。身をすくめるわたしの前に人影が現れる。編集さんか、作家の誰かか、それとも――

「やあ、眠り姫。ようやくお目覚めか」

陽気な声をかけながらその人は中へ入ってくる。男性だった。この声、この雰囲気。

「可愛《かわい》い寝顔だったよ。いたずらを我慢したの誉めてほしいな。今ならなんでもできると思ったけど、そういうのは君に嫌われそうだからおとなしくしていたんだ。えらいだろ？」

「あ……」

思わず口が開く。近づいてくる姿から目を離せない。若い端正な顔と元気に跳ねる黒髪が暗がりから抜け出し、ランプの明かりに照らされた。

驚けばいいのか呆れるべきなのか、間抜けに口を開けたままわたしは言葉を出せず立ち尽くす。わたしの目の前に立って笑っているのは、昨夜からさんざん名前を口にして悩まされてきた、怪盗リュタンその人だった。

8

言葉をかけるよりなにより、真っ先にわたしは踏み出して距離を詰め、リュタンの頬《ほお》を力いっぱいつねり上げた。

「いでででで、ちょっ、少しは遠慮して！」

リュタンが本気で痛そうな声を上げる。わたしは手を離してつぶやいた。

「夢ではないのね」

「君の夢に出られるなら光栄だけどね」

リュタンはちょっと口をとがらせながら頬をさすった。

「そういう場合自分をつねらない？ ひどいな、まったく」

「さんざん引っかき回してくれたお礼よ。もう！ 今度はいったいなにをやっているのよ!? あの予告状は本当にあなたのしわざなの？ どうしてあんな絵を狙うのよ？ 絵を盗み出した男は手下？全部リベルト殿下の命令なの？」

ようやくリュタン本人と話ができると思ったら質問が止まらない。あれもこれも聞きたいことばかりだ。さらに質問をくり出そうとするわたしの前にリュタンが両手を上げて制した。

「そう矢継ぎ早に聞かれたんじゃ答える暇がないよ。質問は一つずつお願いしたいね」

「……一つずつ聞けば答えてくれるの」

「質問次第かな」

答える気があるのかないのか、リュタンは人をくった笑みで受け流す。わたしは落ち着けと自分に言い聞かせた。この男が素直に答えてくれるわけないじゃない。いつだってはぐらかしてばかりで、肝心なことはなにも言わない。真正面からぶつかるのは愚かだわ。

「では聞き方を変えるわ。どれなら答えられる？」

「あ、そう来たか。さすが賢いね」

さっきわたしが挙げた問いの中には答えられるものもあるらしい。聞き直せばリュタンは笑みを深めた。

「そうだね、予告状はたしかに僕がやった。理由は内緒」

「内緒って、子供ではないのだから」

「あと絵を持ち出したのは僕の仲間じゃないよ。大丈夫、ちゃんと取り返してブランシュ氏に届けてあげるから」

「はあ……？」

答えはさらなる謎《なぞ》でもあった。今日《きょう》の泥棒が仲間でないというのは納得できる。リュタンのやり方とは思えなかったもの。狙った獲物を横取りされて取り返すところまではいいけれど、それをまたブランシュ氏に返却するの？　なぜそんな。

「わけがわからないわ。もう本当になにをしているのよ。結局絵がほしかったわけではなく、別の目的があったというの？　それはなに――今日の泥棒をおびき出すためとか？」

言いながら思いついたことを口走れば、リュタンは「おおー」とわざとらしく声を上げた。

「君の勘のよさにはいつも驚かされる。貴族の奥方なんてつまらないことさせとくのがもったいないな。前にも誘ったけどさ、やっぱり僕と一緒に来ない？」

「行きません。つまらなくないわよ失礼ね。はぐらかさないでちゃんと答えて。今のが当たりだったわけ？　あの泥棒何者なのよ」

問いを重ねながらわたしは時間も気にしていた。あまり遅くなってしまったらみんなを心配させる。早く帰らなければ。

「ねえ、答えられることだけでいいから早く教えて。わたしゆっくりしていられないのよ」

「そう言われてもね。どうして君の質問に僕が答えなきゃいけないって思うのかな」

わたしの焦りを煽《あお》るようにリュタンは皮肉な声を返す。

「君に嫌われたくはないけど、だからってなんでも願いは聞けないよ」

「……だったら、どうしてここに現れたの」

突き放されたことに自分でも意外なほど驚いていた。聞けば答えてくれると――はぐらかしながらもわたしの話につき合ってくれるという思い込みがあったようだ。でもリュタンにそんな義務はない。友人だというのもわたしの勝手な意識だ。彼の方は仕事で関わっただけの――好きだとは言われたけれど、何度も口説《くど》かれたけれど、その想《おも》いを受け入れられないわたしに対して誠意を捧げる義理なんてない。

「……向こうの部屋でなにをしていたの」

なぜか気落ちする自分に呆《あき》れ、そんな愚かさを打ち消したくてわたしは質問を変えた。わたしの相手をするために現れたのではないなら、他《ほか》に目的があるわけだ。眠り込んだわたしを起こさずなにをしていたの？

リュタンはさらに深く微笑《ほほえ》んだ。

「君のそういうところが本当に好きだな。断っておくけど、意地悪したくて答えないわけじゃないよ。今は言えないことが多いだけだ。でも……君が取り引きしてくれるなら、もう少し答えてもいい」

「取り引き？」

「手紙、どこに隠したの？」

はっとわたしは息を呑《の》んで口を閉じた。そうか、あの手紙をさがしていたのね。とっておきの隠し場所は、さすがのリュタンにも見つけられなかったわけだ。

「君が拾ったところは確認している。そのまま持って逃げたのもね。絵の方を優先したから君の追跡は部下にまかせたんだけど、残念ながら見届けられたのはこの部屋に入るまでだ」

「………」

「ここって面白いよね、内部で行き来できるようになってるんだ。どうしてこんな家を持ってるのか興味あるけど、とりあえず手紙がどこにあるのか教えてくれるかな」

用心していたつもりだったのに、やはりつけられていたと知って唇を噛《か》む。本職が相手では勝負にならなかったか。当然だけどくやしい。

……でも、手紙を隠したところは見られていない。そこだけ、まだ守られている。

「あれはリベルト殿下の手紙なの」

「読んだんだ」

「どう扱うべきか確認しなきゃと思って……リベルト殿下はもしかして脅迫でもされているの？　恋人を捨ててアンリエット様と婚約したから……」

わたしの言葉にリュタンは少し目を丸くし、おかしそうに肩を揺らした。

「おとなしく脅迫されるような、可愛《かわい》い人じゃないよ」

「ですよねー」

力強くうなずいてしまった。いえ腹黒云々の話でなく、まがりなりにも大公子殿下ですもの、権力でどうとでもできるのではと思ってね。

「自分で言っておいてなんだけど、醜聞になったところでアンリエット様との婚約が解消されるとは思えないわね。政略で決められたことだし、愛人の一人や二人黙認すべきって言われちゃうでしょうね。不愉快だけど」

「だよね。つけ加えると、下手《へた》に脅迫なんてしたら手ひどい反撃をくらうよ。マリエルもうかつに噛みついちゃだめだよ」

「わたしはリベルト殿下と対立するつもりなんてないわ。でもアンリエット様が悲しまれることがあるとしたら放っておけない。あの手紙はシメオン様とセヴラン殿下にも見ていただいて、どう対処すべきかご判断を仰ぐわ」

「それは困るなあ」

少しゆるんだかに思えたリュタンの気配に、またひやりとしたものが混じる。わたしは一歩下がって距離を開けた。

「アール座に迷惑をかけておきながら困ると言われてもこちらこそ困るわ。あなたたちにも事情があるのでしょうけど、ここはラグランジュよ。よその国に来て好き勝手かき回して、自分に都合のいいことばかり言わないでほしいわ」

「お説ごもっとも。けどこちらも引けない。さて、どうしようかな。女の子の口を割らせるなんて簡単だけど、君にひどいことはしたくないし……よし、このアパルトマンごと燃やしてしまおうか」

「え⁉」

いいことを思いついたとばかりにリュタンは両手を打ち合わせた。その手を広げ、舞台に立つ役者さながらに大げさな身振りで言う。

「別に回収できなくてもいいんだ、ちゃんと始末できるのならね。取り上げられてすごすご帰ったら叱《しか》られるってだけだ。うんうん、そうしよう。こんなボロ家燃えちゃっても別にかまわないだろ？どうせ近々取り壊す予定なんじゃないの？」

「馬鹿《ばか》を言わないで！　住人もいるのよ！」

「立ちのき交渉の手間が省けるじゃないか。いいことずくめだろ」

「ありえない！　この悪党！」

「なにを今さら。知っていただろうに」

一息に距離を詰めてリュタンがわたしの腕をつかんだ。われに返って振り払おうとしても本気でこられては力に抗《あらが》えない。両腕をつかまれたままどんどん押され、あとずさっていった足が椅子《いす》にぶつかった。体勢を崩して尻餅《しりもち》をつく格好で椅子に戻ってしまう。わたしを上から押さえ込み、リュタンは顔を寄せてきた。

「世の中君のようなお人好《ひとよ》しばかりじゃないんだよ。他人の家を焼き払うくらい僕にはなんでもない。でもね、できるだけ君の前では紳士でありたいと思っているんだ。だから、僕が火をつけなくてもいいように教えてくれるかな。手紙はどこ？」

「……やめて」

聞きながらなおも彼は距離を近づける。もう吐息を感じるほどだ。遠慮して頬に口づけていた今までとは気配が違う。目をそらすのも許さないとばかりに青い瞳《ひとみ》が強く見つめてくる。脅されているのか迫られているのかどちらなの。どちらであってもこんなの許せない。

「やめて。あなたとそういうことはできない」

「君はいつも、そうやってはっきり僕を拒絶するよね。なんでもない時には無邪気に笑顔も見せるのにさ。残酷な女だよ、まったく」

「…………」

「お行儀よくしていたら、いつまでたっても僕は振り回されるだけの役どころだ。天下の怪盗リュタンが小娘一人に！　泥棒は泥棒らしく、ほしいものは盗み出せってね。もうこのまま君を連れ去ってやろうか。副長のくやしがる顔を想像するとゾクゾクするね」

どこまで本気で言っているのだろう。わたしを怯《おび》えさせて手紙の隠し場所を白状させるための演技かもしれない。でも火をつけるくらい平気でやってのけるというのは本当だろう。もしはったりではなかったとしたら……。

どうしよう……嘘《うそ》でごまかせる状況ではないし……。

「ねえ、マリエル――」

言いかけたリュタンが不意に身を起こしてわたしから手を離した。誰《だれ》か入ってきた？　と思った直後、一閃《いっせん》の光が音を立てて空を斬《き》る。サーベルの斬撃《ざんげき》を紙一重でかわしてリュタンは大きく飛びずさった。

ヒュウ、とからかうように口笛を吹く。

「やるじゃないか副長。僕に気づかせないほど気配を殺して忍び寄るなんて、近衛《このえ》騎士より暗殺者《アサシン》になったら？」

安堵《あんど》と驚きの両方が押し寄せて、わたしは椅子から立てないまま見上げた。外套《がいとう》を着た長身がわたしの前に立ち、露を払うようにサーベルを一振りしてリュタンを威嚇した。

「話に夢中になって気づかなかったそちらが間抜けなだけでしょう」

「は、いつもながら可愛げのない」

「今回の件、当然ながらラビアともリベルト公子とも関係のない話ということになっています。ここにいるのはただのコソ泥、斬り捨てたところで問題はありませんね」

「マリエルの前で血を流すの？　ああ、他の男によろめいたらこうなるぞと見せつけるわけか。怖い旦那《だんな》さんだねえ」

挑発に言葉も返さずシメオン様が踏み出す。本気で殺すつもりだろうかという気迫でリュタンに襲いかかった。

もちろん斬られるまでおとなしく待っているような相手ではない。リュタンも身軽に床を蹴《け》って逃げる。机に手をかけたと思ったらシメオン様に向けてひっくり返す。ランプが落ちてガラスの割れる音が響いた。

「火が！」

オイルが床にこぼれ、火が移る。わたしは悲鳴を上げて椅子から飛び出した。

「……っ」

シメオン様もこれを無視するわけにはいかず、動きを止めて振り返る。その隙《すき》にリュタンは窓へ走った。

火を消そうとわたしはクッションをつかんだが、伸び上がる焔《ほのお》に気が動転して上手《うま》く動けない。震える手からシメオン様がクッションを取り上げ床に叩《たた》きつけた。

何度も強く叩くと、火はすぐに消えてくれた。暗くなった部屋の中に焦げた匂《にお》いが立ち込める。それを冷たい夜風が吹き流した。

リュタンが窓を開けていた。外から入ってくる明かりでわずかに顔が見える。相変わらず笑っているのがわかった。

「副長が来ちゃったらしかたないな、諦《あきら》めて叱られてくるよ。またね、マリエル」

くやしそうなそぶりもなく言って軽い調子のままひょいと窓枠を飛び越える。またこれ！　今度は四階なのに！　驚くわたしを置いてシメオン様が窓へ走る。あたふたとあとを追いかけて見下ろせば、外套をなびかせて走り去る姿が夜闇《よやみ》の中へ消えていった。

どうやって下りているのよ……。

ふん、とシメオン様が息を吐く。逃げられてくやしいという雰囲気ではなく、いつもの気にくわないという態度だった。やはり本気で殺そうとしていたわけではなく、単に追い払っただけらしい。ちょっとくらい斬ってもいいとは考えていたかもしれないが。

「……シメオン様」

そっと声をかければ彼はサーベルを鞘《さや》に収め、わたしを見る。暗がりに慣れた目に厳しい表情が見えた。

「あの……ええと……」

助かったと安堵していられる状況ではなかった。わたしこそ叱られる理由はいくつもあるのでつい首が短くなる。でもこれだけは言っておこうと頑張った。

「リ、リュタンによろめいてなんかいませんからね！　わたし、脅されていたんです。けしてそういう話をしていたわけでは」

「わかっています」

硬い声が冷たく遮る。

「話は途中から聞いていましたから。私が言いたいのはそこではない。わかりますね？」

「……はい」

わたしはしおしおとうなだれた。誤解されていないのならいいわ……と、呑気《のんき》にはなれない。

「話は帰ってからにしましょう。念のため床を濡《ぬ》らしておきたい。水はありますか」

「は、はい、出るはずです」

わたしは台所へ走り、急いでやかんに水を入れた。雑巾《ぞうきん》と一緒に持って帰ればシメオン様が机を元に戻し、ランプの残骸《ざんがい》を片づけていた。こぼれたオイルを拭《ふ》き取って床をしっかり湿らせておく。これでふたたび燃え上がる心配はないだろう。

わたしたちは戸締りをして外へ出た。鍵をおばあさんに預け、表につないであった馬に乗る。石畳に蹄《ひづめ》の音を響かせてシメオン様は馬を走らせた。冷たい風に身を縮めれば、気づいていったん馬を止めてくださる。ご自分の外套を脱いでわたしを包み込み、夜風から守るようしっかりと抱きしめてくださった。

シメオン様はクララック邸には寄らずまっすぐフロベール邸へ帰った。出迎えた使用人に実家へ知らせを出すよう言って着替えに行かれる。外套を借りても夜風がこたえ、寒さに青ざめていたわたしを、ジョアンナが浴室へ引っ張っていった。

熱いお湯を入れてもらい、ゆったり身を浸すとようやく緊張がほぐれてくる。

「まったく、あんな格好でなにをしていらしたんですか。てっきりご実家で羽を伸ばしすぎて時間を忘れていらっしゃるのかと思ったら」

お小言に詳しい説明もできず、わたしはひたすらごめんなさいとくり返す。夕食の時間はとうにすぎていたので、お湯から上がって部屋着に着替えると、食堂ではなく若夫婦の居間でシメオン様とともに食事をとった。

「……申し訳ありませんでした」

難しいお顔の旦那様と向かい合っていると胃が重く、食欲がさっぱりわいてこない。自分が悪いことはわかっているので叱られてもしかたない……と思いつつ、つい言い訳をしてしまう。

「もっと早く帰るつもりだったのですが、少し休むだけのはずがぐっすり眠り込んでしまって。心配かけてごめんなさい」

「謝るならその前からではないのですか」

パンをちぎりながらシメオン様はぴしゃりと言い返す。

「問題を起こすなという殿下のお言葉に見事にそむいてくれましたね」

「ご、ご存じで」

「知らないとでも？」

薄青い焔ににらまれて反射的にすくめた首を、はてとひねった。

「ええと、どこからご存じで？　隠れ家にわたしがいることもどうして……」

はあ、とシメオン様は大きくため息をついた。

「あなたがまだ帰っていないと聞いてクララック邸へ迎えに行けば、街へ飛び出したまま戻らないという。その時点でどこへなにをしに行ったのか察しがつきましたよ。劇場へ向かえば案の定騒ぎが起きている。絵を盗み出したのは警官を装った男だそうですが、なぜか逃げていく少年も目撃されていた。ここであなただと気づくに十分なほどの経験がありますのでね、どこへ逃げたのかと考えたのですよ。帰ってこない以上どこかで隠れているわけだ。あなたが逃げ込める場所など多くはない。迷惑をかけまいと出版社やトゥラントゥールは選ばないでしょう。消去法であの隠れ家だと当たりをつけたのです」

……お見事です。さすがのシメオン様。

さらりと返されて感心してしまった。わたしの性格や行動を完璧《かんぺき》に読まれている。

「い、言い訳をさせてください！　わたしは劇場のようすを覗《のぞ》いて、できれば情報収集したいなって考えただけです。あんな事件が起きるとは思わなかったのです。わざとではありません」

「わざとしたことなら叱るだけでは済まされませんよ」

弁明するわたしにシメオン様はにべもない。厳しいお顔のまま食事の手を止めることもない。カトラリーをあやつる手はとても優雅に動いているのに、驚くべき速さでお皿の上の料理が消えていった。

「巻き込まれただけなのはわかっています。しかし泥棒を目撃してなぜ追いかけるのですか。そこは人を呼ぶべきでしょう」

「ついつられて……」

「しかもなぜ逃げたのです」

「つい勢いで……」

シメオン様はため息をついてわたしをにらんだ。

「怪我《けが》もせずに済んだからよかったものの、非常に危険な事態だったのですよ。絵を盗んだ男はおそらく普通の泥棒などではない。つかまえようとして反撃を受けた記者は、一撃で気絶させられたようです。暴力に慣れ、どこを痛めつければよいか心得ている。刃物を出してこなくて幸いでした」

「あ、そういえばあの記者さんは大丈夫でした？」

「本人に会ってはいませんが、警察にしぼられたあと自力で帰っていったそうですよ。しばらく殴られたところが痛む程度でしょう」

「よかった……」

ほっと胸をなでおろすわたしと反対に、シメオン様は苦いお顔だ。

「こちらはちっともよくありません。話を聞いて肝が冷えましたよ」

「ごめんなさい……」

早くも食事を終えてコーヒーを飲むシメオン様の前で、わたしの手は止まったままだ。

「別に食べるなとは言っていませんよ。早く食べなさい」

言われて手を動かそうとして、でも全然食べる気になれなくて、せめてポタージュだけでもと思ったけれど一口で断念してしまった。

「マリエル？」

「もうけっこうです」

「もうなにも、ほとんど食べていないではありませんか。具合でも？」

「いえ、単に食欲がないだけで」

カップを置いたシメオン様は立ち上がり、わたしのそばへ回ってきて額に手を当てた。

「……少し熱いですね」

「お風呂上がりだからでしょう。大丈夫です。疲れたのと、あと管理人のおばあさんのところでパイをごちそうになったので」

わたしはベルを鳴らして使用人を呼んだ。食べられないから全部下げてと頼むと女中は驚いて、

「おやつのパイを食べたくらいで若奥様が食欲をなくされますか？　ご病気では……それかもしかして」

「どっちでもないから。わたしそんなに食いしん坊だと思われているの!?」

「書きものに熱中してらっしゃる時以外は、三食とおやつはきっちり欠かさないじゃないですか」

それって普通のことだと思うのだけど……量だって常識的なはずなのに。

「明日《あす》ベルタン医師《せんせい》を呼びましょう」

シメオン様も言う。

「違いますってば。わたしなりに今日のことは反省して落ち込んでいるのです。叱られても平気でモリモリ食べられる無神経だと思わないでください」

「……そこまできつく叱ったつもりはないのですが」

「ピリピリしてすごく怖いお顔をなさっていますが」

「そ、そんなに？　いやその、ずっと心配していたので反動でつい……無事を確認するまで気が気ではなかったのですよ。おまけに見つけたと思ったらリュタンがいたものだから、よけいに神経を逆な

でされて」

シメオン様はご自分の頬やあごをさすり、深く息を吐き出して肩から力を抜いていた。

……そうよね、すごく心配した時って、大丈夫とわかったとたん腹が立ってくるものよね。叱られるのはそれだけ大切にされている証《あかし》だ。不満は感じなかった。ただひたすら申し訳ない。

「ごめんなさい」

「…………」

シメオン様は無言でうなずいた。大きな手がわたしの頬に当てられ、たしかめるようになでる。まだ少し表情が硬いけれど、包み込んでくるぬくもりはとても優しかった。

身体《からだ》が重くてつらいので、食事を断念したわたしは長椅子へ移動してクッションにもたれた。

「せめてポタージュだけでも飲んでおいたらどうですか」

女中が下げていくワゴンからポタージュのお皿を取り上げてシメオン様が持ってくる。これも断るとますます心配されそうなので、わたしは大分冷めてしまったポタージュを無理やり口に運んだ。うう、なんだか気分も悪い。

「食べたら今日はもう寝なさい。昨日《きのう》も遅かったのだし、その前からけっこう無理をしているでしょう。熱が出ているのだと思いますよ。目が少しうるんでいる」

シメオン様が隣に腰を下ろしてわたしの顔を覗き込む。

「大丈夫ですってば。のんびり寝てなどいられません。あの手紙をどうするかも考えないと――って、あー！」

「なんですか」

言っていて思い出した。手紙、隠したまま忘れてきちゃったわ。シメオン様の反応にばかり気を取られていた。

「大丈夫かしら……きっと持って帰ったとリュタンは思ったわよね。まさか本気で火をつけたりしないわよね」

「なんの話ですか」

いぶかしむシメオン様に、わたしは手紙のことを説明した。盗まれた絵から落ちたものであったこと、そしてなにより肝心な、リベルト公子と思われる人物が恋人に宛てたものであったことを伝える。

「リュタンの話では、手紙をネタに公子様が脅されているわけではないそうです。多分本当だと思います。手紙を取り戻したいだけならあんな派手な真似《まね》をして注目を集めるのはおかしいですし、その前にさっさと回収しているでしょう。リュタンにとって難しい仕事ではないはずです」

「……そうですね」

「偽警官をおびき出すための作戦だったようなので、追いかけて知った……のかな？　で、わたしが拾っていたのでアパルトマンへやってきた？　だとしたら偽警官の目的は手紙の方……あれ？　なにか変かも？」

「…………」

「ええと、ともかく愛人の存在が公になっても婚約は解消されないでしょうが、醜聞には違いありません。知って放置はしないでしょう」

「……どうでしょうね」

シメオン様は首を振った。

「手紙を回収するために現れたのは間違いないでしょうが、リベルト公子が書いたものと決まったわけではありませんよ」

「でも、署名が」

「署名だけでは証拠になりません。リベルトという名前はラビアでは珍しくない」

「でしたらなぜ回収する必要があるのですか。無関係ならおかしいでしょう。叱られると言っていたのは公子様を指しているはずです」

組んでいた腕をほどき、シメオン様は立ち上がった。空になったお皿を私の手から取り上げてテーブルに置く。そして問答無用でわたしを抱き上げた。

「シメオン様」

「もう寝なさい。あなたは疲れている。しっかり休んでまず回復することが必要です。本調子に戻ればもっと整理して考えられるようになりますよ」

言いながらシメオン様は寝室へ向かった。強引なくせにとても優しい手つきでわたしをそっと寝台に下ろす。用意されてあった寝間着を取り上げ、わたしの膝に置いた。

「その服なら自分で着替えられますね。ジョアンナを呼びますか？」

「自分でできますけど、その前に。シメオン様にはなにかわかったのですか？　話の途中で放り出されたのでは落ち着いて眠れません。ちゃんと教えてくださいませ」

「現物を見ないまま話を進められませんよ。明日裏を取ってきます。手紙はどこに隠したのですか」

「わたしも一緒に行きます」

ここまで調べたのはわたしなのに美味《おい》しいところだけ持って行かれるなんて納得できない。同行を主張するとシメオン様はまた首を振った。

「明日は――いや、体調が戻るまで外出禁止です」

「そんなに具合を悪くしていませんわ。一晩眠れば元気になります」

「だめです」

わたしの抗議に耳を貸さずシメオン様は部屋を出ていこうとする。そうはさせじとわたしはガウンの裾《すそ》をつかまえた。

「シメオン様！」

「……聞き分けのない」

少し苛立《いらだ》った調子でつぶやいたシメオン様は、振り向いたと思ったらわたしの服に手をかけた。

「えっ？　なっ、なにを――ままま待ってください、ちょっと……きゃー!?」

あっという間にボタンを全部はずしてしまい、はぎ取る勢いで服を脱がせる。手際が！　ますます上達していませんか!?　ジョアンナより手早いのですが！

「いくら旦那様でもこれはあんまり――ぶっ」

半裸に剥《む》かれたと思ったら頭から寝間着をかぶせられた。なんだろう……とても色っぽい場面のはずなのに、全然そんな感じがしない。子供がお世話されているみたいだ。

「ほら、手」

うながされてわたしは渋々袖《そで》に腕を通した。髪をかき上げて襟から出し、ずり落ちた眼鏡《めがね》をはずす。ご丁寧に布団をめくって待たれているので、しかたなく眼鏡を置いて横たわった。

「シメオン様のスケベ」

「またそういう言葉を。品のない物言いを真似しない」

ふんと顔をそむけたわたしはついでに寝返りも打って背中を向ける。軽くて温かい羽毛布団と、ぬくもりを逃がさない厚手の毛布がかけられた。隙間《すきま》ができないよう肩までしっかり包み込んだあと、すぐ後ろで布団が軽く沈み込み、大きな手がわたしの頭をくしゃりとなでた。

「明日の朝、本当に元気になっていたなら連れていってあげますよ。だから教えてください。手紙を隠した場所は？」

「…………」

「マリエル」

背中に大きなぬくもりが覆いかぶさってくる。わたしは目をつぶって知らんふりを続ける。吐息が耳にかかっても、眼鏡がふれて冷たさを感じても、頬にくすぐったいやわらかさがふれてきても、意地でも反応してやるものかと無視をする。すると小さなため息がこぼされ、そばの気配が離れていった。また軽い振動が伝わり、もうなにも言わず歩いていく足音だけが聞こえて扉が開閉する。それきり部屋の中は静まり返り、わたしは冷たい暗がりの中に取り残された。

えええー、そんなにあっさり行っちゃうの⁉

そっけないにもほどがあるのでは。それとも、また怒らせてしまったの……？

不安になったわたしは身を起こした。そして見た。扉の前に立って、シメオン様が意地悪なお顔でこちらを見ていた。

あああー！

「マリエル？」

くうう……元祖鬼畜腹黒参謀め。

うらめしくにらんでもしれっと余裕の笑みだ。結局わたしが旦那様に勝てるはずはないのだった。

9

いつも少しくらい体調が悪くても一晩眠ればすっきり回復していたのに、今回は当てがはずれて翌朝さらにひどくなっていた。

もう自分でも認めるしかない。明らかに発熱状態だった。全身がだるくて起き上がるのがつらい。頭が鈍く痛んでいた。

「だから言ったでしょう。風邪をひいたのですよ」

「そんな……このわたしが……」

氷を買ってくるようジョアンナが小間使いの子に頼んでいた。そこまで高熱ではないのだからわざわざ遠くまで買いに行かなくても……というわたしの言葉は誰《だれ》も聞いてくれない。

「汗をかいたあと布団もかぶらず居眠りしたのでは風邪をひいて当然です。先日も長時間庭に出て身《か》体《らだ》を冷やしていましたし。睡眠不足で体力が落ちているところへそんなことばかりしていたら誰だって熱くらい出しますよ」

腰に手を置いたシメオン様が、呆《あき》れた目でわたしを見下ろしてくる。すでに身支度を整え白い制服にサーベルを提げていた。片腕にかけていた外套《がいとう》を広げて上に着れば、今度は漆黒の姿に早変わりだ。

どちらもかっこいい。凛々《りり》しくてドキドキして頭が痛い。ううう。

「だって生まれてこのかた、一度も風邪をひいたことなんてなかったのに」

「思い込みですよ。多少具合が悪くても疲労や睡眠不足で片づけて、じっさいすぐに回復していたから病気だと思わなかっただけでしょう」

「えええ……」

そんな……わたしの無敗記録は幻だったというの……？

「無理をせずゆっくり休むのですよ。手紙のことは私にまかせてください。王太子殿下にもお見せして、ちゃんと対処を考えますから」

「対処とかではなく、アンリエット様が傷つかれるようなことにならないかと、それが心配で……あんなに一生懸命でいらしたのに……まだ憧《あこが》れと恋の中間くらいでしょうけど、ひたむきなお気持ちが裏切られてしまったら……」

重く痛む頭では考えがまとまらない。上手《うま》い言い方ではないと思いながらもなんとか伝えられるよう言葉を続けていたら、手袋を着けた指がわたしの唇をそっと押さえた。

「無理をしない。言いたいことはわかりますが、マリエル、王女殿下はあなたより年上の女性ですよ。理想と異なる厳しい現実にも向き合わねばならない。もう大人《おとな》で、これから結婚しようとしているのですから」

「……でも」

手を下げて今度はきれいなお顔が近づいてくる。頬《ほお》や額、まぶたと口づけ、最後に軽く唇をついばんだ。

「王太子殿下も、国王陛下や王后陛下も、家族に対する愛情はちゃんと持っておいでです。政略だけを考えて妹や娘をもののように扱われているわけではありません。王女殿下の周りには腹心の侍女たちもいる。あなた一人で頑張って保護しなくてはいけないさみしい方ではない。それに殿下ご自身、夢見がちにはしゃぐばかりでなくご自分の立場や役割を心得ておられます。だから大丈夫、心配せずに今はまず自分の身体を治しなさい。いい子にしていたらお土産《みやげ》を買ってきてあげますよ」

「……はい」

すぐ近くにあるお顔が優しく微笑《ほほえ》む。眼鏡《めがね》を挟んで水色の瞳《ひとみ》と見つめ合う。大きな手が熱を持つ頬を愛撫《あいぶ》した。

「手紙の件にかぎって言えば、それほど心配する必要はないと思いますがね。リベルト公子はたしかに一筋縄ではいかない人物ですが、女性関係に問題があるとは聞いた覚えがありません。そういった問題があるならとうに陛下たちが動いています。公子側だって結婚の意味を重々承知しているのに、王女殿下をないがしろにはしないでしょう」

そう締めくくりシメオン様は出勤していかれた。ないがしろにされるとは、わたしも思っていないのだけどね……そういうのと、愛情や信頼関係を持って寄り添うのとは別の話なのに。

王族のご結婚問題を自分と同じ目線で考えるのが間違いなのかな。でも王女様だって一人の人間、婚約者に憧れる女の子でしかないのにね……。

熱のせいですぐにトロトロと眠りに引き込まれる。なんだかたくさん夢を見た。リュタンやシメオン様が出てきていろいろ言っていた。リベルト公子やブランシュ氏、グレースさんもいた気がする。それとも彼らとのやりとりを思い出していただけだろうか。すべて曖昧《あいまい》に溶けて流れていって、まったく覚えていない。

次に目を覚ました時、大分頭がすっきりしていた。ただ夢の中でなにかをわたしは理解していた。熱も少し下がったようだ。頭が鉛になったような痛みからは解放されていた。

ちょうど主治医の先生がやってきて、シメオン様が言ったとおりわたしに風邪の診断を下した。

「若奥様はお元気でいらっしゃいますが、過信は禁物ですよ。風邪からもっと重い病になることもございます。それに妊娠初期の兆候も風邪と似ておるのです。たいしたことはないと油断して無理をしていたら、大変なことになりかねません。ご結婚なさったらそういうことも常に意識する必要がありますよ」

わたしを叱《しか》る先生の後ろでジョアンナたちがうんうんとうなずいている。

「しかし回復が早いのはさすがの若さですかな。このようすならそう長引くことはございませんでしょう。もちろん、ちゃんと休んでおられたらの話です」

「はぁい……」

シメオン様が生まれる前からフロベール家の主治医を務めているベルタン先生は、もう七十のおじいさんで頭も真っ白だけどかくしゃくとしたものだ。若い頃《ころ》はリンデンやラビアに留学して腕を鍛えてきたらしい。その話を思い出したわたしは、聴診器を鞄《かばん》にしまっている先生に尋ねた。

「先生はラビアにいらしたことがおありで、あちらにご友人もいらっしゃるのでしたよね？　お聞きしたいのですが、ラビアの大公家……か、その親戚《しんせき》筋に、今訪問されている公子様以外にもリベルトというお名前の方がいらっしゃるか、わかりません？」

白い眉毛《まゆげ》が不思議そうに動いた。

「ラビアの、ですか？　そうですね、たしか先代の大公殿下もリベルト様でいらしたような」

「……先代様」

「そうそう、リベルト一世殿下ですよ。最近お亡くなりになったと伺いました」

やはり、とわたしは内心でつぶやく。考えてみれば王族や貴族に同姓同名は珍しくなかった。子や孫が同じ名前を継承していくことが多いのだ。

「おいくつでいらしたのでしょう」

「はあて、私よりいくつか下だったはずですが」

「どういうお方でした？」

「そうですなあ、ずいぶん早くに退位されましたが、若い頃から患っていたリウマチが原因だという話です。あれは進行すると日常生活にも支障をきたしますからね。関節の変形や痛みはもとより、倦怠感《けんたいかん》や……」

「あの、私生活などは？　特に女性関係について」

お医者様はどうしても医学方面からの見方になってしまうようだ。わたしが聞きたいのはそこではないとつっこむと、呆れた顔をされてしまった。

「さあねえ。噂《うわさ》はいろいろありましたが、実態なんて下々にはわかりませんよ」

個人的な噂話をするのは好きでないらしく、先生はさっさと切り上げて薬を出した。

「これは食後に、もし熱がまた上がるようならこちらを飲ませてください」

わたしにではなくジョアンナに説明して帰っていかれる。お礼を言って見送り、さっそく小間使いが食べるものを用意しに行った。わたしはジョアンナに書斎から紙とペンを取ってくるよう頼んだ。

「今先生から言われたばかりでしょう。よくなるまでお休みになってください」

「小説を書くのではないわ、ちょっと覚え書きをして頭を整理したいだけよ。あ、便箋《びんせん》と封筒も一緒に持ってきて。ちゃんと寝て待ってるから。お願い」

「もう……」

苦い顔をしながらもジョアンナは言ったものを取ってきてくれた。小間使いが持ってきた林檎《りんご》を食べて薬も飲み、後ろにたくさんクッションを重ねてもたれながら、わたしはこれまでに得られた情報を書き出していった。

シメオン様のおっしゃったとおりだったわ。昨日《きのう》までのわたしは混乱するばかりだった。無自覚に不調がつのっていたのね。まずこうして全部書き出して、情報を整理するところからはじめるべきだったのよ。

ジョアンナに見張られながらわたしはペンを走らせる。身体はだるくても、たっぷり寝たおかげで頭がすっきり透明になっていた。

起きたできごとを時系列に並べていく。全部書くと、間に補足も入れていった。わかっていること、まだわからないこと、推測できること……勉強する時と同じだ。書き出すことで頭の中も整理されていく。

「シュシュ、そこに乗らないで。書けないでしょう」

猫が膝に乗ってきて邪魔をした。昨日一日放置しちゃったから無下に追い払うわけにもいかない。わたしは下敷きにされた紙を引っ張り出し、片手で猫をなでながら読み返した。

大分わかってきたけれど、まだ全部はつながらない。ほとんどが推測段階だし情報の足りないところもある。

わたしは紙を便箋に変えた。背中に置いても猫はびくともしない。

「若奥様」

「あと少し。これだけ書いたら寝るから」

ジョアンナが近くでにらんでくる。あまり長く起きていることは許されそうにない。いきなり全部を書くのもどうかと思ったので、わたしは最低限の質問だけ書いて封筒に収めた。

「これをアール座のブランシュ支配人に届けて。郵送ではなく直接ね。できるだけ急ぎで」

「そうしたら寝てくださいますか」

「寝ます、寝ます、はいこのとおり」

みずから横になって布団をかぶれば、ジョアンナはクッションを取りのけて枕《まくら》を整えてくれた。

「奥様や旦那《だんな》様も心配しておいでなんですよ。あんまり言うことを聞かないで無理ばかりなさっていたら、叱りに来ていただきますからね」

「寝てます！　あ、ノエル様にもこちらへ来ないよう言っておいてね。うつるといけないから」

「承知しております。じゃ、これ頼んできますから、ちゃんと寝てらっしゃるんですよ」
封筒を手にジョアンナが出ていく。猫が今度は布団にもぐり込んできた。縄張りの見回りを済ませ鼠《ねずみ》相手に一暴れしてきたので、このあとはお昼寝と決めたらしい。わたしにくっついてきげんよく喉を鳴らしていた。

フワフワの毛並みをなでているとまた眠気が襲ってきた。あれだけ寝たのにまだ足りないようだ。きっと眠って体力を回復しようとしているのだろう。

少しでも早く復活するため、わたしは身体の欲求に従い目を閉じた。

手紙の返事は驚くほど早く届いたらしい。ただわたしが眠っていたため、渡されたのは午後になってからだった。

『セレーナのことをご存じでいらっしゃるのでしょうか。ご指摘のとおり、私は人をさがす目的であの絵を展示しました。彼女についての情報を求めております。どうかお聞かせいただけませんでしょうか』

わたしが出した手紙は、セレーナという女性をご存じですかという内容だった。もしや「菫《すみれ》の貴婦人」に関係しているのではと。それに対するブランシュ氏の返答はほぼ予想どおりだった。

遅い昼食をとったあと返信に目を通したわたしは、ふたたびペンを取る。詳しい話をするため明日《あす》訪問させてほしいと書いてまた届けてもらった。

朝よりずっと楽になって多分熱も下がったし、明日になれば完全回復しているでしょう。今度はちゃんと伯爵家の若夫人として表から訪問するわ。ジョアンナも連れて。それならシメオン様もだめとはおっしゃらないだろう。

などと考えていたら、そのシメオン様がずいぶん早くに帰宅された。まだ夕方どころかお茶の時間くらいだ。わたしは驚いてしまった。

「お帰りなさいませ。ずいぶんお早いのですね。なにかありました？」

「あなたが心配で早く帰ってきたとは思ってくれないのですか」

制服のまま寝室に入ってきたシメオン様は、真っ先に手袋を脱いでわたしの顔に手を当てる。額や頬の熱をたしかめ、ほっとしたお顔でうなずいた。

「よかった、熱が下がりましたね」

「ええ、もうすっかり元気です」

「まだ油断しない。最低あと一日は安静にしていなさい」

安心するなりまた厳しいお顔でお小言だ。明日は出かけたいのだけどな……いきなりお願いしても却下されるか。ちょっと別方向からさぐろう。

「それより、こんなに早くお帰りになった理由は？　心配してくださったというのはうれしいですが、それだけではありませんよね。重篤な病でもないのにシメオン様がお仕事を放り出されるとは思えませんわ」

「めったに具合を悪くしないあなたが寝込めば、風邪といえど不安になるのですがね。まあ当たりです。じつは王太子殿下がお見舞いに来てくださっています」

「え、わざわざ？」

さっき以上に驚いたわたしは、しかしすぐにピンときた。

「……もしや殿下もわたしを叱りに」

「よい勘です。ジョアンナ、マリエルの支度を」

「はい」

「ええー!?　ちょっと待ってください」

抗議を無視してシメオン様は寝室を出ていく。元気だと言ってしまった手前寝込むふりもできないわたしを、ジョアンナは手早く着替えさせた。身体を締めつけない楽な部屋着の上にガウンを重ね、髪もきれいに整えてくれる。扉の外で待っていたシメオン様が呼ばれてまた入ってきた。

「あ、動いたらめまいが……」

「それはいけませんね。では運んであげましょう」

悪あがきは当然通用せず、シメオン様に抱かれて応接間へ連行される。入ってきたわたしたちを見た殿下は眉を上げられた。

「なんだ、歩けないほど具合が悪いなら無理に連れてこずともよかったのだが」

「いいえ、熱は下がったようです。元気にしておりますのでご心配なく」

「……ならばなぜ、そのように」

「ぶり返すといけないでしょう。放っておくとすぐにちょこまかしますから」

当然というお顔でシメオン様は答える。わたしはぶすくれて椅子《いす》に下ろされた。

「相変わらず過保護なやつめ」

「そうおっしゃいますが、ジュリエンヌ嬢が寝込んだら殿下はどうなさるのですか」

「む。なるほど、そう言われると納得できるか」

「納得なさいますの」

「もっともジュリエンヌなら、そなたのように変装してもぐり込むなどせぬだろうがな」

チクリと刺しながら殿下は軽くにらんでこられる。身を縮めるわたしの横にシメオン様も腰を下ろした。年長の男性二人がかりでひどい。猟犬に囲まれた兎《うさぎ》の気分だ。

「私になにか言うことは？」

「……別に問題を起こすつもりはなかったのですが。いえ、そもそも泥棒に遭遇しただけでわたしが問題を起こしたわけでは」

「言うことは？」

「ごめんなさい」

言い訳は聞いていただけなかった。拳骨《げんこつ》を作って見せられるので、わたしは頭を下げて謝った。

殿下は息をつき、拳《こぶし》を下げられる。

「まあなにか起きそうな気はしていたがな。あそこでそなたを放牧したのがまずかったか。それで？

そなたのことだ、手紙を拾っただけではないのだろう。なにか情報を得られたか？」

あっさりと殿下は話を変えられる。え、これだけ？　とわたしは拍子抜けしてしまった。

「わたしを叱りにいらしたのではなかったのですか？」

「叱ってほしいか、そうか。ならば好きなだけ牢《ろう》に入れてやる」

「紙とペンは持ち込み可ですか」

「不可だ！」

拳ではなかったけれど頭をはたかれた。一応病人ですよ。最近ますます扱いがぞんざいでは。

「だってなにも持っていけなかったら退屈ではありませんか」

「それが牢というものだ！　反省するために入るのだ！」

「反省ならもうしております。昨日シメオン様からも叱られましたので。つまり、殿下がわざわざお越しになったのはわたしから話を聞かれるためですか。情報が必要な状況に？　お望みなら提供いたしますが、こちらだけというのは不公平ですね。等価交換――情報には情報でお返しいただきとう存じます。リベルト殿下とお話はされたのですか」

精悍《せいかん》な美貌《びぼう》ににっこりと笑顔をふるまえば、微妙にひくつく笑みが返された。

「たしかにしっかり回復しているようだな。完全に本調子ではないか、安心したぞ」

シメオン様も頭が痛そうなお顔をしていた。

「マリエル」

「昨日は手紙のことばかりで他《ほか》のお話はできませんでしたものね。ええ、まだまだあるのです。わりと核心に迫る情報だと思います。お聞きになりたい?」

「………」

シメオン様は沈痛な顔で頭を押さえてしまった。

殿下が気を取り直して口を開かれる。

「そなたに対してはいっそ情報開示して協力し合うべきと学んできたからな。よいとも、話せるかぎりは話してやろう。で、なにが知りたい」

さすが有能な王子様だ、柔軟な思考で対処を切り換えられる。わたしはまず情報のすり合わせをすべきだと提案した。

「状況の整理が必要です。こちらが知っていることと、殿下たちがご存じのこと、双方を並べていきませんか」

「よかろう」

殿下とシメオン様も(渋々)同意されたので、わたしは午前中に書いてまとめたものを持ってきてもらい、お二人に見せた。

「まだ推測段階ですが仮説としてお話ししますね」

●ブランシュ氏、「菫の貴婦人」を入手。劇場に展示する。

——という、最初の部分から指さして説明をはじめる。

「尋ね人が目的というシメオン様の読みが当たっていました。絵のモデルになったセレーナという女性について、彼は情報を求めていました。わたしの問い合わせにはっきりそう答えて返しましたよ」

「寝ているよう言ったのに……」

シメオン様のこぼしたつぶやきは聞こえなかったことにする。指を次にすべらせて、

●リュタンの予告状。千秋楽に「菫の貴婦人」を盗むというもの。

「ブランシュ氏のやり方では絵の存在を伝えられる範囲はかぎられています。リュタンが派手な真似《まね》をしたことで一躍有名になりましたが、ブランシュ氏に協力したわけではないでしょう。彼のやり方を見て利用しただけだと思います。なぜというのはいったん置いて、次ですが」

●額には手紙が隠されていた。リベルト・Fからセレーナへの恋文。
●予告の翌日、偽警官による「菫の貴婦人」盗難。前述の手紙を落としていく。

「リュタン本人でも仲間でもなく、第三の人物による犯行です。リュタンの予告状はこれをおびき出すためのもの。偽警官が手紙の存在を知っていたかどうかは不明ですが、主な目的は絵の方でしょう。リュタンも、できれば回収しておきたいというくらいで、それほど固執するようすはありませんでした」

わたしはいったん紙から指を離した。

「ここまでで謎《なぞ》は三つです。絵を持ち去ったのは何者なのか、なぜなのか、そしてそれがリベルト公子にどう関わっているのか。ここに他から得た情報を足しますと……」

●絵のモデルであるセレーナは、グレースさんの母親らしい。三十年前の火災で死亡している。
●グレースさんは養女でブランシュ氏の実子ではない。
●セレーナへの恋文を書いたリベルト・Fは先代のラビア大公リベルト一世と思われる。

ペンを取り、人物関係を線や矢印でつないでいく。セレーナとグレースさん、セレーナとリベルト・F、リベルト・Fとグレースさん。

「セレーナはリベルト一世と交際していたのでしょう。そしてグレースさんを身ごもった。グレースさんはリベルト一世の庶子――つまり現大公殿下の異母妹であり、公子様には叔母に当たる方となりますね」

わたしは視線を紙からシメオン様へ移した。

「このあたりはシメオン様も気づいていらしたのですよね？」

「……まあ、だいたいは。訪問中の公子は二世であり、先代大公がリベルト一世であると知っていましたからね」

「昨日言ってくだされればよかったのに」

「直接見ていない段階で決めつけられないと言ったでしょう。それにあなたも落ち着いて理解できる状態ではありませんでした」

ぶーと口をとがらせ、わたしは説明に戻る。

「リュタンを動かしているのは公子様です。公子様はグレースさんの存在をご存じだったということです。あの夜劇場に出向かれたのも完全に計画のうちなのでしょう。首尾を見届けようと……グレースさんを直接見たいというお考えもあったのかも」

アンリエット様と仲よくデートと思わせて、裏でそんな思惑があったわけだ。アンリエット様の存在まで利用された気がしてくる。自分に憧れのまなざしを向け幸せそうにしている婚約者の隣で、彼はどう思っていたのだろう。

「偽警官が絵を盗み出した目的は……確認、かしら。リュタンの予告状騒ぎが起きてすぐに展示がとりやめられましたので、話を聞いて出向いてももう見られなかったわけです。本物の『菫の貴婦人』なのか――セレーナを描いたものなのか――ひいてはアール座にセレーナに似た女性、彼女の娘がいるかたしかめたかった。リュタンが盗むと予告しているのでぐずぐずしていられない。ということで、翌日さっそく乗り込んできたのでしょう」

わたしは口を閉じて殿下の反応を窺《うかが》った。殿下は静かなお顔で、質問もつっこみも入れず黙って聞いていらっしゃる。どこまでご存じだったのだろう。

「……続けろ」

ご自分が持つ情報はまだ教えてくださらず、わたしに続きをうながしてこられる。しかたなくわたしはまた口を開いた。

「絵を見て確認できるということは、セレーナを知る人物がいるわけです。グレースさんは先代大公の庶子だとして、父方は大公家、では母方は？　――セレーナの出身が鍵《かぎ》です。多分、そちらの御家騒動みたいなものがあるのでしょう。公子様が介入されるような問題が。いったいどういう人々なのか、わたしはセレーナについてもっと調べることにしました。ブランシュ氏に手紙を出して面会の依頼をしています。すぐに話を聞きたいと返事をくれましたよ」

「フレデリク・ブランシュだったか。アール座の支配人がその母方の関係者という可能性は？」

「それはないと思います。多分ブランシュ氏はなにもご存じありません。知っていたら最初からまったく違う展開になっていたでしょう。彼は無関係な一般人で、背後に複雑な事情があるのを知らずにセレーナの身内や知人をさがしていたのです。おそらく、幼い頃に母親を亡くし、天涯孤独になってしまったグレースさんのために」

「……なるほど」

殿下はうなずいて腕組みをほどかれた。喉《のど》が渇いたなと感じたのを読んだように、シメオン様がグラスに水を注いでくださる。わたしはありがたく受け取って果汁入りの冷たい水を飲んだ。熱が下がったばかりでたくさんしゃべるのは、まだ少し疲れることだった。

「ややこしい状況をよくそこまで整理した。さすがだな」

皮肉というふうでもなく、殿下はわたしを誉めてくださる。そしてようやく聞きたかったことを教えてくださった。

「じつはだな、こちらが聞く前にリベルト殿の方から説明と協力の依頼をしてきたのだ。そなたが読んだとおり、グレース・ブランシュは現大公の異母妹だそうだ」

「あちらから明かしてきたのですか」

ちょっと意外に感じてわたしはグラスから口を離した。あの公子様が素直に？

……驚くことでもないか。国王陛下のお膝元でこんな騒ぎを起こして、知らんふりは通らない。リュタンとの関係を知られている以上、非公式でも追及はされるだろう。素直に打ち明けて協力を要請した方が心証を悪くせずに済む。

そうよね、自然な話だ。やり手と噂の公子様ならぼろを出してからあわてるのでなく、ちゃんと事前に根回しをしておくだろう。

ただ、それはそれで引っかかる。

「公子様はなんと言い訳をなさったのですか」

「要約すると身内の不始末の尻拭《しりぬぐ》いだな」

身もふたもなく、殿下は簡潔にまとめられた。

「先代が亡くなって遺品などを整理するうち、庶子がいるらしいとわかったそうだ。調べさせれば母親はすでに亡くなり本人はラグランジュで女優をしている。己の出自については知らないようで、母親につながる情報を得ようと手がかりになる絵を展示していた――そなたの話と一致するな」

「はい」

「ところが、この母親というのがただ者ではなかった。密売人や窃盗団、はては暗殺者など、あらゆる犯罪者たちを従える元締めの娘だったのだ」

わたしは少し言葉を失ってしまった。え、なにそれ。お家騒動かと思いきや犯罪組織の登場？　ずいぶん展開がぶっ飛んだ。

「なぜそのような人物と先代様が……」

「表向きは実業家なのだ。犯罪だけでなく堅気の商売もしている。有力者ともつながりがあるし、娘が社交界で遊ぶくらいはする。どうもそこで出会ったらしいが、リベルト一世も最初は相手の正体を知らなかったようだ。私生活においてはいささかだらしないところがあった人物ゆえ、軽い気持ちで手を出したのだろう。あとになってスカルキの――元締めの名だが、スカルキの娘と知って別れたらしい」

「はあ……」

なんだか物語になりそうないきさつだ。それこそ舞台で演じられそうな……あるいは小説になりそうな。あ、これ連載の参考にならない？　時事ネタすぎてだめかしら。

「その後セレーナは出奔して行方《ゆくえ》をくらませている。三十年以上たち、最近スカルキとリベルト一世が相次いで亡くなった。セレーナもまた亡くなっていたことが今回判明したわけで、遺《のこ》されたのは大公家とスカルキの血を引く娘、グレース一人だった」

話の意味をわたしはじっくりと考えた。これが今回の事件にどうつながってくるのか……答えを求めてシメオン様のお顔を見てしまう。シメオン様は少し首をかしげ、教えてくださった。

「わかりませんか？　まんまとリュタンの――リベルト公子の策に釣られて絵を盗みに来たのは、スカルキの跡を引き継いだ者たちです。スカルキは莫大な財産を遺しました。他に子供はなく、相続人はセレーナ一人。セレーナも亡くなっているとなるとグレースが相続人になります」

「犯罪組織でもそのあたりはきちんとしているのですね」

「実業家でもあると言われたでしょう。無法なのは末端の構成員で、上層部は教養もある統制の取れた者たちですよ。ただ内部でも意見の食い違いがあるようで、スカルキの遺言を無視したい者もいます。他の幹部の了承が得られず不服を抱えている。これがどう動くか想像できますか？」

「……グレースさんを暗殺して相続人をなくしてしまおうと？」

「あるいは、手の内に取り込もうとするかですね。ブランシュ氏を人質にしてグレースを従わせるという手もある。そうとも知らずここにいるぞと無防備に声を上げてしまった。スカルキ一派《ファミリア》に気づかれるのも時間の問題という、非常に危険な状態になっていたのです」

うわぁ――わたしは声にならないうめきを上げた。まさかそんな裏があったとは。知らぬがゆえの大胆さ。ブランシュ氏がこれを聞けば卒倒してしまいそうだ。

「お家騒動はお家騒動でも、犯罪組織のお家騒動ですか……そういうことならこっそり知らせて保護してくだされればよかったのに。なにもわざわざ騒ぎにして注目を集めなくても」

「そこはリベルト殿の――というか、ラビアの都合だな」

殿下がまた話を続けられる。

「スカルキ一派も、もともとは自治と自衛のための集団だったのだ。はじまりはまともな組織だったのでラビア国内の有力者や組織と関わりを持ってきた。大公家ともな。それが長い年月の間に犯罪組織に変わってしまい、今となってはラビアの汚点で悩みの種になっている。しかし言ったようにいろいろなところにつながりを持っているので簡単にはつぶせぬ。そこへ今回の一件だ。幹部が直接動いており堂々と粛清できるもってこいの口実になる。これを利用しない手はないと考えての計画になったそうだ」

「はあ……」

わたしはため息をつくしかなかった。あんなに優しそうなお顔をしていながら、裏で計算高く策を立てていたわけですか。やだ、めちゃくちゃ好み。そういうの大好き。アンリエット様のことさえなければ——いいえ、グレースさんの身を囮《おとり》にしてもいるわけだから、やっぱり素直に萌《も》えられない。むしろ腹が立つ。それに……。

「マリエル」

なにかを察したシメオン様がじっとりとわたしをにらんだ。

「愛情と萌えは別です。そして両方を捧げる相手はシメオン様だけです」

どんなにひどいことをしても素敵とはしゃげるのは物語の中だけだ。現実の腹黒人間に出会うと非常に複雑な気持ちになると知った。なんの罪もない人が利用されているのに喜んではいられない。

シメオン様が見た目詐欺でよかった。この人が智略で陥れる相手は敵だけだ。無関係な人を利用したり巻き込んだりしない。見た目は曲者《くせもの》っぽくても内面はとても誠実で優しい人。だからこんなに好きでたまらないし、不安を感じることなくついていけるのだ。

アンリエット様の不安は間違っていなかったのね。間近に接して違和感を感じていらしたのだ。この事実を知って、彼女はどう受け止めるのだろう……。

「お話はわかりました。結局、わたしが申し上げたことはすべてご承知だったわけですね。お役には立てませんでしたか」

「いや、向こうから聞かされた話だけを鵜呑《うの》みにはできぬ。そなたの分析が裏付けになったし、語られていない部分を察することもできた。十分役に立ったぞ、ありがとう」

皮肉が通じているのかいないのか、殿下は満足そうに微笑まれる。シメオン様が横から手を伸ばして耳の下にふれた。熱は上がっていませんよ。大丈夫、疲れてもいません。

「すまぬな、体調の悪い時に」

「いいえ、もう落ち着いておりますから。それでこのあとは……」

言いかけた時、控えめに扉を叩《たた》いてジョアンナが顔を覗《のぞ》かせた。

「お話中に申し訳ございません。お手紙の返事が届きまして」

「ありがとう。ちょうどよかったわ」

届いたらすぐに知らせてほしいと頼んでいたのだ。わたしはジョアンナをねぎらって封筒を受け取った。さすがにフロベール家の使用人は、王太子殿下がいらっしゃるからとガチガチに緊張して怯《おび》えたりはしない。丁重におじぎして戻っていった。

「面会の依頼をしたと言っていましたね。その返事ですか」

「ええ。明日アール座へ行こうと思っていましたの。よろしいでしょう？　明日にはもっと元気になっています。もちろん今度はジョアンナを連れてちゃんと正面から行きますから。なんでしたらシメオン様もご一緒に」

この展開ならおねだりが通るはず！　わたしはせいいっぱい可愛《かわい》く旦那様を見上げてお願いした。シメオン様がうっと眉を寄せられる。ね？　ね？　と見つめていると、向かいから殿下がいやそうな声でおっしゃった。

「先に内容を確認したらどうだ。いちゃつくのは私が帰ってからにしろ」

「いちいちひがまれずとも。殿下だって最近はジュリエンヌといちゃいちゃできますでしょうに」

「できなくて悪かったたな！　ここ数日なぜか一緒にいても上の空なのだ。私を見たかと思ったら一人でなにか考え込んでいる。聞いてもなんでもないとごまかして教えてくれぬのだ」

「掛け算しているだけですよ。お気になさらず」

わたしは封を切って便箋を取り出した。予想どおり、中には了承の返事と時間の指定などが書かれてある。シメオン様たちに伝え、明日の外出をもう一度お願いした。

「なにも知らないまま騒ぎに巻き込まれて、グレースさんもブランシュ氏も不安でいらっしゃるはずです。さきほどのお話を彼らにも教えてあげたいのですが、よろしいでしょうか」

殿下はあごに手を当てて思案顔になった。

「……素性については教えてもかまわぬ。ただ、リベルト殿の計画については極力伏せたいな」

「と、おっしゃいましても、そこを省くとほとんどなにも話せませんせん」

「ならば面会はとりやめになさい」

「そんなぁ」

シメオン様と口論になりそうなのを、殿下が手を上げて制された。

「わかった、そなたの判断にまかせる。まあ、なるべく大公家の印象が悪くならないよう、上手く伝えてくれ」

「殿下」

抗議の声を上げるシメオン様に、殿下はなだめる視線を返される。

「彼が無辜《むこ》の民を利用しているのは事実だ。アンリのこともあるしあまり大公家の評判を落とされては困るが、全力でかばいたい気分でもないな。親の出自がどうであろうとグレース・ブランシュはラグランジュの国民として生活しているのだ。われわれが守るべきは彼女の方だろう」

おお、素晴らしいお言葉だ。殿下のこういうところ大好き。

「とはいえ、リベルト殿も配慮はしている。アール座には監視がついて、危険があれば即時対応できるようになっている。その点も踏まえて話をしてくれ」

「……かしこまりました」

監視、ねえ。

いくつか引っかかりを覚えながらも、わたしは疑問を呑《の》み込んでうなずいておく。尋ねても今これ以上のことは聞かせていただけないだろう。

殿下とシメオン様がこっそり目線だけでやりとりしていることにも、気づかないふりをした。

10

一日しっかり休んで完全回復したわたしは、まだ心配そうなシメオン様を笑顔でお見送りしたあと、自分も出かける支度にとりかかった。ブランシュ氏と約束した時間は昼より少し前だ。今回はちゃんと伯爵家の若夫人らしい姿で訪れるべく、張り切って衣装部屋の扉を開いた。

「どれにしようかなあ。なるべく動きやすくて、あまり目立たない無難なもので……」

「張り切ってそっちの方向ですか。ちゃんとお名前を出しての訪問なのですから、ふさわしい装いをなさるべきでしょう」

後ろをついてくるジョアンナがつっこみを入れる。たしかに普段着で出向くのはまずいかと、お義《か》母様《あさま》が作らせたおしゃれすぎるドレスの中から、できるだけ控えめなものを選んだ。

「これにしようかしら。いちばん落ち着いた色だし」

灰色がかった淡い紫だ。一見細身のスカート部分は前が開いている。夏の事件の折、走れないからと仕立てたばかりのドレスを引き裂いて、あとでお義母様を嘆かせた。それで対策を考えられたらしく、流行《はや》りのスタイルに寄せながらも動きやすいものになっていた。アンダースカートを細かいひだのものにすれば歩幅を制限されない。細身なだけに周囲につっかえることもなく、かなりよかった。

これで後ろの引き裾《すそ》さえなければ完璧《かんぺき》なのに、そこだけはどうしてもはずせないのね。

「外套《がいとう》はどうします？」

「昼だからショールだけでいいわ。今日《きょう》はよく晴れてるし」

「首飾りは」

「えー、いらない」

「そのドレスは首飾りを使うこと前提のデザインですよ。でないと前がさみしすぎます」

ジョアンナはしきりにダイヤの首飾りをすすめてくる。せっかくシメオン様がくださったのだし、似合わなくても使うべきかなとは思うけれど、ごめんなさい今は却下で。どうしようかと考えたわたしの目に留まったのは、アメシストだった。

首飾りが印象的だった肖像画。事件はアメシストからはじまった……思い出して、なんとなく手に取る。ちょうどドレスと色が合っているからこれでいいか。

仕上げに大きな毛織のショールを巻いていざ出陣だ。ジョアンナとともに馬車に乗り込んで、わたしは劇場街へ向かった。

アール座に着けば、相変わらず正面ファサード前に野次馬が集まっていた。記者らしき姿もたくさん見かける。ジョアンナの手を借りて馬車から降りるわたしに、あちこちから不躾《ぶしつけ》な視線が飛んできた。

「失礼、劇場にご用の方ですかね。少々お話を伺えませんか」

さっそく一人寄ってきて声をかけられる。なにも話せないわよと思いながら振り向いたわたしは、ちょっと驚いて反応が遅れた。

「なんですか無礼な。お下がりなさい。

「まあまあ、そうおっしゃらず」いくつかお尋ねするだけですよ」

追い払おうとするジョアンナにへらへら笑いながら食い下がる、くたびれた風情の中年男に見覚えがあった。なんだかんだとご縁がありますこと。殴られたところはもう大丈夫ですか。

ゴシップ記者の目がわたしに向く。あの時の小僧だとも、また隠れ家に出入りしていた女だとも、まったく気付いていないようだった。わたしは素知らぬ顔で彼に声をかけた。

「どちら様かしら。わたしになにかご用？」

「あ、どうもどうも、ラ・モーム社のピエロンと申します」

記者は少しよれた名詞をさし出してくる。断ろうとするジョアンナを下がらせてわたしは受け取った。これもなにかの役に立つかも。もらえるものはもらっておくわ。

「お嬢様はこちらの劇場とご関係が？」

「……マダム・フロベールと呼んでくださるかしら。関係というほどでもありませんわ、ひいきの役者に会いに来ただけです」

「おっと、ご結婚されてましたか。こりゃ失礼――えらい幼妻だな」

聞こえていますよ！　幼くありません、十九歳です！

むくれるわたしに、ピエロン記者はへらりと笑って言葉を続ける。

「フロベールとおっしゃいますと、あの伯爵家のご縁者で？　お貴族様がわざわざ足を運ばれるとは、やはり緊急事態なんですかね」

「緊急事態？　なんのお話でしょう」

「いやいや、とぼけなくていいですよ。中でなにか騒ぎが起きてることはわかってるんです。警官も駆けつけましたしね。ひょっとしてまたリュタンが現れたとか？」

思わずジョアンナと顔を見合わせた。今日も騒ぎが起きているの？　それは、リュタンではもちろんなく、スカルキ一派《ファミリア》のしわざだろうか。だとしたら今度は泥棒目的ではないだろう。グレースさんは大丈夫なのか――一気に不安がわき上がる。

「騒ぎとは、具体的にどういったことが？」

「それをこっちがお聞きしてるんですが」

記者に聞いてもしかたない。わたしは入り口へ急ごうと足を踏み出した。

「お待ちください若奥様、なにか起きているのでしたら今は行かない方が」

「なにが起きているのかいないのか、ここからではわからないではないの。起きているのならなおさらたしかめなくては」

引き止めるジョアンナに言えば記者も乗ってくる。

「そうですそうです、ぜひ中へ入って確認を」

「あなたを連れていくとは言っていませんよ」

「そうおっしゃらず。男手があった方が安心でしょう？」

「男手なら中にたくさんいますわ」

「ままま、お邪魔にはなりませんから。ちょっと覗《のぞ》かせていただくだけでいいんで」

もめている暇も惜しい。特ダネの匂《にお》いをかぎつけた記者が簡単に引き下がるはずもないので、わたしは石畳につまずいたふりでピエロン記者にぶつかった。そうしてさりげなくみぞおちあたりに肘《ひじ》を打ち込む。案の定彼は「うっ」とうめいておなかを押さえた。

気絶するほど強く殴られたものね。元気にしていても痣《あざ》は当分消えないでしょうよ。

記者が追いかけられずにいるうちに急いで劇場の入り口へ駆け込む。止めようと飛び出してきた職員に、名前と面会予約があることを伝えた。

「あっ、ええ、聞いてはおりますが……どうしよう、今入れていいのかな」

職員は困った顔で同僚を振り返る。

「伯爵家の奥方様を入り口で追い返すわけにはいかないだろう」

「そうだけど……」

「とにかく中へ入れてくださいな。新聞記者さんが便乗して入り込もうとしますので」

わたしは強引に押し入り、ピエロン記者が追いつく前に扉を閉めさせた。鼻先でぴしゃりと閉められた彼は扉の向こうで悪態をついていた。

「で、またなにか起きたようですが、いったい……」

ようやく落ち着いて聞こうとした時、奥からブランシュ氏が飛び出してきた。

「お方様！　申し訳ございません！」

大階段の下の、職員専用通路からやってくる。前回会ったのはほんの三日前だというのに、一気に老け込んだ印象だった。風采よく堂々と胸を張っていた人が別人のようにやつれている。あまり寝ていないのか目の下にくっきりと隈《くま》ができていた。彼はそばまで来てしきりに謝った。

「手配が行き届きませず、ご無礼いたしました。ただ今取り込んでおりまして……いや、先にお屋敷へ連絡さし上げるべきでしたのに、すっかり失念しておりました。まことに申し訳ございません」

「かまいませんから、どうぞ落ち着かれて。警官を呼ばれたと聞きましたが、また侵入者でも？　グレースさんはご無事ですか」

ブランシュ氏はうなずき、職員たちにもういいからと手を振って下がらせた。

「詳しい話はあちらで……騒々しくて申し訳ございませんが」

言いながらわたしたちを案内してくれる。たしかに奥から人の声がひっきりなしに聞こえていた。なにを言っているのかよく聞き取れないが、けんかでもしているのか女性の怒鳴り声らしきものも響いていた。

応接室の扉を開いてブランシュ氏はわたしたちを中へうながす。廊下の奥に役者らしき姿があり、こちらを見ていた。歓迎されているとは思えない、いやな雰囲気だった。

わたしたちだけ座らせて、ブランシュ氏は腰も下ろさずまた飛び出していく。しばらくしてお茶の用意をしたグレースさんと一緒に戻ってきた。

「本当に不作法ばかりで申し訳ございません」

「いいえ、グレースさんがご無事でほっとしました」

見たところ彼女に問題はなさそうだ。まだ公演の準備をする時間でもないので、簡素な私服に栗色《くりいろ》の髪を結いもせず垂らしている。相変わらず色っぽい美しさで、ブランシュ氏ほど憔悴《しょうすい》したようすもない。最悪の事態が起きたわけではなかったと、ひとまずわたしは胸をなでおろした。

テーブルを挟んでブランシュ親子が向かいに座り、ようやく落ち着いて話をはじめる。誰《だれ》かが襲われたとかものが盗まれたといった事態ではなく、楽屋や舞台が荒らされたとのことだった。

「昨夜はなにごともなく戸締りをして帰りまして、その後に侵入があったようです。今朝《けさ》職員が出て異常に気づきました。衣装が破られたり大道具が汚されたり……さんざんな被害ですが、それだけならば単なるいやがらせとも考えられます。ですが脅迫状が残されておりまして」

「内容は？」

ブランシュ氏は上着の隠しに手を入れ、折り畳まれた紙を取り出した。開いてテーブルに置かれたものを、わたしとジョアンナは揃《そろ》って覗き込んだ。


『菫《すみれ》の貴婦人を要求する。素直にさし出さないと次は怪我《けが》人が出るだろう。明日の夜明け前、フィリップ橋中央で待て』


「…………」

これをどう解釈したものか、わたしはしばし悩んでしまった。

「『菫の貴婦人』ってリュタンに盗まれてしまったのですよね？　昨日の新聞に載っていましたが」

ジョアンナが言う。わたしは考えながら首を振った。

「あれはリュタンの犯行ではないのよ。別口の泥棒で」

「でしたら今度こそリュタンが要求を？」

「初日にでかでかと予告しておいて、今さら脅迫状なんて書かないでしょう」

そもそもリュタンがこんな脅迫をする理由がない――こともないが、多分違うだろう。わたしはブランシュ親子に目を戻した。

「念のためにお聞きしますが、盗まれた絵は戻ってきました？」

リュタンは絵を取り戻すと言っていたので一応確認する。戻っていないとブランシュ氏が答えた。

「盗んでおきながらなにを言っているのかと……それとも、この脅迫状をよこしたのは別の人間なのでしょうか」

「多分同一人物、というか、同じ集団だと思いますが」

荒っぽい手口は先日の泥棒に共通している。このタイミングで起きた事件だ、スカルキ一派のしわざと考えるべきだろう。

菫の貴婦人……絵を盗んでおきながらそう言ってくるということは……。

考えるわたしに、グレースさんがなにか言おうと口を開きかけた。それを制するように扉がせわしなく叩《たた》かれる。ブランシュ氏が返事もしないうちに開かれた。

「支配人、今日の公演どうするんですか。こんなんじゃとても無理ですよ」

座長の男優を先頭に、役者たちが詰めかけていた。ブランシュ氏は息を吐いて立ち上がった。

「すぐに行くから向こうで待っていてくれ。こちらは伯爵家の奥方様だぞ、無礼をするんじゃない」

厳しい声にも不満顔が返される。わたしのことまでにらんでくる人々の顔に、聞かずとも状況が察せられた。

どうにか役者たちを追い出してブランシュ氏は頭を下げる。

「先日以来の騒ぎに加えこの事態ですから、皆動揺しておりまして。お方様にまで失礼な態度を取りましてお詫《わ》び申し上げます」

「大丈夫です。今とてもお忙しいのですね？　たしかに今夜からの公演をどうするか、手配をしないといけませんものね」

「ええ。当分休演するしかありません」

「わかりました。わたしにかまわず、どうぞお行きくださいませ。よろしければグレースさんと少しお話をさせていただきたいのですが」

グレースさんに顔を向ければうなずきが返ってくる。彼女は今戻らない方がいい。リュタンの予告状も自演だと言われていたのだ。これだけ事件が続いて、もう彼女が無関係だとは誰も思っていないだろう。さきほど聞こえた怒鳴り声も、もしかするとグレースさんを責めていたのかもしれなかった。たしかに彼女が原因ではあるのだけれど、いちばんの被害者でもある。けして責められるようなことはしていないのにと気の毒だった。

わたしの意図をブランシュ氏はすぐに理解してくれた。

「そうですね、ここでは落ち着きませんので自宅の方でお伺いするのがよろしいかと。私もここを片づけましたら戻ります。グレース、お方様たちをお連れしなさい」

「はい」

あわただしく挨拶《あいさつ》をしてブランシュ氏は戻っていく。わたしたちもすぐに席を立った。正面から出ると記者に囲まれてしまうので、支援者専用の出口を使うことにする。建物の両翼には馬車を中まで乗り入れられる部分があり、片方は王族専用で反対側は劇場の支援者用だ。先にジョアンナが外へ出て駆者《ぎょしゃ》に知らせ、右翼に回ったわたしたちを迎えに来てくれた。

離れていく劇場を窓から振り返る。記者が気づいて追ってくるようすはない。リベルト公子の手配で監視されているとのことだったけれど、それらしい姿も見つけられなかった。

本当にちゃんと守ってくれているのかしら。楽屋荒らしも防いでくれなかったなんて、なんのための監視だか。ただ見ているだけ？　それとももっと大きな騒ぎになることを期待しているのだろうか。

いくら計画のためとはいえ、ちょっとあんまりだ。なにも知らない劇団員やブランシュ親子がかわいそうでしかない。

向かいに座ったグレースさんは落ち着いた表情だった。少し元気がなさそうではあるが、静かに外を眺めている。移動中の馬車なら盗み聞きされる心配もないと考え、わたしは話を切り出した。

「もうじきこの騒動にも決着がつきます。グレースさんはなにも悪くないのだと劇団の皆さんにもわかっていただけますから、ご心配なさらず」

青緑色の瞳《ひとみ》がこちらを見る。リベルト公子の瞳と似た色だと思ったのは当然だった。二人はたしかに血がつながっている。それをどう伝えようか。

「ありがとうございます。そういえば、先日のお花のお礼もまだ申し上げておりませんでしたね。とてもきれいなので、自宅の居間で義父《ちち》や家政婦と楽しんでおりますわ。ありがとうございました」

「あ、ええ、どうも」

くすりと笑って彼女は言葉を足す。

「まさかご本人がお届けくださったとは思いませんでしたが」

わたしは一瞬固まってしまった。

「……お気づきで」

「こうしてお目にかかりましてね。わたしどもは役に合わせていろんな人間に姿を変えます。なので身なりに惑わされず一目で誰なのかわかるようになるのです」

ほええと口が開く。ピエロン記者は間近で話をしても全然気づかなかったのに。過去にも女中に化けたりしたけど、見抜いたのはシメオン様とリュタンだけだった。あの二人に匹敵する観察力の持ち主が目の前に。

「ええと、そのう、お騒がせして申し訳ありませんでした。わたしのせいで混乱させてしまったのでは……」

「いいえ、絵を預けた直後に本物の警察がやってきて、だまされたとわかったのです。偽警官を追いかけたのでお方様のことは……まあ勘違いした者もいたようですが、大丈夫ですよ」

あの雑な誰かさんかな。他の人はわかっていたと思いたい。

迷惑をかけてはいないとグレースさんが言ってくれるので、とりあえず安心しておく。ジョアンナの視線が痛いのでこの話は早々に切り上げよう。

「お方様は犯人の正体や目的をご存じなのですか」

「ええ。とある方から教えていただきました。グレースさんにもお話ししてよいと許可をいただいたのですが、どうお伝えしようかしら……グレースさん、お母様のことはどこまでご存じで？」

予想外な方向だったらしく、グレースさんは少し不思議そうな顔をした。

「あまり覚えておりません。母が亡くなったのは四歳になる前でしたから。はっきりした記憶は火事の時で、母を呼んで泣いていたことだけは覚えています。唯一の記憶がそれでは不憫《ふびん》だと義父が気にしてくれて、せめて他《ほか》の身寄りをさがそうとしたのです」

「それであの絵を展示したのですね」

「はい。義父はよくラビアへ行きます。本場の舞台を見るためだと言っていますが、半分は母の縁者をさがすためでしょう。昔、家出してきた母と旅の途中で知り合って、逃亡に手を貸しそのまま劇場で雇うことになったと聞いています。その時すでに母はわたしを身ごもっていたそうで、詳しい事情は義父にも語らなかったと。ろくでなしで根性なしの恋人に愛想を尽かしてきたとだけ」

「もしかして、ブランシュさんはお母様に」

さぐるわたしにグレースさんは笑いをこぼす。

「一目惚《ぼ》れだったと言っていますわ。ずいぶんなお人好《ひとよ》しでしょう？　家出娘をわけも聞かず世話してやって、亡くなったあとは子供を引き取り、結婚もせずに想《おも》い続けるなんて。優しい人なんです。わたしのために、母につながるものを見つけようと頑張ってくれています。それであの絵を手に入れたのですが、元の持ち主がわからなかったので」

話を聞きながらわたしは、もしかしてそのオークションすら仕組まれたものだったのではと疑ってしまった。偶然なんてじつはそう転がっていないのかも。セヴラン殿下のお話は事情をすべて明かしたように見えて、まだ秘密を残しているものね。

いったい、どこまでがリベルト公子の計画なのだろう。

「……これと似た首飾りをお母様から受け継いでいらっしゃいますよね」

わたしはショールをずらしてアメシストの首飾りを見せた。

「あら、そうですね、ちょっと似ているかも。ええ、持っています」

「あの絵にも描かれていましたね。脅迫状が指している『菫の貴婦人』とは、首飾りのことですわ。『菫の貴婦人』を身につけた女性を描いたから、そういう題名になったのです」

絵によく似た顔の、でも色の違う瞳が瞠《みは》られる。隣でジョアンナも納得の声を漏らしていた。

絵を盗んでおきながら要求する、つまり「菫の貴婦人」と呼ばれるものは他にあるということだ。

そう考えて、殿下から聞いたセレーナの素性を思い出した。彼女は貴婦人と呼ばれる生まれではなかった。

多分絵はリベルト一世の遺品だったのだろう。だとしたら「いとしのセレーナ」とか「思い出の恋人」とか、そんな感じの題名になるはずで、「菫の貴婦人」という題名でオークションにかけられたのは、首飾りの手がかりを知らしめると同時に公子様の皮肉だったのではないだろうか。

馬車が角を曲がった。高級住宅地に入っていた。葉を落とした街路樹が並ぶ通りに、大きくてきれいな集合住宅が立っている。劇場街に近いのにあまり騒々しくない、景観の美しい区域だった。あの隠れ家アパルトマンとは大違いだ。

　グレースさんも気づいて馭者に目印を伝えた。もうじき到着らしい。

「だからだったのですね。でも宝石としての価値はさほどでもありませんから、なにか事情があるのですね？」

「話が早いですね。ええ、多分遺産相続の条件になっているのでしょう。セレーナさんが亡くなっていた場合、その子供が相続人になります。血縁を証明するための品が『菫の貴婦人』なのでしょう。宝石は代々受け継がれるもの。よほどお金に困りでもしないかぎり、形見の首飾りを売るとは考えられませんもの」

「遺産相続……」

「詳しいことは、のちほどしかるべきお方が説明してくださると思います。要約しますと、グレースさんのお父様とお母様、双方の親族が相続人をさがしているのです。ただ、お祭しでしょうがあまり円満な話にはなりません。特にお母様の方はいささか問題のある人たちでして、絵を盗んだり劇場を荒らして脅迫してきたのはそちらです」

「………」

「それを知って解決に当たろうとしている方がいらっしゃいますから、大丈夫ですよ。ちょっとね、あちらにも事情があって公にはできず、裏から手を回す形になってしまいましたが。騒ぎの一端は彼の責任でもあるのですが……グレースさんたちのことは守ろうとしてくださっているはずです」

　なるべく大公家の印象が悪くならないようにと言っても、正直公子様の弁護は気が乗らない。ご自分の利益とグレースさんの警護、どちらに重きを置いていらっしゃるのやら。

わたしが口を閉じた時、馬車が停《と》まった。目的地に到着だ。話の続きは家に入ってからということで、わたしたちは馬車を降りた。

「……ん？」

尾行がないか確認していたわたしは、道の向かいにおかしな人物を見つけた。不審者というわけではない……いや、不審かも。外套のフードを目深にかぶって顔を隠した女性が、怯《おび》えたようすでキョロキョロ周りを見回していた。

一見してかなり上等の身なりとわかる。どう見てもどこかの令嬢だ。連れとはぐれたのか、うっかり迷子になってしまったのか。こんな時に面倒なと思うけれど、見かけた以上は放っておけない。わたしはグレースさんに断って道を渡った。フラフラ歩く女性に声をかける。

「あの、なにかお困りですか？　もしかして道に迷われたとか」

はっと女性が振り返る。間近で向き合ってフードの下の顔が見えた。正面から互いの顔を確認したわたしたちは、同時にあっと声を上げた。

「アン……っんぐぐぐ」

「マリエルさん！」

あやうく叫びそうになった名前を必死に呑《の》み込むわたしと、泣きそうな声で飛びついてくる女性。

フードの下から黒い巻き毛がこぼれた。

「んなっ、なななぜこのようなところにっ⁉　ど、どなたかお供は⁉　護衛は⁉」

声をひそめながらわたしは知った姿がないかさがす。道の向こうからジョアンナとグレースさんがこちらを見ている。通行人や馬車が通りすぎていくが、あるべき姿は見つけられなかった。

「誰もいないわ、わたくし一人よ」

ばつの悪そうな答えが返ってくる。わたしは目を戻し——旦那《だんな》様のようにこめかみを押さえてしまった。ああ、シメオン様の気持ちが理解できたかも。いつもはわたしがこんな疲労感をあじわわせているのね。ごめんなさい。

叱《しか》られた子供のように首をすくめてわたしを見ているのは、驚きのアンリエット王女様だった。間違ってもお一人で街へ出てきてよいお方ではない。そんな奔放な行動をなさると聞いたこともないのに、いったいこれはなにごとなのか。

「と、とりあえずこちらへ……」

わたしはアンリエット様を引っ張ってもう一度道を渡った。護衛の一人もいないのに無防備に道端で話していられない。

「お待たせしました、偶然知り合いを見つけまして。どうやら道に迷っていたようです。申し訳ありませんがご一緒させていただいても？」

「ええ、もちろん。お疲れでしょう、どうぞ中で休んでくださいませ。温かいものをお出ししますわ。なんでしたらお食事も」

「……ご親切に、ありがとうございます」

いったんグレースさんにまかせて、その間にわたしはジョアンナにささやく。

「悪いけど大至急王宮へ知らせに行って。アンリエット王女様なのよ」

「……えっ？」

「しーっ！　事情は知らないけどお一人だそうだから、とにかく護衛を連れてこないと。お願い、シメオン様に知らせてきて」

「わ、わかりました」

驚いた顔のままジョアンナはコクコクとうなずき、馬車に戻る。あわただしく走りだす馬車を見送って、わたしたちは目の前のアパルトマンに入った。

グレースさんの自宅は三階にあった。リースの飾られた玄関扉を叩けば、家政婦らしき中年女性が出てくる。劇場での騒ぎを知らない彼女は、これから公演の準備があるはずのグレースさんが帰ってきたことに驚いていた。

集合住宅にしてはずいぶん広い居間に通される。南向きの明るい部屋で、大きな窓から外がよく見えて開放感があった。調度は豪華さよりセンスを重視しているようで、装飾が少ないがゆえのすっきりした美しさを見せていた。

「……それで、どうしてここにいらっしゃるのかお聞きしても？」

簡素に見えて座り心地のよい椅子《いす》に腰を下ろし、ようやく少しほっとする。わたしの問いにアンリエット様はぼそぼそと答えた。

「リベルト様の計画をお兄様から伺って、とても驚いて……グレースという人に無性に会いたくなってしまったの」

自分の名前が出てきてグレースさんが驚いた顔をする。それに気づかずアンリエット様は話し続けた。

「衝動的に飛び出してきたけど、会ってどうするのって途中でわれに返って。なにかしたいと考えていたわけではなく、ただ会いたいだけだったの。だから気づかれないようこっそり覗こうと思って、でもそれなら一人で行かないと無理だわって思って、寄り道するふりで抜け出したの……」

比喩《ひゆ》ではなく一瞬くらりとした。それは、今頃《いまごろ》大変な騒ぎになっているのでは。しまった、ジョアンナを王宮ではなくそちらへ向かわせるべきだった。あわてず先に聞いておけばよかった。

というか、簡単に抜け出せるなんてどういう警護していたのよ。担当者誰!?　シメオン様に叱っていただくわよ！

もちろんアンリエット様にも反省していただかねば。ああ、やだわ、わたしがこんなことを考えるなんて。いつもと立場があべこべだ。つまりいつもシメオン様にこんな苦労をかけているわけですか。本当にしみじみごめんなさい。

わたしまで申し訳ない気分になっていたら、アンリエット様も肩を落としておっしゃった。

「ソフィーたち心配しているわね……わたくし本当に、なにをしているのかしら……」

「それだけ動揺していらしたということですね」

気を取り直してわたしは顔を上げる。グレース・ブランシュさんを見て、問いかける視線にうなずいた。

「幸運な迷子でしたこと。この方がグレースさんですよ」

「えっ」

アンリエット様が驚いて彼女を見る。さっきの話の続きもしたいけれど、まずはこちらからだ。グレースさんにもアンリエット様を紹介しようとした。

その時、玄関を叩く音が聞こえた。ちょうどお茶を持ってきてくれた家政婦が「今度は誰かしら」と言いながら応対に向かう。お迎えが来るには早すぎる。まさか記者だろうかとわたしは耳を澄ませた。

「どちら様?」

「警察の者です。アール座の件で確認させていただきたいことがありまして」

やりとりが聞こえ、玄関を開ける音がする。次の瞬間、乱暴な物音が響いた。どやどやと複数の足音が入ってくる。家政婦の悲鳴が小さく聞こえた気がした。

グレースさんとアンリエット様も驚いた顔で腰を浮かす。わたしたちが完全に立ち上がるより早く、居間に人が飛び込んできた。

「なに!? 誰なのあなたたちは!」

グレースさんが気丈に声を張り上げた。わたしはアンリエット様を後ろにかばった。

押し込んできたのは目つきの鋭い男たちだった。身なりは普通だけれど、明らかに堅気ではないとわかる気配を漂わせている。家政婦をはがい締めにしているのが一人、他に三人。二十代から三十代くらいだろう。さっと見回したわたしは、その中に見覚えのある顔を見つけた。あの時の偽警官だ。

絵を盗んで逃げていった男が、今度はナイフを手にして押し込んできた。

「……ああ、その顔、セレーナによく似ている。まるで姉か叔母のようだが、あれが年をとったらこうなったのだろうな」

低い声がした。男たちの後ろから一人だけ年配の人物が現れる。ブランシュ氏と同年代だろうか。上等の服を着てステッキを持つ紳士然とした姿だけれど、眼光の鋭さは誰よりいちばんだった。

気圧《けお》されたようにグレースさんがあとずさる。わたしもアンリエット様をかばったまま後退した。

まずい……今来るなんて。アンリエット様がいらっしゃるのに、なんて間の悪い。

聞くまでもなかった。強盗よろしく押し込んできた男たちは、噂《うわさ》のスカルキ一派に違いなかった。

11

年配の男はグレースさんだけを見ながらこちらへ近づいてきた。少し手前で立ち止まり、フンと唇をゆがめた。

「瞳《ひとみ》の色は違うか。あの女好きの大公に似たんだな」

「大公……？」

いぶかしむグレースさんに答えず、男は威圧的にステッキを床に打ちつける。

「『菫《すみれ》の貴婦人』だ。母親から受け継いだ首飾りがあるだろう。この女たちを殺されたくなければ出せ」

グレースさんが息を呑《の》んでわたしを振り返る。さっき話したばかりだから彼女にもすぐにわかっただろう。この男が脅迫状を残した犯人だ。スカルキの遺言に納得していない幹部なのだろう。

場所と時間を指定しておきながらこうして乗り込んでくるとは、察するにグレースさんの自宅がどこか知らなかったのね。のんびり調べている余裕がなかったので、取りに戻ったところを襲撃しようとあんな真似《まね》をした。そうして狙《ねら》いどおり劇場を出てきたので、あとをつけたわけだ。

可能性をまったく考えていなかったわけではないけれど……監視とやらは、いったいなにをしているのよ!?　本当に、なに一つ防いでくれず――って……。

……ああ、そうか。防いでしまったらいけないのね。

「首飾りはどこにある？」

男に聞かれて口を開きかけたグレースさんは、なにかをためらって口ごもった。

冷酷に目をすがめた男が手下に合図する。とたん、家政婦が悲鳴を上げた。

「やめて！」

グレースさんも悲鳴まじりに叫ぶ。ナイフが家政婦の首に赤い筋をつけていた。

わたしは視線だけをめぐらせた。どうにかしないと。要求に従ったところでなにをされるかわからない。それにあの首飾りは多分……。

「お前たちを殺したあと家さがしすればいいだけだが、手間を省きたいから聞いているんだ。無駄なことを考えずさっさと首飾りの場所を言え」

「……と、取ってくるわ。金庫の中だからわたしが取ってくる。だから……っ」

グレースさんが必死に答えると、男は手下にあごをしゃくって指図した。一人がグレースさんにぴたりとついて一緒に居間を出ていく。残されたわたしたちにボス格の男がはじめて目を向けた。なんとなくといった視線で話しかけてくるわけでもない。彼らにとってわたしたちは、たまたま居合わせただけのおまけだろう。さほど警戒されていない――今のうち！

手を出される前にわたしは窓へ走った。すぐに手下の一人が追いかけてきて引きはがし、わたしを床に突き飛ばす。窓に鍵《かぎ》がかかっていることを確認し、カーテンを引いて外からの視線を遮断した。

「こんな高さから助けを呼んでも無駄だぜ。まあ声を出す前に殺してやるがな。無駄に寿命を縮めたくなきゃおとなしくしてろ」

アンリエット様がわたしに飛びついてこられる。「大丈夫です」と小声で言ってわたしは身を起こした。それ以上手を上げてくるようすはないので、二人で身を寄せ合って壁際へ下がる。家政婦もこちらへ押しやられてきた。震える彼女の傷を確認すると、薄く切られただけで血もほとんど止まっていた。

今のところは脅しだけらしい。窓の前に一人立ってにらみを利かせてくるだけで、わたしたちを縛り上げようともしない。でもおかしな動きをすればすぐに襲いかかってくるだろう。残りの男たちも油断なく目を光らせていた。

「マリエルさん……」

アンリエット様がなにか言おうとするのを、わたしは首を振って止めた。今は我慢するしかない。これ以上抵抗すると危険だ。

しばらくしてグレースさんが戻ってきた。年季の入った宝石箱を持っている。はげかけた装飾に見覚えがあった。花を届けた時楽屋に置いてあったものだ。

青ざめながら、それでも彼女は懸命に訴えた。

「これに母の形見が全部入っているわ。渡すから彼女たちを解放して。なにも関係ない人たちよ、巻き込まないで」

ボスは答えず宝石箱を取り上げる。ふたを開いて目当ての首飾りをさがしたが、すぐに舌打ちして箱ごと投げ捨てた。大きな音が響き、床に色とりどりの輝きがまき散らされる。トパーズ、ガーネット、エメラルドに真珠……シトリン。

紫の石はなかった。主演女優が言っていたとおりだ、形は同じでも色が違う。そのせいで男たちは気づいていない。

身をすくめるグレースさんにボスがすごんだ。

「なんのつもりだ。こんな屑《くず》を持ってこいとは言っていないぞ」

「は、母の形見はそこに……」

「アメシストだ！　絵と同じものがあっただろう！　俺が言っているのはあの首飾りだ！」

ほとんどなにも伝えられないままこの状況だから、グレースさんはさぞおそろしいだろう。それでも踏みとどまって震える手を上げた。床の首飾りを指さそうとする。わたしは急いで口を挟んだ。まだ時間をかせがないと。

「アメシストの首飾りって、もしかしてこれのこと？」

言いながらショールを開いて襟元を見せる。男たちの視線がこちらへ向かった。紫色の石にボスがはっきりと表情を変えた。よし、ごまかせている。これで引っ張ろう。

「グレースさんが手放したがっていたから買い取ってさし上げたの。お母様の形見とは聞いていないけれど」

「よこせ」

遮るようにボスが言う。同時に手下がこちらへ歩いてきた。わたしはふたたびショールで前を隠した。驚いているグレースさんを見ながら首を振る。

「こんなものがどうしてほしいの？　アメシストよ。それほど高価な宝石ではないわ。簡単に買えるもののために予告状や脅迫状を書いたの？」

「お前には関係ない。さっさと渡せ」

「人のものを奪おうとしておいてその言いぐさはないでしょう。せめて理由くらい教えなさいよ。それともこんな女を怖がって、なにかされないかとビクビクしているの？」

「マ、マリエルさん」

王女様を後ろへ押しやり、伸ばされてきた手からわたしは逃げる。全員の意識がわたしに向いていた。ボスも手下たちもわたしの動きを見ている。手下が全員わたしをつかまえようと追いかけてきた。グレースさんやアンリエット様たちを放り出して——

そこへけたたましい音が響いた。窓硝子《まどガラス》を突き破ってなにかが中へ飛び込んでくる。振り向いた男たちが身がまえる隙《すき》も与えず、床で一回転したものが跳ね起きる勢いのままに飛びかかった。

「きゃああ！」

女性陣の悲鳴が上がる。彼女たちも、そして男たちもとっさになにが起きているのか理解できなかっただろう。飛び込んできた人影は二つ。数えるほどの時間もかけず手下たちを殴り飛ばし、蹴《け》りを放って床に沈める。巻き添えをくった家具が倒れて花瓶や写真立てを落とした。床は硝子や陶器の破片でいっぱいだ。それを丈夫な軍靴がものともせず踏みしめた。

「やあバーニ、会いたかったよ。やっと出てきてくれたね」

もう一人も振り向き、服についていた硝子片を払い落とす。飛び込んだ時に切ったのだろう、頬《ほお》に一筋、赤い傷ができていた。

「き、貴様……」

ボスがようやく事態を呑み込み、いまいましげに歯ぎしりする。反対にわたしはほっと胸をなでおろしていた。

監視をつけながらなにもしてくれなかったのは、この状況を待っていたわけだ。きっと助けはすぐ近くにいる。ならばこの部屋だと間違いなくわかるよう、目印をつけようと考えた。日差しが恋しい季節、これだけいい天気なのにカーテンを引くなど不自然でしょう。襲撃者の心理としては引きたかったでしょうけどね。

……なんて、助かった今だから言える。正直腰が抜けそうだ。読み違えていたらどうしようと思ったわよ。どうやって突入するかの不安もあった。見れば風にひるがえるカーテンの向こうで縄が二本揺れている。あれを伝って下りてきたのか……さすが軍人と怪盗。

一つ間違えば大怪我《おおけが》しそうな離れわざをなんなくしてのけた人は、ずれた眼鏡《めがね》を直して家政婦に声をかけた。

「玄関の鍵を開けてきてください」

「あ、は、はいっ」

よろめきながら彼女が居間を出ていく。わたしは呼吸を整え、床からシトリンの首飾りを拾い上げた。

「残念ね、せっかくグレースさんがお望みの品を渡してくれたのに気づかないなんて。本物の『菫の貴婦人』はこちらよ」

「なんだと⁉」

首飾りをグレースさんに返す。色は違ってもあの絵とそっくり同じ形の首飾りだ。

お母様が遺《のこ》したものを、彼女は大切そうに胸に抱いた。

「どういうことだ⁉」

「アメシストは変色する石なの。日にさらすだけでも色あせるので注意事項としてよく知られているわ。加熱するとさらに色を変えて蜂蜜《はちみつ》色に、シトリンになる。天然のシトリンも地熱でアメシストが変色したものだと言われているわ」

「…………」

「セレーナさんが亡くなった火災の時、これも熱を受けたのね。台はプラチナ、周りにあしらわれているのはダイヤ。どちらもアメシストより高温に耐えるわ。幸運にも焼失をまぬがれ、色だけが変化したのね」

元は紫の石だったとグレースさんは聞いているだろう。わたしの視線を受けてはっきりうなずいた。

「そんな……くそっ……」

「トーニオ・バーニ、あなたの配下がアール座から絵を盗み出し、また楽屋を荒らして損害を与えたところもすべて確認されています。ずっと監視がついていたのですよ。言い逃れはできないと承知するように」

シメオン様が言い、ボスに向かって踏み出す。さきほどのわたしたちのようにあとずさったボスは、けれど怯えていたわけではなかった。殺さんばかりにシメオン様をにらみ返していたかと思うと、手にしたステッキを投げつける。もちろんシメオン様は眉《まゆ》一つ動かさず余裕で叩《たた》き落とす。その動きの間に床を蹴ったボスは、上着の下から拳銃を取り出した。

銃声が響く。壁の鏡が砕け、また悲鳴が上がった。

シメオン様はちゃんとかわしている。取り押さえようと彼が動くより先に、血走った目がわたしに向けられた。

「くそっ、こいつのせいで！」

「マリエル！」

シメオン様の声に銃声が重なる。身を守ろうとしたわたしは、直後床に倒れて痛みにうめいた。

「――貴様ぁっ‼」

めったに聞かない怒りに支配された声が響いた。まずい。わたしは痛みをこらえて顔を上げた。

「……ちょっと副長、いきなりキレないでよ」

ボスの首を狙ったサーベルは、寸前で割り込んだ椅子《いす》の脚に止められていた。硬い木のなかばまで刃が食い込んでいて、手にしたリュタンは「うわぁ」と声を漏らす。止められてもなおシメオン様は力を抜かず、ギリギリと押し続けた。

「のけ……」

すさまじい殺気が彼を取り巻いている。当てられて、荒事を見慣れているはずの男がリュタンの後

ろで腰を抜かしていた。

「落ち着きなって。よく見てみな、マリエルは無事だよ」

「そっ、そうです！　いたた……撃たれてはいませんから！　ちょっと転んだだけです」

のんびり転がっている場合ではない。なんとかシメオン様を止めようとわたしは声を張り上げた。くうう、痛いし恥ずかしい。素早く身を伏せてかっこよく決めるつもりだったのに、引き裾《すそ》が脚にからんで踏んづけて、思いきり無様に転んでしまったのだ。だ・か・ら、このデザインはいやなのよ！デザイナーもおしゃれ好きの皆さんも、一度銃口に狙われてみればいい。いざという時本当に邪魔なのだから！

こちらを振り向いたシメオン様のお顔に安堵《あんど》が広がる。それでも彼はサーベルを握る手から力を抜かなかった。

「やめろシメオン、そんなことをしたらサーベルが折れるぞ」

わたしが言う前に別の声が彼を止める。そちらを見れば、近衛《このえ》騎士たちとともにセヴラン殿下が入ってくるところだった。

「お兄様……」

アンリエット様が涙まじりに安堵の声を漏らす。殿下も真っ先に妹君の無事を確認していらした。

近衛が床に伸びた男たちと、そしてボスを捕縛する。シメオン様がようやく力を抜いてサーベルから手を離した。リュタンが鼻を鳴らし、ぽいと椅子ごと放り出す。ちょっと、乱暴に扱わないでよ。本当に折れてしまったらどうするのよ。

「まったく、マリエルのことになると本当に見境なく過激になるよね。ここでバーニを殺されちゃ困るんだよ。なんのためにこんな手の込んだ真似をしたと思ってるんだよ」

「マリエルに銃を向けただけで万死に値します。彼女を殺そうとした男をあなたは許せるのですか」

「これだから石頭の坊ちゃんは。一瞬で首を跳ばすなんて楽な死に方させてやるものかよ。やるなら目いっぱい痛めつけて、どうか殺してくださいと懇願するまでいたぶってからだろう。苦しむ暇もなく死なせてやるほど僕は優しくなれないね」

「どっちが過激なのよ！」

グレースさんに助けられながらわたしは立ち上がる。リュタンを放り出してシメオン様がこちらへ駆けてきた。大丈夫、と言う暇もなく強く抱きしめられる。痛いほどの力と伝わってくる震えが、彼の恐怖を悟らせた。

「心臓が止まる思いでした……」

「……ごめんなさい」

わたしも腕を上げてシメオン様の背中に回す。いろいろ言いたいことがあったのに、これではなにも言えないわ。部下や主君の前だというのに自制していられないほど心配してくれた人を、今は黙ってなでてあげた。

「噂《うわさ》どおりの仲よし夫婦、ですか。バンビーノ、見せつけられたからって落ち込むのではないよ」

また新たな声が聞こえた。からかう調子のこの声をわたしは知っている。シメオン様の腕の中から頑張って頭を起こし、最後に入ってきた人を見た。

「こんなのいつも見せつけられてますよ。人前でその呼び方やめてくださいってば」

リュタンがつまらなそうに肩をすくめて言い返す。アンリエット様からも驚きの声がこぼれた。

「リベルト様……」

淡い青緑色の瞳が彼女を見て、優しげに微笑《ほほえ》む。

「ご無事でなによりです。行方不明になられたと聞いて心配しましたよ」

美しい微笑みに今までなら頬を染めていた姫君は、顔を曇らせたままなにか言いたそうにしていて、結局なにも言わず視線をそらしてしまった。そんな反応にリベルト公子は少し首をかしげたが、あまり気にしないようすで今度はグレースさんを見る。正確には彼女の手にある首飾りを見たのだろう。

「なるほど、火災でね……」とつぶやいていた。

——これがリュタンの予告状からはじまる窃盗と脅迫事件の幕引きだった。結局、すべてリベルト公子の計画どおりにことが運んで終わった。襲撃も全部予測されていたこと。そこにわたしが巻き込まれることとすら、きっと計算されていたのだろう。

バーニと手下たちは用意されていた馬車に押し込められ、軍の施設に送られた。いずれラビアに引き渡すことになるが、まずはこちらで取り調べだ。

知らせを受けて駆けつけたソフィーさんたちとともに、アンリエット様は王宮へ戻られた。グレースさんとは少しだけ言葉を交わしていらしたが、リベルト公子とは最後まで目も合わせないままだった。

12

人々の知らないところで事件は片づき、街に変わりはない。今日《きょう》も隠れ家アパルトマンは作家と編集の打ち合わせに活躍している。火事を起こしかけて焦げてしまった床はそのままだ。台所の壁だけでなく他《ほか》にも老朽化の目立つ場所が多く、外のベランダや階段には危険な状態になっているところもある。たしかに一度取り壊して新しい建物に造り替える必要がありそうだった。その間住人たちをどうしようか、などと考えながら持ってきた敷物で焦げ跡を隠していると、サティさんに呼ばれた。

「悪くないと思うぞ。これでやってみたらどうだ」

彼はわたしがまとめてきた新作の構成案に目を通してくれていた。疑問点や問題点を書き込んで返却される。

「男性に受け入れていただけるでしょうか」

「好みは人それぞれだが楽しんでくれる人も多いんじゃないかな。恋愛を物語の柱じゃなく要素の一つにしたから、拒絶反応は減らせるだろう。逆にもの足りないという反応も出てくるだろうがな」

「まあ恋愛を求める読者さんには、いつもの本を読んでいただくことにして」

「そうだな」

管理人のおばあさんが持たせてくれたタルトにサティさんは手をつける。わたしがお茶を淹《い》れてあげようとしたら断られた。

「あんたが淹れると茶葉がまじる。自分でやるから」

「最近上達しましたのよ」

わたしの分も淹れてもらい、二人でタルトをいただく。梨《なし》と葡萄《ぶどう》をあじわえるのもそろそろ終わりかな。

「貧乏貴族の娘の日常か。身の回りに起きるささやかな事件をいくつか解決していくうちに、思いがけず大きな事件にも関わることになる——どこかの誰《だれ》かを思い出す話だよな」

「あらどなたでしょう」

「背伸びせずに書ける題材を選んだのはいいと思うぞ。男に読ませることばかり意識して、下手《へた》に難しい分野に手を出しても失敗するだけだ。たいした事件が起きなくても個性的な人物たちの愉快なやりとりがあれば十分楽しめる。特に毎日少しずつ読み進める連載なんてのはな」

難しい題材だって書ける作家になりたいけれど、今のわたしには知識が足りない。もっといろいろ学び、人々を見て、自分の中に材料をたくさん溜《た》めてからでないとね。あわてて付け焼き刃の知識で書くよりも、今の自分に書けるものでいこうと決めたのだった。

これまでは他人をモデルにしたり空想でおぎなったりして書いてきたけれど、サティさんが言ったように今回は自分自身がモデルだ。もちろんわたしの生活そのままを書くわけではない。わたしにわかる世界、社交界でもてはやされることもなく地味に生きてきた娘が見る世界だ。取材しなくても知っている世界だからきっと書きやすい。でもそれだけでは盛り上がりがなくてつまらないから、ささやかなできごとと思わせてじつは大きな事件につながっていたりね。素性を知らない男性に恋をして悩んだり。

――グレースさんの両親、リベルト一世とセレーナの恋ははじめから結末が決まっていた。不倫から離婚騒動にという展開も世間では珍しくないけれど、大公家となるとそう簡単にはいかない。リベルト一世には最初からセレーナと結婚するつもりなんてなかっただろう。ましてスカルキの娘と知ってなお関係を続けるとは考えられない。どんなふうに別れたのか、ブランシュ氏に語ったろくでなしの根性なしという評価を聞けば察しはつく。

セレーナを出奔させたのは恋人の裏切りだけでなく、父親への反発もあったと思う。スカルキの娘に生まれていなければこんなふうに失恋することはなかった……そう考えても不思議はない。生まれてくる子供に同じ思いをさせたくなくて、裕福な暮らしを捨て身を隠したのだろう。

物語の中でくらい、主人公の恋は幸せに成就してほしい。相手の正体を知らないことで不安になったり落胆したり、読者も一緒にやきもきしてほしいけれど、結末はうんと大団円よ。最後の一文を幸せな気持ちで読み終えてほしい。

サティさんと別れたわたしはその足でシェルシー新聞社へ向かい、ベルジェ編集長とも会った。彼はわたしが提出した構成案に許可を出し、楽しみだと言ってくれた。

「貴族の女性から見た世界という題材はいいですね。うちは貴族の方々にも講読していただいておりますが、読者の大半は一般庶民で貴族の世界に憧《あこが》れを持っています。家の中がどんなふうになっているのか、どういう習慣があるのか、子供にどんな教育をして夫婦はどんなふうに生活するのか。そういう細々とした部分も描写してもらうと関心を多く引きつけるでしょう」

「それでしたら末端の貧乏貴族ではなく、もっと上の大貴族にした方がよろしいでしょうか」

「そういう人物も登場させてほしいですが、主人公はこのままでいいですよ。大貴族の令嬢が事件に関わるという状況は起こりにくいのでは？」

「あー、ええと、そうですね……」

「まあ、そんな破天荒な令嬢の話も面白そうですが、今回はこれでいきましょう。きっと話題になりますよ。頑張ってください、期待しています」

シェルシー新聞社からの依頼はすべてサティ出版を通していて、まだわたしの本名も素性も明かしていない。でも貴族だということは見抜かれているようだ。わかっていながらつっこんでこないベルジェ編集長に感謝しつつ、連載が終わる頃《ころ》には打ち明けられるだろうかと考えながらわたしは立派な社屋をあとにした。

帰宅が遅くなってみんなに心配をかけたばかりなので、今日は日が高いうちに帰るつもりだ。でも思ったより用事が早く片づいてまだ時間に余裕があるので、少しだけ寄り道をする。まず市内でいちばんの品揃《しなぞろ》えを誇る文具店へ行き、さがしているものについて尋ねた。

「アッカー社のカタログはこちらになりますが、そのデザインのものは現在販売されていませんね」

記憶を頼りに描いた絵を見て、店員が商品見本とは別の資料を出してきてくれた。

「これは記念のデザインですよ。ラビアの大公殿下が即位された時に作られたものです」

開かれたページにはあの便箋《びんせん》と同じ模様が載っている。販売時期を確認し、わたしはお礼を言って店を出た。通りかかった乗合馬車《オムニバス》に今度は余裕で飛び乗る。特技が一つ増えてしまったわ。

しばらく揺られて劇場街で降りる。アール座の前に野次馬の群れはいなかった。もう普段どおりの景色が戻っている。中断していた公演も再開され、千秋楽が近づいていた。

劇場には入らず売店へ行って新聞を買う。天下のゴシップ紙「ラ・モーム」だ。アール座の事件を振り返り、残された謎《なぞ》についていつものようにトンデモ考察をしていた。

『わが名を借りての不粋な犯行は不愉快千万、絵は正当なる持ち主にお返しいたします』

盗まれた絵は気障《きざ》なメッセージとリュタンの署名を添えて、無事に戻ってきた。特ダネとしていちばんに報じたのがこの「ラ・モーム」だ。予告状もその後の騒動も、全部偽物のしわざだったと人々を納得させてくれた。有名な怪盗の名を騙《かた》る愉快犯は以前からたびたび現れていたので、今回もその一例だったということで片づく。リュタンが予告状を出すなんておかしかったのだ、いや自分は最初から疑っていたぞ、などと今頃もっともらしい話があちこちで交わされる。そしてリュタン《本物》の粋なはからいを大いに喜び、拍手喝采《かっさい》で盛り上がったのだった。

——完全に自作自演なんですけどね。でもこうしないと、いつまでもアール座に迷惑がかかるものね。

おかげで野次馬たちは興味を失い散っていった。記者の姿も少なくなった。わたしはすれ違った男性に「お疲れ様です」と会釈した。

「おう――――ん？」

彼だけはいまだに頑張っている。匿名で情報提供してあげたのに、まだ美味《おい》しいネタが拾えないかとうろついていた。女流作家の取材はもういいのかしら。

「お嬢さん、クレープはいかがですか」

歩いていると横手から声をかけられた。クレープ屋さんなんてあったかしらと顔を向け、一拍置いて半眼になる。クレープを片手に寄ってくるのは噂《うわさ》の怪盗だった。おじさーん、特ダネがここにいますよー。

「けっこうです。あまり近づかないでくださる？　あなたと親しげにしていると旦那《だんな》様に妬《や》かれちゃうのよね」

「そんな器の小さい男に気を使ってうんざりしない？」

「ちっとも。愛されていると確信させてくださるのがうれしいわ。だからわたしも彼一筋だとはっきりわかるように示すの」

「冷たいなあ。ここにも君を愛する男がいるのにさ」

リュタンの態度はまるで変わらない。あの夜わたしを脅したことなど忘れた顔だ。どういうつもりなのだか、冗談にしか聞こえない調子でまた口説《くど》いてきて、反応に困ってしまう。表面どおりのたわごとだとは、もう聞き流せないのに。

「冷たくしないといけないのでしょう？　おつき合いする気もないのに愛想よくすると残酷だと言わ

れてしまうもの」

「根に持ってる？」

「どうしたらいいのかわからないというのが本音よ。あなたのことは嫌いじゃなくて、正直もうお友達だと思っているけど、そんな態度はあなたを傷つけるだけなのかも。だからってシメオン様を裏切る気にはなれないし、どちらかを傷つけることしかできないのなら、申し訳ないけれどわたしはシメオン様を守るわ」

皮肉な表情を消して、リュタンは困ったように苦笑した。近くで見た頬《ほお》に、うっすらと傷痕《きずあと》が残っていた。

「なんでこんな、純粋培養のお嬢様に惚《ほ》れちゃったかなあ。自分でもらしくないと笑っちゃうね」

「…………」

「両方と上手《うま》くやるって発想は君にはないんだね。あくまでも正直に、善良にか。でもま、気にしないで。そう簡単に傷つかないよ。冷たくされるより笑ってくれる方がうれしいな。諦《あきら》めもしないし？なるほど、友達ね。そこまでは近づけたんだ。じゃあもっと仲よくなれる可能性もあるな」

「な、ないわよ！」

肩を揺らしながらさし出されたクレープをもう一度断る。クレープに罪はないけれど。美味しそうだけど。くっ、ここでほだされてはいけない。

結局この人の本心はよくわからない。あの時は彼の心にも傷をつけたかと思ったのに、痕も見せずに変わりなく笑われて、それに安心していいのか悩まされる。

「中に入らないの？」

離れようとしていたアール座をリュタンが指さす。わたしは首を振った。

「ようすを見に来ただけだから。この時間はもう忙しいでしょうし……ちょうどよかったわ。公子様はもうグレースさんとお話をなさったの？」

「まあね」

「どういうことになったの」

いつもの表情に戻り、リュタンは答えをごまかした。

「どうもこうも、事情を説明して謝って、今後のことを相談して……といっても特に大きな変化はないな。グレースは今までどおり女優を続ける。それが彼女の希望だ。出生についてはマスコミのいい餌《えさ》になるから公表しない。言うまでもないけど君も黙っててね」

「……ええ」

予想したとおりだ。それ以外の答えはないだろう。そうなるべく、リベルト公子は計画を立てたのだから。

つっこまないわたしに少しだけ意外そうにして、でもなにも言わずリュタンは空いている手で封筒を取り出した。こちらは素直に受け取れば、封蝋《ふうろう》にラビア大公家の紋章が押されていた。

「お茶会への招待状だよ。今回のお詫《わ》びをしたいってさ」

「公子様から？」

シメオン様に渡せばいいのに、わざわざリュタンに届けさせるとは。いろいろ見透かされている感じでなんだかねえ。

「そういえば、わたし気になっていることがあるのだけど」

「じゃ、これで」

「待って！」

敏感に察して逃げようとしたリュタンを、わたしは上着をつかんで引き止めた。

「公子様、あなたのことバンビーノ《おちびさん》って呼んでいたわよね」

「聞かないでくれるかな。それ本当にいやだから」

「愛称なの？　単なる上司と部下ではないってこと？　子供の頃からのつき合いなの？」

「だから聞かないでって。あれわざと言ってるんだよ。僕がいやがるの見て面白がってるんだ」

見上げるわたしからリュタンは顔をそむける。珍しい反応だ。いじめるわけではないが面白い。

「そんな呼び方をされるということは、あなたは公子様より年下なのよね。公子様が二十六歳だから……見た目通りの年齢だった？」

「だからなにさ。副長よりずっと年下だって言いたいわけ？　関係ないね。坊ちゃん育ちの石頭より僕の方が経験豊富だよ」

「別にそういう意味ではなくて」

二十代前半かな、と思っていたのは正解らしい。そっかそっか、ちょっとすっきり。

きげんをよくするわたしにリュタンは複雑そうな顔だった。ついでに本名も聞きたいけれど今は絶対に教えてくれないでしょうね。

なのでわたしは別のことを尋ねた。

「あなたが普通の部下以上に公子様と親しいなら、わからないかしら。公子様はアンリエット様をどう思っていらっしゃるの？」

リュタンは頭をかいてとぼけた。

「どうって、婚約者だろ。他になにがあるのさ」

「ごまかさないで。もちろん政略で決められた婚約だもの、恋愛感情は期待していないわ。そうではなくて、人としてどう見ていらっしゃるのか、そしてどうつき合っていかれるおつもりなのかと」

優しい微笑《ほほえ》みで人々を魅了しながら、本当はとても計算高い腹黒公子様。はじめはその雰囲気に萌《も》えたけれど、事件を通して複雑な気持ちが増してきた。

「それはあの二人が向き合っていく問題で、君が気にすることじゃないだろう」

「あいにくわたしはアンリエット様のことが大好きなの。たしかに人生はその人にしか向き合えないものだけど、周りの人間がまったく無関心でいてよいとも思わないわ」

「君の『好き』は範囲が広いね。副長の苦労がしのばれるよ」

ひょいとリュタンはわたしから身を離す。つかんでいたはずの上着の裾《すそ》は、いつの間にかクレープに変わっていた。

「えっ、いつの間に——待ってよ！」

今度はつかまえられず、リュタンは笑いながら逃げていく。振り返る通行人の向こうから手を振って言った。

「気になることは本人に直接聞いて。君ならあの人の素顔を引き出せるかもしれない。きれいな幻想をぶちこわされても後悔しないなら挑戦してみな」

質問の答えはくれず、はげましなのかからかっているのかわからない言葉だけ残してリュタンは去っていく。遠くなる姿にむくれながら、わたしはクレープにかぶりついた。クリームチーズとジャムの甘酢っぱさが口の中に広がった。

夜、帰宅されたシメオン様に招待状を見せながら、わたしはリュタンと会ったことをお話しした。予想どおり面白くなさそうな顔をしつつも、シメオン様はすんなりうなずいた。

「話は聞いていています。私もともに招待されていますが、いやなら断ってかまいませんよ。風邪がぶりかえしたとでも言えばよい」

「今さらそんな言い訳、無理がありますよ」

脱がれた外套《がいとう》を預かる。剣帯には予備のサーベルが提げられていた。愛刀は無茶な使い方をしてしまったので研ぎに出している。

「気がすすまないという顔をしていますが」

大きな手がわたしの頰をなでた。手袋を脱いだばかりのしっとりしたぬくもりに、わたしもみずからの手を添える。

「お会いするといろいろ問い詰めたくなりますもの。胸の中にモヤモヤを抱えたままお愛想笑いをするだけの時間になるでしょうから、楽しくはありませんね。でもアンリエット様にはお会いしたいので行きますわ」

「しませんよ。公子様相手にそんなこと」

「問い詰めるとは」

リュタンはああ言ったけれどわたしの立場から不躾《ぶしつけ》なふるまいは許されない。相手は国賓、セヴラン殿下に甘えるようなわけにはいかないのだ。

外套を女中に渡して手入れを頼む。シメオン様が寝室へ行って着替えている間にお茶の用意をした。時間をかけず戻ってきた彼に、茶葉が入らないよう気をつけて淹れてさしあげる。

カップを置いたあと隣ではなく向かいに腰を下ろすと、少し不満そうなお顔をされた。そばに来てほしいというまなざしを無視してわたしは口を開く。

「公子様に問い詰めるかわりに旦那様にお聞きします。まだわたしに隠していらっしゃることがありますよね？」

「………………」

「セヴラン殿下が聞かせてくださったお話は表向きの説明ですよね。たしかに犯罪組織の撲滅も大事なことですが、公子様がもっとも問題視していたのは、グレースさんがリベルト一世のご落胤《らくいん》であるという事実でしょう？」

シメオン様は答えずカップを口に運ばれる。きれいなお顔から表情が消えて冷たいほどになった。そうしていると鬼畜腹黒参謀そのものだ。人形のように美しく、そして凄味《すごみ》がある。それでこそ鬼副長、素敵です。

「今回の事件はリベルト一世とスカルキが、同時期に相次いで亡くなったことからはじまっています。

庶子がいるらしいと知って調べさせたと簡単にまとめられましたが、なぜ知ったのでしょう。まずそこからが疑問ですよね」

「…………」

「遺言を残したのはスカルキだけではなかったわけです。考えてみれば当然ですね、若い人の急死ではなくお年寄りが亡くなったのですから。きっと遺言状に、庶子に関する言及があったのでしょう。リベルト一世はセレーナさんの消息を調べさせ、グレースさんのことも把握していたのです」

遺言でグレースさんの存在を知ってから調べたにしては見つけるのが早すぎる。連れ戻されないよう用心深く身を隠していたセレーナだ、本人が亡くなり三十年もたってから簡単に見つけられるわけがない。

わたしが楽屋へお邪魔した時、グレースさんは長年の支援者が亡くなったと言っていた。外国住まいの人でたまにしか会えないのによくしてもらったと……公子様たちは、最初からグレースさんの所在がわかっていたのだ。

なにもかも仕組まれたこと。絵がブランシュ氏の手に渡ったのも計画のうち。

「誠実さに欠ける人ではあったようですが、無情で冷淡なわけでもなかったのですね。贖罪《しょくざい》のつもりもあったのか、グレースさんに財産を分与するよう遺言状に記した。それだけなら公子様もそんなに困らなかったと思います。おそらく、グレースさんを大公家の一員として認めよという一文も書かれていたのではないでしょうか」

シメオン様はいっさいの反応を見せない。無言でお茶を飲んでいる。その態度こそが答えだと、もちろん承知していらっしゃいますよね。

「公子様たちにとってはじつに迷惑な遺言でした。こういう話はもめるものと相場が決まっていますが、グレースさんの場合さらに厄介です。スカルキ一派《ファミリア》との癒着をなくし組織を撲滅しようとしているのに、よりによってスカルキの孫を大公家に迎えられるわけがありません。過去の不倫を含め、すべての事情を隠さねばならなかった」

「…………」

「ちょうど同じ頃スカルキも亡くなり、バーニたちがグレースさんをさがしはじめました。いっそ状況を逆手に取って一石二鳥を狙《ねら》おうと公子様は考えられた——というのが本当の話でしょう？」

カップを置いたシメオン様は、すり寄ってきた猫を膝に抱き上げ、今そういう気分ではないと逃げられていた。

「あの手紙だって、あとから仕込んだものなのでしょう？　使われている便箋が販売されていたのは二十年前です。その頃リベルト一世はもうリウマチが悪化してあんなきれいな文字は書けませんでした。二世がわざわざ古いものをさがし出して使うなんておかしな話ですし、筆跡も別人のもの。あれを材料にゆすろうとしても逆に詐欺だと訴えられる、二重三重の念入りな仕掛けだったのですね」

「…………」

「バーニが飛びつくよう情報を流して誘導して……そこまでは計算どおりだったのに、ピエロン記者の乱入でだいなしにされましたね。手紙を拾ったのが彼でなくわたしでよかったですね」

猫に振られた旦那様は、わたしに腕を広げておいでと招く。わたしは知らん顔をして、膝に乗ってきた猫をなでた。今行くとあれこれされてごまかされちゃうもの。お話が終わってからですよ。

責めるまなざしを無視して猫といちゃいちゃ頬ずりし合う。

「幹部を逮捕する機会だったというのは片面の真実。もう一つの目的は、グレースさんに自分の立場がいかに危険なものかを思い知らせ、怯《おび》えさせること。だからバーニたちの尾行に気づいても止めなかった……というより、そうなるのを狙っていた。セヴラン殿下やシメオン様も共犯ですね？」

ちらりとにらめば目をそらされる。

「さんざん脅してから親切ぶって話をし、スカルキ一派から守ることと、ある程度の金品を与えることを条件に、けして公に名乗り出ないよう説得した……というのが、伏せられている残り半分の真実なのでしょう？」

わたしが言葉を切ってもシメオン様は答えない。冷たい無表情に、でも困っているらしい気配を感じる。わたしはちょっと息をついて猫をクッションに下ろした。

「独り言です。旦那様の嘘《うそ》や秘密を許すとお約束しましたもの、責めるつもりはありません」

クッションの上でクルクル回って位置を定め、ふたたび丸くなった猫を寝かしつけて、わたしはシメオン様の方へ移動した。お膝に座ればすかさず抱き寄せられる。

「アンリエット様の嫁ぎ先ですから、大公家の問題はラグランジュ王室にとっても他人ごとではない——と、協力なさったのでしょう？　どうりで劇場へ行くこともあっさり許されたわけですよ。シメオン様がわたしを利用されるとは思いませんから、殿下のご判断ですね」

「……これまでの経験から学習されたそうですよ。遠ざけようとしたところでどうせ謎の展開で問題の中心に飛び込んでくるのだから、ならば最初から行動を把握しておいた方がよいと」

「まあ」

「それにあなたが中にいれば、きっと役に立つだろうと……」

謝ると殿下が悪いということになるから、ごめんの一言が口にできない。眉間《みけん》に刻まれる苦悩の印にわたしは笑い、手を上げてグリグリとほぐした。

「ご期待に応えられてようございました。シメオン様が見守ってくださっていると知っていれば、もっと安心できたのですけどね。飛び込んでこられた時、かっこよかったですよ」

髪の中にもぐり込んできた手がうなじや耳をくすぐり、唇が優しく寄せられる。眼鏡《めがね》がぶつかり合わない程度にそっと、羽のような口づけがくり返された。

「……リュタンとなにを話したのです？」

うっとりしていたのにそんな言葉が熱を冷ます。やっぱり気にしていた。わたしは肩をすくめた。

「たいしたことはなにも。いつもと変わりないやりとりで、わたしはなびきませんよと言ったのですが、まったくこたえてはいないようですね。……じっさいのところ、あの人本気でわたしを口説くつもりなんてないのではないかしら。軽口を叩き合うこと自体を楽しんでいる気がします」

「そうやって気を許させる狙いでしょう。油断するのではありません」

いつもの調子に戻って旦那様は不きげんに言う。わたしは笑いをこらえてまた口づけを受け取った。

世の中に素敵な殿方はたくさんいるし、わたしをときめかせるできごとも数えきれない。だけどこうしている時が、なによりいちばん幸せで満たされる。

わたしはけして不倫なんてしない。シメオン様もそんな人ではないと信じていられる。互いへの信頼があればこそ、ともに暮らす時間は輝き、豊かになる。

リュタンはまあ、振られても楽しそうだからいいとして。横から割り込もうとしてきたのだから、振られることも承知の上でしょう。無駄に傷つけたくはないけれど、考えてみればわたしが彼に罪悪感を抱く筋合いでもないわよね。

それよりも、心配なのはアンリエット様の方だ。

あれほど慕っていらしたリベルト公子から顔をそむけ、最後まで目を合わせようとなさらなかった。その後話もできなかったから気にかかっている。事件の真相を知って、思わず飛び出してくるほど動揺された理由は。

……大丈夫かな。あまり悪いことにならないとよいのだけど。

13

悪い予感は当たるもので、お茶会のため王宮へ参じるなりアンリエット様の侍女が駆けつけてきた。

「フロベール夫人、どうかご助力くださいませ」

筆頭侍女のソフィーさんが、困りきった顔でわたしに来てほしいと頼み込む。シメオン様と顔を見合わせ、連れていかれたのはアンリエット様のお部屋だ。侍女や女官たちが廊下に集まり、なぜかセヴラン殿下が閉じられた扉を叩《たた》いていた。

「アンリ！　子供じみた真似《まね》をしないで出てこい！　ここを開けろ！」

「いやよ放っておいて！」

アンリエット様の声が中から答えている。泣きそうな声だ。わたしは少し離れて控えているジュリエンヌのそばへ行った。

「どうしたの？」

「ああマリエル、来たのね」

ジュリエンヌも今日《きょう》のお茶会に参加するため、きれいに装っていた。シメオン様に会釈し、わたしの耳にこそっとささやく。

「アンリエット様がお部屋に立てこもってしまわれたの」

「それはわかるけど、理由は？」

ジュリエンヌはソフィーさんに目を向ける。アンリエット様のことならご家族よりもこの人がいちばん詳しいだろう。わたしたちの視線を受けてソフィーさんは説明してくれた。

「先日の件以来お元気がなかったのですが、今日のお茶会を前にどんどんふさぎ込まれ、もうリベルト殿下にはお会いできないと言いだされまして」

……あー。

わたしは黙ってうなずいた。やっぱり引きずっていらっしゃる。

「公子様とけんかなさったの？」

ジュリエンヌの言葉には首を振る。

「そうではないけど、いろいろあってね……」

わたしはセヴラン殿下へ向かい、背中をつついた。振り返るお顔に背伸びしてささやく。

「殿下、どうしてアレをアンリエット様にお話しなさいましたの」

殿下も身をかがめて小声で返す。

「大公家へ嫁ぐ者として、知っておいた方がよいと思ったのだ。隠したところでいずれ耳に入るだろうし、その時話がどんなふうに歪曲《わいきょく》されているやらわからぬ。先に正しい事情を知って不用意に踊らされぬよう心得ておけというつもりだったのだが……」

困りきったお顔を閉ざされた扉へ向けられる。中から鍵《かぎ》がかけられて、侍女たちですら入れずにいた。

「あと先考えず飛び出したかと思ったら、今度はこれだ。どうしてこうなるのだ」

「公子様に幻滅されたのでは？」

「そんな理由で立てこもるか？　婚約の意味を理解していないはずはなかろうに、気にくわぬことがあるからといってふてくされて駄々をこねるなど、王家の姫としてあるまじきふるまいだぞ」

「そのおっしゃりようはいかがなものかと思いますが」

一応抗議しつつ、わたしも疑問なのは同感だった。アンリエット様は賢い方で、けして甘やかされたわがまま姫ではない。周りの人に心配をかけるような行動を本来はなさらない。先日の行動は本当に異常なことで、それほど動揺されたのが少し不思議ではあった。公子様の腹黒さを知って驚いたにしても、自分が被害を受けたわけではない他人ごとだったのに。

わたしは扉の前に立ち、中へ声をかけた。

「アンリエット様、マリエルです」

「……マリエルさん？」

「はい。大丈夫ですか？　いったいどうなさったのです？」

「…………」

殿下には少し黙っていてくださいと身振りでお願いする。周りの侍女や女官たちは詳しい事情を知らないのだろう、ひたすらおろおろと見守っていた。

「開けていただかなくてもけっこうです。無理に引っ張り出そうとはしませんので、答えていただけませんか？　もう公子様にお会いしたくない、結婚もやめたいとお考えですか？」

「違うわ……」

アンリエット様も扉のそばまで来たのだろう、声が近くなった。

「公子様を嫌いになったわけではなく？」

「……そうではないの。でも……わからなくて……」

「ご自分のお気持ちがわからないと？」

「違……ううん、そう。どちらもわからない」

アンリエット様が気持ちを落ち着けて頭を整理できるよう、わたしは急《せ》かさず待った。お茶会の時間を気にして苛々《いらいら》する殿下にここは待つべきですと目線で伝える。ジュリエンヌにも腕を引かれて、殿下は渋々後ろに下がられた。

「……あの、あのね」

「はい」

「この間はとても驚いたけれど、別に非難したいわけではないの。事情は理解できるもの……そこが問題ではないの」

少し意外な気分で聞く。いえ王女様らしいお言葉だけど、先日のようすを見ていて納得されているとは思わなかった。その後落ち着いて考えられたのかしら。

「でも、どうしたらいいのかわからなくなって」

「アンリエット様がなにかなさる必要はございませんよ？」

「違うわ、そうではなくて」

要領を得ない話にも根気強く相手をする。そこの主従！　動かない！　すぐ割り込んでこようとする二人をにらんで退ける。

「理解はできるけれど、気持ちがついてこなくて……リベルト様のお立場を考えればそういうこともあるでしょうってわかる。お父様やお兄様だって同じよ、けしてきれいごとだけではいられないって承知しているわ。でも、同じだから」

「はい？」

「最初の……予告状で騒ぎが起きた時、リベルト様はなにも知らない無関係な他人みたいなお顔で笑っていらした。だからわたくし、裏の事情なんて全然気づかなかった。その後話題にしたこともあったのよ。リベルト様はずっとわたくしに気づかせない、完璧《かんぺき》な笑顔を見せていらしたわ」

「……はい」

まあそうでしょうねと声に出さずうなずく。どんなようすだったかありありと浮かぶ。さぞきれいに、腹黒い企《たくら》みなど無縁な天使のごとく微笑《ほほえ》んでいらしたのだろう。

「お兄様のお話を聞いて、それが全部嘘《うそ》だったと知って……今までの笑顔も信じられなくなったの。だって同じだもの。嘘をついていた時と同じ笑顔だったもの」

「…………」

「前に相談したわね、あの方の本心が見えないって。出会ったばかりだし、お互い体面もあるから当然かもって一応納得したわ。あなたの言うように、長くつき合ううちに素顔も見えてくるだろうって考えるようにしたの。だけどそんな甘いものではなかったのかもしれない。あの方にとってわたくしも、意のままにあやつる駒《こま》の一つでしかないのかもしれない」

……そういうことですか。ようやく理解できた。それであんなに動揺なさったのね。

内心でどう思われているのだろうと気にしていらした姫君にとって、グレースさんの事件は他人ごとと思えなかったのだ。

そしてそれは間違いですと否定してよいものかわからない。じっさいリベルト公子にとってアンリエット様は、大公家やラビアの繁栄のため婚約した相手にすぎないだろう。会う前から憧《あこが》れていた姫君と同じ無邪気さなんて、彼に求められるはずがなかった。

しかしそうですねとうなずいてしまったら身もふたもない。わたしは苦しい反論を試みた。

「たしかに表と裏を使い分けるお方のようですが、だからといって表面に見えるものすべてが嘘というわけではないのでは。必要に応じていらっしゃるだけでしょう」

「わたくしもその『必要』かもしれないじゃない。いいえ、きっとそうよ。政略結婚の相手なんてどう考えてもそっち系でしょう！」

う、うん……否定できない……。

「わかっているの、それも呑《の》み込まなければいけないって。わたくしは王女として、両国の架け橋になるため嫁ぐのだもの。甘えたことを言っていないで自分の役割を果たさねばって納得しようとしたわ。今までまったく考えなかったわけでもないのだし、予想が現実になっただけよって自分に言い聞かせて……でも悲しいの。胸が痛いの。納得できない自分が情けなくて、こんな王女ではいけないって思うのに、どうしても気持ちが落ち着かないの。いつまでたっても冷静になれなくて、こんな気持ちのままどういう顔をしてリベルト様にお会いしたらいいのかわからない。あの方になにを言えばいいのかわからない。もうどうすればいいのかわからないのよ……！」

最後の方は本気の涙声だった。扉の向こうで泣いていらっしゃるのだろう姫君に、なんと言葉をかければよいのかとっさにわからない。わたしが悩んで黙り込んでしまった隙《すき》にセヴラン殿下が割り込まれた。

「アンリ、自制できぬと言うことじたいが甘えだぞ。それで状況が変わるとでも？　こうして閉じこもってなにかが解決するのか。いつだって状況にこちらが合わせて解決へ導かねばならぬのだ。泣いて助けを期待してよいのは幼子だけだ。お前はもう二十歳の大人《おとな》だろう」

「わかっているわ！　わかっているけど自分でもどうにもできないのよ！」

「いいかげんにしろ。わかっていると言いながら、王族たる自覚も責任も投げ出しているではないか。結局お前は婚約の意味を理解せず、ただ浮かれて夢を見ていただけなのだ。今頃《いまごろ》ようやく現実に引き戻されて勝手に衝撃を受けているだけだろう。そんな甘えは許されん。本当に情けないと、申し訳ないと思うなら今すぐここを開けて出てこい」

厳しいお声にそれはあんまり――と口を挟みかけた時、扉の向こうからひときわ高く怒りの声が響いた。

「よくも言うわね……誰《だれ》に言われようと、お兄様にだけは言われたくないわ！」

「なんだと!?」

「ご自分はさんざんわがままを言って縁談から逃げ回っていたくせに！　どれだけお母様たちを困らせてきたのよ!?　王太子という、いちばん自覚と責任を持つべき立場のくせに！」

「うっ……」

太く鋭い槍《やり》が見事に殿下の急所を貫いて、たちまち形勢をひっくり返した。顔色を変えて言葉に詰まる殿下に、さらに追い討ちがかけられる。

「なにが二十歳の大人よ!?　自分は二十八歳直前でようやく婚約したくせに！」

「ううっ……」

「すすめられた縁談片っ端から蹴《け》って恋愛結婚にこだわり続けたくせに！　まんまと成功して想《おも》い人と婚約してさぞ幸せでしょうね!?　それでいてわたくしには王族の自覚だの責任だのと押しつけるのね！」

「ううう……」

周囲の女性陣の目がひややかになった。まさしくアンリエット様のおっしゃるとおり、殿下には彼女を非難できる資格などない。自分のことを棚に上げて、という状況そのままだった。

「そうよねえ、ちょっと身勝手すぎるわよねえ」

「王族のご責任という話はもっともだけど、それなら殿下だってお立場は同じよね」

「騒ぎというなら殿下の時の方が、ねえ？」

女官たちがひそひそ言い始める。たじろいだ殿下はさらにわたしとジュリエンヌの冷たい視線にぶつかり、端正なお顔に汗を浮かべられた。

「す、すまん、今のは兄さんが悪かった。そうだな、ちょっと言い方がきつかったな。しかしだな、なにもお前の気持ちを無視していたわけではないぞ。他《ほか》にも縁談はあって検討している最中に、お前がリベルト殿の肖像画に一目惚《ぼ》れしたのではないか。私も父上も、どうせなら気に入った相手に嫁がせてやろうと……」

「もうぅ、うるさーいっ！　これ以上お兄様の声を聞きたくない！　どっか行っちゃって！」

「なっ……アンリ……」

可愛《かわい》い末っ子に拒絶されてお兄さんがよろめく。その肩を支えながら、シメオン様がため息まじりに参戦した。

「王女殿下、少々興奮しすぎておられます。まずは落ち着いて……」

「なに一人で冷静ぶってるの、シメオンも同じよ！　二十七歳の思春期こじらせて無自覚に三年も追いかけてた初恋実らせた、変質者すれすれの危ない男が！」

「へん……っ」

槍はシメオン様の胸にも突き刺さった。王子と騎士が揃《そろ》って姫君に太刀打ちできず、見事に致命傷を受けていた。

「二十四歳で十五歳の子に惚れてずっと見ていたとか気持ち悪いわよ！　美形だから許されてるだけだって自覚しなさいよね！」

——あ、死んだ。

言葉もなく撃沈する主従にわたしはそっと涙をぬぐう。なんと一方的な戦いか。見た目はとびきり美形でかっこいいお二人も、やっていることだけ指摘すれば普通にだめな男たちだった。

　くっと後ろで噴き出す声が聞こえた。振り向けばいつ来たのか、リベルト公子がお供を連れて現れていた。

「リベルト殿――や、これは、見苦しいところを」

　殿下も気がついてあわてられる。それを笑顔で制してリベルト公子は言った。

「いえ、こちらこそ勝手に入り込んで申し訳ございません。姫が大変なことになっておられ、その原因が私と聞いてはじっとしておれませず。無礼を承知で伺わせていただきました」

　この事態にもやはり彼は完璧な笑顔だった。少しばかり困ったような、申し訳なさげに眉《まゆ》を下げた表情はとても作り笑いとは思えない。婚約者のもとへ急ぎ駆けつけた誠実な公子様としか見えなかった。

　しかしここまでのやりとりを聞いていた人々は、そんな彼の姿に疑念を抱いている。王女様の言葉がどれだけ正しいのか、本当に公子様は嘘をついているのか、判断しかねて戸惑いながらも、見せられる態度そのままを信じることができなくなっていた。

　気まずい空気が流れた。リベルト公子はそれも無視せず居心地悪そうなようすを見せる。こういう場面であるべき当然の反応だけど、本心からのものなのか、やはり作っているだけなのか、わたしにも判別できなかった。

　まあ、多分演技でしょうけどね。ここまでの手管を思えば、この程度でこたえる人ではないはずだ。青緑色の瞳《ひとみ》が一瞬だけわたしを見る。しらけた冷たい顔でごめんあそばせ。グレースさんのことでもちょっぴり腹を立てていたのでお愛想する気になれませんわ。

「……姫」

リベルト公子は扉を優しく叩いて中に声をかけた。

「開けていただけませんか。扉越しではなく、直接お会いして話をさせてください。私のいたらぬところはお詫《わ》びします。あなたを悩ませる理由をきちんと理解して、誤解があるならわかっていただけるよう説明もしますから」

「………」

さきほどまで威勢よく返されていた声が、ぴたりと聞こえなくなった。リベルト公子の頼みに応じて扉が開かれることもなく、沈黙だけが返る。

「お願いです、姫。あなたに疑われたままではつらい。いずれ結婚して生涯をともにする人から信頼していただけないのは困ります。聞かれたことにはすべて答えます。あなたの疑問に正直に答えて、わだかまりをなくせるよう努力しますから。どうかここを開けてください」

きっと今、扉の向こうでアンリエット様は息を殺しながら聞いていらっしゃるだろう。この言葉を信じたい、でも信じられない……そんな思いに揺さぶられながら動けずにいるのが見えるようだった。まるでお芝居の見せ場だ。愛する人に受け入れてもらおうと懸命に語りかけるヒーローさながらの公子様。その姿に、なにも知らなければときめいていられたのに。

「……ねえ」

ジュリエンヌがそっとわたしをつついた。

「この場面、なにかを思い出さない？」

「同じこと考えていたわ。あれよね」

「狼《おおかみ》少年」

「嘘つきっ子の物語」

ひそひそ話すわたしたちに殿下が「しっ！」と身振りで叱《しか》る。でもみんな同じ感想ではないかしら。いつも平然と嘘をついているから、なにを言っても信じてもらえないのよ。

たしかにリベルト公子は嘘がお上手だ。ぼろを出さずうしろめたさも見せず、とても自然に嘘をつく。あまりに上手《うま》くやりすぎるせいで、かえって墓穴を掘っているのだ。

今の説得は本心からの言葉だったのかもしれない。でも全然そんなふうに受け取れないのよ。これも丸め込むための嘘ではないのかと、頭から疑ってしまう。そうなるよう仕向けたのは公子様ご本人だ。最初からもっと素直に、お愛想笑顔だけでない普通の顔も見せていらしたらこんなことにはならなかったのに。

策士策に溺《おぼ》れるって、こういう状況を言うのかしらね。

「アンリ、とにかく一度ちゃんと話をしよう。このままではどうにもならないだろう。お前だって、いつまでもそうしているわけにはいかないだろう？」

セヴラン殿下がふたたび説得に乗り出された。え、なぜこちらをご覧になるのですか。知りませんよ、そんなお顔をされても。アンリエット様と公子様のどちらにお味方するかと問われたら、そんなの最初からアンリエット様一択ですもの。

わたしもジュリエンヌも知らん顔でそっぽを向いた。最愛の婚約者にまで突き放されて殿下はまた衝撃を受けている。見かねてシメオン様が「マリエル……」とたしなめかけた時、威厳のある声がざわめく人々を黙らせた。

「なにごとですか、騒々しい」

反射的に背筋が伸びる。この声は！　全員が同時に振り返り、王妃様のお出ましに急ぎ礼を取った。セヴラン殿下もリベルト公子もいったん扉から離れておじぎした。

「アンリエットが鍵をかけて閉じこもってしまったと聞きましたが」

「は、今説得しているところです」

殿下が「やばい」というお顔で答えられる。この騒ぎは王妃様のお耳にまで届いてしまったのね。王宮中に知れ渡っているのだろうか。外に漏れたらゴシップ紙が喜ぶこと間違いなしだ。

「なにが原因なのです？」

「……結婚前の娘の、不安が高じたものと申しますか」

ここは諦《あきら》めていったん出てくるようアンリエット様を説得するべきかな。お味方するから安心してくださいと言えば聞いてくださるだろうか。

などと考えていたら王妃様がわたしを呼ばれた。

「マリエルさん」

「はっ!?　はいっ？」

「あなたは事情をご承知ですか？　わたくしに説明してください」

「陛下！　妻では公平かつ客観的なご説明は無理かと」

シメオン様がわたしの前に立って阻止しようと声を張り上げる。それを王妃様はぴしゃりとたしなめた。

「中佐、あなたに発言は許していません」

「……ご無礼を」

きゃー王妃様かっこいい。シメオン様が一言で撃退されちゃっている。

わたしはシメオン様の不安に満ちた視線に送られながら王妃様のもとへ進み出た。セヴラン殿下もよけいなことは言うなと顔中で訴えている。お二人とも失礼なんだから。公平かつ客観的な説明をすればよいのでしょう。やりますとも。

「申し上げます」

わたしは一礼して口を開いた。

「この状況を端的にまとめますと、人間正直がいちばんだというお話で」

殿下とシメオン様が頭を抱えた。リベルト公子はまだ鉄の仮面を脱ぎ捨てない。あなたに言っているんですよ、よーく聞いておいてくださいね。

「公子様は表と裏の使い分けがとてもお上手で、政治家として素晴らしい資質の持ち主でいらっしゃると感服いたします。ですがそれを私生活にまで持ち込まれるのはいかがなものかと。政略で決められた縁組とはいえ、お二人は生涯の伴侶《はんりょ》となり協力し合っていかれるのですから信頼関係を築かねばなりませんでしょう。アンリエット様は公子様のご本心がいずこにあるのか、わからないとお悩みです。向けられる笑顔を信じられなくなっておいでなのです」

王妃様は黙ってうなずき、先を求められる。

「まだ出会ったばかりのお二人、これから理解を深める段階ですが、表向きのお顔そのままで接してこられては信じてよいのか悩まれますのは当然かと。こたびの——お耳に入っていることと存じますので詳細は省きますが、表沙汰《おもてざた》にできぬ顛末《てんまつ》をお知りになり、アンリエット様は批判的にならず理解を示されました。しかしそうした問題への対処と同じお顔でご自身にも向き合われていたため、一人の女性や生涯の伴侶としてではなく、政略の道具としか見られていないのではと不安になってしまわれたのです。王女としての責任は重々ご承知され、呑み込まねばならぬとご自身に言い聞かせても、心が傷ついていくことは止められません。情けないと自責の念にも駆られ気持ちはふさぐばかり。あまりに悩みすぎて混乱をきたし、公子様にお会いできないと閉じこもってしまわれたのです。拒絶されているのではなく、どういう顔でお会いすればよいのかわからなくなってしまったと仰せです」

「……そうですか」

王妃様は呆《あき》れたように小さく息を吐かれた。誰に対する呆れなのだろう。アンリエット様とリベルト公子、双方に向けてのものに思えた。

「困ったことですね。王家の姫が子供のように。さぞ呆れられたことでしょう、申し訳ありません」

リベルト公子に対し、まずは謝罪をされる。理由はともかくこんな風に騒いだことはこちらの失態に違いない。母親として、王妃として、筋を通すところからはじめられた。

「いえ、私が誤解させてしまったことが原因ですから」

王妃様のお言葉に対してリベルト公子も誠実そうな顔で答える。誤解と言い切られましたが本当にそうなのかな、というつっこみをわたしは呑み込んだ。求められたことは言ったので、これ以上口を出してはいけないと我慢する。ちゃんとわきまえていますよ、見ていますか殿下！　シメオン様！

「教育が行き届いていなかったことは恥ずかしく思いますが、マリエルさんの言ったように夫婦には信頼関係が必要です。それも普通の夫婦ではありません。ラビアという国を守り発展させる、大公夫妻になるのです。伴侶であり、共同統治者です。両者に信頼なくしてよい治世は行えぬでしょう。ラグランジュとの関係を、そして他の多くの国との関係も良好に保つためには、まずあなた方がよい関係を築くことが必要です」

「……はい」

「あなたがアンリエットをお飾りの人形とするのではなく、真に手を取り合う相手と認めてくださるおつもりなら、まずここで誠意を見せてやってくださいませんか」

「もちろんです」

不満や疑問の表情など見せることなく、公子様はうなずかれた。でもそこはかとなく警戒しているのをわたしは感じ取った。王妃様のお言葉は年長者からの助言と思わせて、けっこう露骨に釘《くぎ》を刺している。アンリエット様をいいかげんに扱ったらラグランジュが黙っていないぞというわけだ。誠意を見せろとはなにを要求されるのか、内心ひそかに身がまえたのがわかった。

王妃様は――それこそ表の笑顔とはこうするのよと言わんばかりに、にっこりと微笑まれた。

「姫を救う王子は、難関を排してたどり着くことで真心と情熱を示すもの。あなたにもそうしていただきましょう。他者にやらせるのではなく、自力でアンリエットのもとへたどり着いてください」

「……は」

意味をつかみかねて公子様は曖昧《あいまい》な声を漏らしてしまう。わたしも今のはちょっとわからなかった。

「母上？」

セヴラン殿下も困惑している。人前ではいつも陛下と呼んでいらっしゃるのに、うっかり家族間の呼び方になってしまっている。一同に説明すべく、王妃様は集まった人々を見回した。

「言葉どおりですよ。閉じこもったアンリエットのもとへ、自力でたどり着いてくださいと言ったのです。ああ、場所を変えた方がよいですね。ここではやりにくいでしょうから、北の……トゥール・ド・プリゾンにしましょう」

ざわりと周囲から声が漏れた。わたしも驚いた。だってトゥール・ド・プリゾンって。

「庭園にある離宮の一つですよ。ご滞在中の迎賓館からも近い場所です。あそこならどれだけ騒ごうとかまいませんからね」

「……はい？」

ご存じない公子様は怪訝《けげん》そうに首をかしげている。たしかに離宮には違いないのですけどね。ええ、とても美しい外観ですが。

「いや待っ——お待ちください、陛下。あそこに立てこもられたら手が出せぬではありませんか！」

「なぜです？　入り口も窓もありますのに」

「ありますが……」

「まあ入り口からは入れないと思ってくださいな。今と同じに鍵をかけるでしょうからね。でも大丈夫ですよ、梯子《はしご》をかければ三階までは上れます。それに自力でとは言いましたが、助力を得るのは許可します。もちろんアンリエットの方にも協力者を認めます」

侍女と女官たちがまたざわめきながら顔を見合わせていた。双方に協力者を許可されるとは……単に鍵をかけるだけでなく、もっといろいろしてもいいということ？

「お、お母様……？」

わずかに扉が開いて隙間《すきま》からアンリエット様が顔を覗《のぞ》かせた。振り向いたリベルト公子と目が合って飛び上がり、バタンと勢いよく閉じる。でもしばらくして、またおそるおそる隙間が作られた。

「どうですか、アンリエット。今ここで降参してしまうか、彼に誠意を見せていただくか、どちらにします？」

「ど、どちらって、そんなことをしてよろしいの？」

娘を見る王妃様のお顔が母親のものになった。優しく苦笑する目が「しかたのない子」と言っている。リベルト公子にも目を向けて王妃様はうなずかれた。

「一度おもいきりぶつかってごらんなさい。あなたもまた、自分をよく見てもらおうと思うばかりで嘘をついていたのは同じなのです。結婚すればいやでも互いの本性を知ることになります。そこで幻滅して不仲になるよりも、今のうちに本音でぶつかり合ってしまいなさい。それでだめになるならそこまでの話です。ラビアにとってラグランジュとの縁は、梯子を上る労力をかけるほども価値がないということでしょう」

おおう、これまた露骨な挑発を。王妃様、じつはけっこう怒っていらっしゃる？　グレースさんに対する公子様のやり口がお気に召さなかったのだろうか。

「いかがですか、リベルト様？　誠意を見せてくださるというお言葉、撤回なさいますか？」

「……いいえ」

王妃様からの出題に、リベルト公子は受けて立つと応じられた。ラビアにはラグランジュを蹴ってイーズデイルの手を取るという選択肢もある。けれどここまで言われては引き下がれないと思われたのだろう。断れば誠意はないということになるし、国の威信のため、また個人的な自尊心からも引き下がれない。あの美しい笑顔で彼はきっぱりと宣言した。

「仰せに従い、かならず姫のもとへたどり着いてみせましょう。姫、私があなたの前にひざまずきお手を取ったならば、その時こそ憂いを晴らし、私を伴侶にふさわしい男と認めてくださいますね？」

絶世の美貌《びぼう》で微笑みながらこんな殺し文句を言われて、平静でいられる女の子はいない。隙間から覗くアンリエット様のお顔が真《ま》っ赤《か》になった。返事の声も出せず、彼女は震えながらうなずく。ここまで見届けたわたしは踏み出した。聞きましたよ、その宣言！　みんなが今しっかり聞きましたからね！

意図を察したシメオン様がすかさずわたしを取り押さえようと腕を伸ばしてくる。黙らされてたまるものですか。わたしはさっとかわしてつかまる前に声を張り上げた。

「マリエル・フロベール、王女様に助太刀いたします！」

「マリエル！」

「協力者を認めると王妃様は仰せになりました！　わたしはアンリエット様にお味方いたします！」

口を押さえようとするシメオン様の手を必死に防ぎながら宣言する。ここで助太刀しなくてどうするのよ⁉　大切な友人の大勝負よ、そばで応援するのは当然でしょう！

「あっ、でしたらわたしも！　わたしも協力します！」

ジュリエンヌも挙手して名乗り出た。セヴラン殿下がぎょっと目を剥《む》いている。

「ジュリエンヌ⁉」

「アンリエット様とは義姉妹《しまい》になるのですもの、応援させていただきます！」

わたしはシメオン様を振り払い、ジュリエンヌと手を打ち合わせた。その手を取り合い、それぞれにいとしい人を振り返る。

「ごめんなさいシメオン様、お友達の幸せを応援したいのです。ちょっとだけ留守にすることを許してくださいませ」

「勝手してごめんなさい殿下。女同士で団結したい時があるんです」

「マリエル……」

「ジュリエンヌ……」

わたしたちは扉に手をかけ、大きく開いた。あわてるアンリエット様の手を取り、外へ連れ出す。

「アンリエット様、お手伝いをさせていただけませんか？」

「お、お手伝いって……そんな、あなたたちまで巻き込むなんて」

「ぜひ巻き込んでください！　わたしもっとアンリエット様と仲よくなりたいんです。義姉妹になるのですもの！」

わたしたちの言葉に姫君の目が潤む。女同士で盛り上がっていたら横から大きな人が飛び込んできた。

「はいはいっ！　私も姫に助力いたしますぞ！　ぜひお連れください！」

「団長⁉」

シメオン様が声をひっくり返した。楽しそうに飛び入り宣言したのは、近衛のポワソン団長だった。陽気な髭《ひげ》のおじ様にわたしたちは驚き、シメオン様が猛抗議する。

「面白そうなことを見つけたらすぐに飛びつくのをやめてください！　仕事があるでしょうが！」

「これも仕事だよーん。王女様の護衛だ、立派な近衛の仕事ではないか。はっはっはっ」

「あなたの仕事は統轄で現場に立つものではないでしょう！」

「やだねえ、頭の固いやつは。あんなの放っといてかまいませんからな。姫、ぜひポワソンめをお供の騎士に任命願います」

ふざけたお顔をきりりと引き締め、団長様は胸に手を当てて騎士らしく礼をする。いきなりかっこよくなったおじ様に、アンリエット様はあっけにとられながら答えた。

「……だめ」

「えっ？」

「だめよね？」

こちらを向いて確認される。わたしはきっぱりとうなずいた。

「だめです」

「そんな⁉」

二枚目ぶりをあっさり投げ捨てて、大げさに団長様は嘆かれる。

「姫ぇ、このポワソンめをいらぬとおっしゃいますか」

「だ、だって……」

「団長様はとても頼りになる騎士様で、夫の上官としても尊敬申し上げております。ですがそれはそれ、これはこれ。団長様のような抜け目ない古狸《ふるだぬき》を懐に入れるのは危険でしかありません。砦《とりで》を内側から崩される未来が見えております。ここはお断り申し上げるべきかと」

「ごめんなさいアルベール」

腕を交差して大きく×を作るわたしたちに、団長様はふらふらとあとずさり廊下の端を振り返った。

「陛下ぁ、だめでした。このお嬢さんたち賢すぎます」

「あっこら呼ぶんじゃないよ」

角からこっそり覗いていらしたのは最高権力者の片割れだ。娘に見つかった国王様は、あわてて言い訳なさった。

「違うよアンリ、お父様はお前の味方だからね。ただ大人の見守りがあった方がよいと……」

「わたくしはもう二十歳です。結婚をかけた勝負なのですから親の見守りなどけっこうです」

末っ子に拒絶されて衝撃を受けるお方がまた一人。王妃様が今度ははっきり呆れたお顔でため息をつかれていた。

頭を抱えるセヴラン殿下とシメオン様に、一致団結で戦おうと手を取り合うわたしたち。侍女や女官たちも次々参戦を表明し、話に置いていかれて立ち尽くすしかないラビア勢の中、一人公子様だけが笑顔でなりゆきを眺めていらした。

わたしはそっと振り返る。その余裕がいつまでもつかしらね？　小娘相手の勝負など楽勝だと舐《な》めないで。そう簡単にアンリエット様のもとへは行かせませんよ。

もちろんお二人を引き裂きたいのではなく、その逆で結ばれてほしい。けれど――いえ、だからこそだ。幸せな未来を迎えるためにはまず鉄の仮面をはぎ取らせていただかねば。話はそれからだ。

そうしてさっそく移動が開始された。必要なものを急いでまとめ、足りなければあとで届けてもらうことにして、わたしたちは北の庭園に立つ離宮へ向かう。正方形の形をした建物で普通の一戸建て住宅ほどの面積しかないが、高さはある。地上五階建て、出入り口は正面の一ヶ所のみ。壁という壁、窓という窓に細緻《さいち》な装飾がほどこされた華麗な離宮だが、一階の窓はすべて優美にして頑丈な格子で覆われ、中からも外からも出入りできないようになっていた。

かつて高貴な囚人がここに幽閉されていたこともあり、その歴史と外観から冗談まじりに呼ばれていた名称が今やすっかり定着している。

王宮の名所を語れば、かならず挙がる離宮。その名も。

――監獄塔《トゥール・ド・プリソン》。

14

勝負の期間は翌日の正午からお茶の時間までと決められた。その次の日には公子様が帰国してしまわれるので、短期での決戦だ。

そもそも長引かせる必要もない。公子様の頑張りと、嘘《うそ》のない素顔をアンリエット様に見せるのが目的なのだから。

着替えや食料を持ち込んだわたしたちは、その夜三人一緒の寝台で眠った。ジュリエンヌとは結婚前によくこうしたもので、王女様もはじめての経験だと楽しそうにしていらした。

女同士でいろいろおしゃべりしながら眠り、翌朝には大分気も晴れたようだ。すっきりしたお顔でちゃんと食事をとられていた。

三階の窓から地上を見下ろせば、警備の騎士たちが配備されていた。今ここは女ばかりなので、万一にも姫君の身に危険がおよばないよう団長様かシメオン様が命じられたのだろう。

心強い護衛だけど、彼らが敵に回る可能性も考えておかないとね。協力者の所属に王妃様は条件をつけられなかったもの。事態をさっさと収拾させたいセヴラン殿下はリベルト公子側につくだろう。彼らを味方と思ってはいけなかった。

「……油をたくさん用意できませんかしら」

「油ですか？」

たまたまソフィーさんがそばにきたので聞いてみる。

「届けてもらうよう頼みましょうか」

「そうですね。他《ほか》にもほしいものが……あら？」

外を見ていたら離宮に近づいてくる人影を発見した。リベルト公子ではない。ドレス姿だ。おつきの侍女を従えて黒髪の女性がやってきた。

「アンリー」

のほほんとした声が下から呼ぶ。アンリエット様が奥から出てきて窓の下を覗《のぞ》かれた。

「お姉様！」

「おはよう。頑張ってるー？」

シャリエ公爵家に嫁がれた第一王女のリュシエンヌ様だった。王妃様から知らされたのだろうか。

リュシエンヌ様は侍女が持つ大きなバスケットを示された。

「さし入れを持ってきたわよー」

「ありがとうー」

「あ、入り口開けなくていいわ。窓から引き上げられる？」

わたわたと女官たちが縄をさがしにいく。カーテンや寝台の天幕をまとめる紐《ひも》がかき集められ、つなぎ合わせればどうにか下まで届く長さになった。それを窓から垂らせばバスケットの持ち手に結んでくれる。ここまでする必要あるかしらと思いながらもみんな楽しくなってきて、せっせとバスケットを引き上げていた。

「応援しているわ、頑張りなさいねー」

「ありがとう、お姉様」

「ああ、シルヴェストル公爵からのさし入れも入っているから。活用してほしいってー」

聞いてはいけない名前にわたしはびくりと怯《おび》え、ジュリエンヌが今頃《いまごろ》悲鳴を上げていた。

「どうしよう⁉　わたしお義父様《とうさま》たちのお許しもらってなかった！」

「……とりあえず、怒ってはいらっしゃらないようよ」

わたしは食べ物がたくさん詰め込まれたバスケットの中から、立派な装丁の本を取り出した。

『籠城戦《ろうじょう》』ですって」

「めいっぱい応援されてるわね」

図解つきの戦術指南書だ。気まぐれ公爵はこの騒動をお気に召したらしい。ありがたく参考にさせていただくことにした。

リュシエンヌ様と入れ代わりに、また大きなバスケットを持った人がやってきた。警備の騎士たちと同じ白い制服で、朝の光に淡い金髪が輝いている。部下たちと敬礼を交わしたあとシメオン様はこちらを見上げた。

「マリエル！」

「おはようございます、シメオン様。昨夜はお一人にしてごめんなさい」

「さみしかったのは私だけではありませんよ。シュシュもあなたが帰ってこないのかと待っていました。王女殿下を応援するのはけっこうですが、あなたまで立てこもらなくてもよいでしょう。出てきてください」

彼の後ろで植え込みと彫刻の陰に隠れる姿がある。お馬鹿《ばか》さんですね、上からは丸見えですよ。

「そばでお手伝いしたいのです。どうか許してくださいませ」

「マリエル」

シメオン様はバスケットを地面に下ろし、蓋《ふた》が開かないよう縛っていた紐をほどいた。中から白いものを取り出して、わたしによく見えるよう高く抱き上げる。

「これを見なさい！　あなたに放置されてすっかり拗《す》ねてしまっていますよ！」

「あら猫」

「猫ちゃん？　どこどこ？」

「あれ拗ねてるんじゃなくて無理やり抱かれていやがっているのでは」

窓に侍女たちが集まってくる。わたしは反対に窓から離れ、急いで二階へ駆け下りた。真下の部屋に飛び込み同じ方向に向いた窓を開く。

「シメオン様」

「見なさい、こんなに痩《や》せて毛艶《けづや》も悪くなってしまった。あなたのせいですよ」

「いや健康そうだよな」

「フワッフワじゃないか」

「めっちゃいやがってるけど」

すぐ近くで警備する騎士たちがつっこんでいる。伯爵家でいいもの食べさせてもらってますからね。

「母親としてこの子のこんな姿に胸が痛まないのですか。置き去りにされてもずっとあなたを信じて待ち続けていたのですよ。私が呼んでも布団に入ってこず」

「母親って。じゃ副長が父親か？」

「嫁に逃げられた旦那《だんな》みたいだな」

「一緒に寝てもらえなかったんだ……拗ねてるの副長の方じゃん」

わたしは窓からうんと身を乗り出し、手をさし伸べて猫を呼んだ。

「シュシュー、お母様はここよー。いらっしゃーい」

「いや、いらっしゃいではなくあなたが……っ、こらシュシュ、おとなしく……つっ！」

じたばたと暴れていた猫がシメオン様を引っかいてとうとう脱出する。つかまえようとする手をすり抜けて壁のそばへ走り、勢いのままに地を蹴《け》った。

「おおっ！」

「すごい！」

上からも下からも歓声が上がる。見事な跳躍力を見せた猫は格子や壁の装飾を足がかりにし、ほんの一蹴り二蹴りで二階の窓まで到達した。

「はぁい、いい子ねー。お留守番させてごめんなさい。ううん、よしよし、ごめんねごめんね」

わたしは猫を抱き上げて頬《ほお》ずりする。猫の方も爪《つめ》を立ててしがみついてきた。知らない場所に連れてこられて怯えていたのだ。

「うわぁ、あれ見せつけられたら拗ねるのわかるな」

「猫って呼んだら来るんだ」

「副長より猫の方が愛されてそう……」

ひとしきり猫をあやしてやったあと、わたしはつっこみ隊に拳骨《げんこつ》を入れている旦那様に言った。

「気になっていたので会えたのはうれしいのですが、むやみに連れ出さないでくださいませ。基本猫は犬のようにおでかけできませんのよ。どうしても連れ出す時はかならず引き綱《リード》をつけてください。抱いていたってさっきのように逃げられます。よそで迷子になったら帰れなくなりますわ。お願いしますね」

「マ、マリエル」

窓を閉めてわたしは三階へ戻る。外から殿下の声が聞こえていた。

「逃がすな馬鹿者！　これではさし入れしてやっただけではないか！」

「……申し訳ございません」

「マリエルを揺さぶるにはこれがいちばんだと言っておきながら。あやつが中にいるのといないのとでは大違いだ。先に参謀役を引き離したかったのに！」

どうせそんなところでしょうよ。わかっていましたよ。

元の部屋へ戻れば、やりとりを見守っていた女性陣が黄色い声を上げながら集まってきた。

「この子がシュシュちゃんですか。まあぁ可愛《かわい》い」

「きゃーフワフワ」

「猫ちゃーん」

アンリエット様は足元にはべる犬を見下ろされた。

「ペルルと仲よくしてくれるかしら」

二匹の視線がぶつかり合う。犬と猫、大きさもほぼ同じ彼女たちはそれぞれの反応を見せた。

「こら、フーじゃないの。こちらがお邪魔しているのだから」

「あらあら、ペルルはシュシュちゃんと遊びたいのですって。仲よくしてあげて」

毛を逆立てて威嚇する猫に、ひっくり返っておなかを見せる犬。まあ出会いはこんなものでしょう。しばらくようすを見てけんかにはならないと判断し、わたしは窓辺へ戻った。

窓の下では準備がはじめられていた。梯子《はしご》だけでなく、落下を想定して布団もたくさん用意して周囲に積み重ねられている。それを眺めながらわたしも考えた。三階から落ちるのは危険すぎるかな。鍛えられた軍人たちと違って、公子様は見るからに文系だものね。妨害はあまり上まで来ないうちに……せいぜい二階くらいまでにしよう。

しょせんこれは茶番劇。ああして至れり尽くせりの対策をしてもらった上での試練なんて、本当の意味での試練ではない。そう、公子様に求めているのは試練を乗り越えていただくことではなかった。

アンリエット様が納得できる結末に。わたしが目指すのはそれだけだ。

こちらも相談しながら準備に奔走する。正午が近づくにつれてアンリエット様はそわそわと落ち着かなくなっていった。

「どうしよう……本当にいいのかしら、こんなことをして」

「落ち着かれませ。両陛下もお認めなのです、大丈夫ですから」

ソフィーさんになだめられて椅子《いす》に座らされている。その周りを犬と猫が追いかけっこしていた。

ジュリエンヌがわたしのそばへ来て、王女様に聞こえないようささやいた。

「妨害するといっても、完全に突入を阻止するわけではないのでしょう？　それだと試練ではなくて婚約破棄になっちゃうわ」

「もちろんよ。公子様にはちゃんとアンリエット様の前までたどり着いていただかなくては。ほどほどで突破できるよう加減しないとね」

「難しいわね。やりすぎてはいけないし、あまり簡単にいっても意味ないし」

「まあ戦況を見ながら対応するしかないわね」

少し早めに昼食を済ませ、準備万端で待ち受ける。いよいよ開戦の時が来た。窓の下には数を増やした近衛《このえ》たちと、シメオン様とセヴラン殿下、そしてリベルト公子とお供の人々が集結していた。

「それでは、開始に先立ちルールの再確認を」

同行を断られたポワソン団長は審判役に立候補し、全員に聞こえるよう声を張り上げた。

「制限時間は三時まで。リベルト殿下が室内に入られた時点で終了とする。突入口はこの上、三階南側の窓のみとし、他からの侵入はなし。窓は開けたままで閉めないこと。入る方も硝子《ガラス》を割らないように。協力および妨害の手段は自由だが双方刃物の使用は禁止、その他あまりに危険すぎると判断した時は警告する。よろしいな？」

リベルト軍とアンリエット軍、いずれも団長様の問いにうなずく。

「途中までは他の者も上り、リベルト殿下に手を貸してもよし。ただし窓に手をかけてよいのはリベルト殿下のみ。手が届いた時点で妨害も停止すること。それ以降の妨害は反則とみなす。以上、質問は？」

「ありません！」

「はーい」

声を揃《そろ》える男性陣と反対に、わたしは手を上げて質問した。

「危険でなければなにをしても叱《しか》られませんか？　不敬罪に問われることはありませんでしょうか」

「あー、よろしいな？」

団長様はリベルト公子を見て尋ねられる。公子様はさすがにいつもより動きやすそうな服装で出向かれていた。狩猟服のような上下に編み上げブーツ、長めの髪も邪魔にならないよう束ねてある。こちらを見上げる顔が、距離があってちょっと見づらいけれど、不敵に微笑《ほほえ》んでいるように思えた。

「ええ、勝負を受けた以上文句は言いません。どのような妨害も受けて立ちましょう」

「いやちょっとくらい条件をつけた方が。あやつを舐《な》めてはいかん。おとなしそうな顔をしているがあれは貴婦人などというシロモノでは」

「ありがとうございます！」

よけいなことをおっしゃる殿下を無視してわたしはお礼を言う。さあ、言質はいただきましたよ。

これで遠慮は無用というわけだ。

頭を抱える殿下の横でシメオン様は諦《あきら》めのお顔になっていた。腕を組んで庭木にもたれ、傍観の体勢に入っている。さらにその後ろではお茶のテーブルが設置されて、両陛下とリュシエンヌ様が観戦されていた。

「それでは――はじめ！」

ビリリと空気を震わす号令で戦いがはじまった。さっそく梯子が窓の下に立てかけられる。リベルト公子のお供たちが支えていたが、上手《うま》く落ち着かせられずに苦戦していた。

「なにをしている」

「いやなんか、グラグラと……す、滑る？」

梯子の先端は窓枠より少し下に届いている。窓から身を乗り出せば十分に手が届く範囲だ。そのあたりの壁は、近くで見ればヌラヌラと光っているのがわかった。

「ふふふ、しっかり押さえてくださいよ。梯子が倒れると危ないですからねー」

午前中に届けてもらった油の壺《つぼ》と刷毛《はけ》がわたしたちの足元にある。おしゃべりして時間をつぶしていたわけではありませんのよ。頑張ったのですから。

数人がかりで押さえて梯子を固定し、リベルト公子が足をかけた。慎重にゆっくり上ってこられる。やはり騎士たちのように身軽にはいかない。下を見ないようにしているのは、もしかして高い所が苦手とか？

梯子を支える人たちの周りで、残りのお供と近衛たちがハラハラ見守っている。リベルト公子が二階の窓あたりまで上ると、わたしは口を開けた袋を手に取った。

「それではまいります。お覚悟」

「――うっ」

袋の中身が一気に落ちないよう、できるだけ周辺に拡散するようにまき散らす。そのくらいは予想していただろう、公子様は下を向いて直撃を受けないようにしたが、頭上から降り注ぐ粉にうめき声を漏らした。

「くっ……ケホッ」

ごく細かな粉末は頭や肩に当たるとふわりと跳ねて、彼の喉《のど》や鼻を刺激する。息を止めてもすぐにはおさまらない。まとわりついた粉末をどうしても吸い込んでしまう。たまらずに咳《せき》とくしゃみが飛び出した。

「グッ、ゲホッ、ケホ――ックシュン！」

第一弾はオーソドックスにコショウ攻撃よ。上るどころでなくなった公子様はくしゃみを連発し、その振動で梯子がぐらついた。落ちそうになって彼は梯子にしがみつく。そうしたらまたくしゃみが飛び出す。下で支える人たちも滑る上に揺れるものだからあたふたしていた。

「ああぁ――危ないっ」

とうとう梯子が大きく傾いて、リベルト公子が耐えきれずに落ちた。布団を手に身がまえていた近衛たちがすかさず広げて受け止める。すぐに公子様は身を起こし、そこかしこでほっと安堵《あんど》の息が吐き出された。

窓に張りついていたアンリエット様もへなへなと床に腰を落とされる。彼女がいちばん青くなっていたかもしれなかった。

「おい、これは危険ではないのか⁉」

セヴラン殿下が団長様に抗議を申し立てた。

「いやぁ、このくらいは想定内でしょう」

「しかし」

「妨害ありなのですから落とされる前提で考えませんと。——ただし！　リベルト殿下がお怪我《けが》をなさらぬよう、確実に、間違いなく受け止めろよお前たち。失敗したら文字どおり首が飛ぶと思え！」

「はっ！」

団長様のにらみを受けて近衛たちが飛び上がる。こちらをうらめしげに見上げてくる人もいた。ごめんなさいね、できるだけ危なくならないよう気をつけますから。

リベルト公子の身体《からだ》についたコショウをお供の人たちが懸命に払っている。その間にこちらも次にそなえて準備の品を確認だ。

「あの人にこんなこと、よくやるなあ。怖いもの知らずっていうか」

「あら、このくらいまだ序の口……」

笑いまじりの声に答えかけて、はたと気づく。室内で聞こえるはずのない男性の声に振り向けば、リュタンがお行儀悪くテーブルに腰かけていた。

「えっ、誰《だれ》」

「いつの間に⁉」

みんなも驚いてリュタンに注目する。リュタンはテーブルから下りて気障《きざ》に一礼した。

「無断で入り込み申し訳ございません。ラビアのエミディオ・チャルディーニと申します、王女様」

「あなた、あの時の……」

「はい。どうもうちの主《あるじ》がお世話になりまして」

「まあ、いいえ、こちらこそ。先日は危ないところを助けていただいて、ありがとう」

「いえのんびりご挨拶《あいさつ》している場合では。入っていいのはこっちの窓からだけよ！　他からの侵入は反則ですからね！」

「違う違う、邪魔しに来たわけじゃないから」

武器になりそうなものをさがすわたしに、リュタンは両手を上げて戦意はないと示した。近づいてこようとはせずその場に立ち止まっている。わたしは警戒しつつ油の壺を下ろした。

「邪魔でないならなにしに来たのよ」

「どんなようすか見に来ただけだよ。あとリベルト様の奮闘を上から見物させてもらおうと思って」

「ずいぶん薄情な部下ですこと。そんなことしてあとで叱られない？」

「もちろん見つからないように、こっそりと」

そんなことを堂々と言い、リュタンはまたテーブルに戻る。言葉どおり邪魔はしないと見せつけるように、長い脚を組んでのんびりくつろいだ。

突然現れた見知らぬ男に警戒していた女性陣も、若く魅力的な容姿にそわそわと浮足立つ。目が合った女官がウインクされて真《ま》っ赤《か》になっていた。

「なに、そんな目で見て。妬《や》いてくれてるの？」

「幸せな解釈ね。呆《あき》れられているとは思わないの」

どうやら本気でただの見物らしい。わたしは肩をすくめて窓に向き直った。リュタン相手に気を取られていてはいけない。下ではまた梯子を立てて二度目の挑戦がはじまっていた。

今度は二つ、並べて立てかけられていた。片方にはリベルト公子が、もう片方を傘を持った人が上りはじめた。公子様の頭上に傘を広げて落とされるものを防ごうとしている。あちらも対策は考えていたのね。コショウ攻撃を受けたのはわざとというわけか。少しは勝たせてやろうというお気遣い？お優しいこと。

わたしの合図を受けて女官が身を乗り出した。うっかり転げ落ちないよう、後ろで腰を抱く係もいる。傘係が上っている方の梯子に手が届くと、女官は力を入れて揺らしはじめた。

「う、うわっ……ややややめっ……だーっ」

ただでさえ横に腕を伸ばして公子様に傘をさしかけるという不安定な体勢だったから、これにはたまらない。あっという間に傘係は落ちていった。もちろんちゃんと受け止められている。防御の傘を失った公子様に、わたしはにっこり微笑みかけた。

「お覚悟第二弾、まいりまーす！」

大きな盥《たらい》を二人がかりで抱えた侍女が窓から傾ける。中身がジャバジャバと流れ落ちて晩秋の空に湯気を立てた。

「え、熱湯攻撃？」

リュタンがテーブルを飛び下りる。

「まさか。お風呂くらいの適温よ。この本には熱した油を使えと書いてあったけど」

シルヴェストル公爵からのさし入れを見せると、リュタンは顔を引きつらせた。

「それはやめてね。怪我人どころか死人が出るから」

頭からお湯を浴びた公子様はびしょ濡《ぬ》れになっている。それでも落ちないようしっかり梯子をつかんでこらえていた。下で支える人たちもとばっちりで濡れながら頑張っている。

「第三弾、用意」

間を置かずわたしは次の指示を出す。今度は大きな袋が持ち上げられた。

大量の小麦粉がぶちまけられる。濡れたところに浴びたら当然べっとりくっついてくる。頭も服も真っ白にして、公子様は目も開けられなくなっていた。

「うわぁ、遠慮なくやるなあ」

今なら気づかれまいと、こっそり覗いたリュタンがなんとも言えない声を出した。公子様はいったん上るのを断念して梯子を飛び下りた。タオルを受け取り顔や手についた小麦粉を拭《ふ》き取っている。梯子も別のものに替えるよう命じていた。

「あーあ、粉オバケみたいになっちゃって……あれ内心相当怒ってるよ。あの人かっこ悪いところ見られるの死ぬほどいやがるから」

「そうでしょうね」

策略が得意な人というのは概して自尊心が高い。笑顔で上辺を作っている公子様なんて、なおさら自尊心の塊だろう。わかっていてこの方法を取った。うんと馬鹿馬鹿しく、かっこ悪くなっていただこうと思ったのだ。

「怒らせてしまったの……？　そ、そうよね、あんなことしたら当然よね……」

アンリエット様が不安そうにつぶやかれた。彼女は公子様が攻撃されるたびに心配して、おろおろしていた。わたしと見比べたリュタンは皮肉に笑う。

「いつも僕のことを悪党って言うけどさ、今の君はまるで悪い魔女だよ。お姫様をさらって閉じ込めて、助けに来た王子を攻撃してるんだ。とんだ悪役だね」

「そう見えるならなによりだわ」

アンリエット様がリベルト公子を拒絶していると受け取られては困るもの。公子様は悪者からお姫様を取り戻すの。彼をひどい目に遭わせるのはお姫様でなく、魔女でなくてはいけない。

わたしはシメオン様のいる場所を見て、彼がどうしているかたしかめた。開始前と変わらず腕を組んだまま、シメオン様はじっとこちらを見上げている。彼が参戦してきたらちょっと勝てる自信がないので、手出しする気がなさそうなようすにほっとした。そんなわたしの横からリュタンがひょいと顔を出す。シメオン様に向かって手を振るので、あわててわたしはリュタンを押し戻した。

「なにしてるのよ！」

「ただの挨拶だけど」

「ここにあなたがいるのを見せたらまずいでしょう！」

「別にぃ？　副長に見られたって僕は困らないね」

「わたしは困るわよ！　あなたわざとやってるわね！」

「副長がおとなしいとなんだか調子が狂うんだよね」

「なにを言って……」

リュタンと言い合っていたわたしは、ふと周りの視線が集まっていることに気づいた。みんなが興味津々でわたしたち二人に注目している。ジュリエンヌがいぶかしげに口を開いた。

「さっきから気になっていたのだけど、ずいぶん親しげなのね」

「えっ……ま、まあ、それなりに？」

「リベルト様の配下の方と、どうしてあなたが？」

アンリエット様にも聞かれる。なんと答えればよいのか困ってしまった。

「いえその、何度か顔を合わせることがありまして。詳細はセヴラン殿下にお聞きいただきたく」

「彼女に惚《ほ》れてずっと口説《くど》き続けているんですよ。最近ようやく友達にまで昇格できました」

苦しく答えるわたしの肩を抱いてリュタンが暴露する。きゃあっと周囲で歓声が上がった。

「まあっ、それでここへ来たのね!?」

「フロベール夫人てば隅に置けないですねっ」

「えっ、ちょっと待って。それじゃ副団長様はどうなるの？　これって浮気じゃないの？」

「えええ不倫……」

「違いますっ!!」

あらぬ誤解へと暴走しかけるのを、わたしは必死に否定した。横でヘラヘラ笑う男に肘鉄《ひじてつ》を叩《たた》き込む。

「わたしは断じて不倫などしませんから！　この男が勝手に言っているだけで！」

「つれないなあ。君が友達だって言ってくれたんじゃないか」

「そうです、愛人でも間男でもなくお・と・も・だ・ち！　もう、この忙しい時に引っかき回さないでちょうだい。ジュリエンヌ！」

「えっ？」

わたしはビシリとリュタンを指さし、親友に教えてあげた。

「この人はね、リベルト殿下とは子供の頃からのつき合いで、バンビーノなんて呼ばれちゃうくらい仲よしの、特別な部下なのよ」

「ちょっ、それは」

「ええっ……」

リュタンの抗議とジュリエンヌの声が重なる。なにかを察して振り向いたリュタンは、きらめく星を浮かべて熱く見つめてくる瞳《ひとみ》にあとずさった。

「……なんだろう、今ものすごく悪寒が」

馬鹿げたやりとりをしている場合ではない。わたしは窓辺に戻って下を覗き込んだ。シメオン様の方は怖くて見られなかった。

「って、あれは」

新しい梯子が到着してすでに立て直されていた。さきほどと同じように二つ並べて、やはりリベルト公子とお供の人がそれぞれ上りはじめている。お供の梯子を支える人の姿にわたしは驚きの声を漏らした。

リベルト公子の梯子は四人がかりでしっかり支えているのに対して、こちらは一人だけだ。その一人が並外れてたくましい巨漢だった。盛り上がる筋肉が服の上からもわかる。あわてて女官がまた梯子を揺らそうとしたが、怪力に押さえられてほとんど動かせなかった。

「なによ、やっぱり邪魔するんじゃない！」

思わずわたしはリュタンを振り返って抗議した。おなじみ金髪巻き毛の筋肉自慢、リュタンの部下ダリオだ。

「僕はなにもしないよ。でも外のことは知らないな。あいつだってリベルト様に助けられた口だし、給料もらってるんだし、そりゃ命じられれば従うさ」

リュタンは飄々《ひょうひょう》と答える。むうっと口をとがらせたわたしは、窓に飛びついて声を張り上げた。

「ダリオー！」

ダリオがこちらを見上げる。

「ナイスバルク！　はい、ズドーン！」

かけ声に反応してポーズを決める。「あ」と人々が声を揃えた。

支えを失った梯子がぐらりと揺れる。悲鳴を上げてお供の人が振り落とされた。

しかし彼は自分の役目を懸命に果たした。落ちながらも手に持っていた袋を力いっぱい投げ飛ばす。

それは狙《ねら》い違《たが》わず窓から飛び込み、部屋の床に落下した。

小さな袋の口からなにかが飛び出してくる。チョロリと走る生き物に一斉に悲鳴が上がった。

「きゃーっ！」

「ねねね鼠《ねずみ》っ！」

「いやあぁぁっ！」

いやなのは鼠の方だろう。袋に入れられるし、投げられるし、出たらすごい声が響くしでとんだ災難だ。あわてて逃げようと女性陣の足元を走り抜ける。その姿に目を輝かせて飛び出してくる者がいた。

「きゃーっ！　きゃーっ！」

「やだやだこっち来ないでぇぇっ！」

猫が鼠を追い回し、部屋の中はますます阿鼻《あび》叫喚の渦と化す。犬も興奮してキャンキャン鳴きながら走り回った。

ちょっと途方に暮れて眺めてしまう。目の前の大騒ぎをどうすればいいのやら。

「猫がいるとは思わなかったなあ。めちゃくちゃ準備よくない？　この展開を予想してたの？」

「いえ、そういうわけでは……な、ない、のかな？」

偶然よね？　まさかシメオン様はこれをご存じで猫を……って、まさかねえ？

「君は鼠平気なんだ」

「困った生き物だけど見た目は可愛《かわい》いから……きゃっ」

興奮して鼠しか目に入らなくなった猫が、こちらへ突進してきて花台を蹴る。華奢《きゃしゃ》な造りの花台は

たまらずに倒れ、窓枠に置かれていた箱にぶつかった。あっと思った時には遅かった。

使うかどうか未定だった最終兵器が外へ落ちる。わたしはそろりと下を覗き込んだ。

「あちゃあ……」

もう二階と三階の間まで上っていた公子様の頭に箱は直撃し、すっぽりかぶさっていた。その中身は暖炉からかき集めてきた煤《すす》だ。公子様の肩が今度は真っ黒になっていた。

「どこまで容赦ないんだ、君は」

さすがにリュタンも引いている。

「い、一応用意したけど、あれは使わなくてもいいかなって思っていたのよ」

「あーあ、知ーらない」

いったん動きを止めていた公子様が頭から箱を抜き取る。無言で投げ捨てた彼は、ガシガシと上ってきた。最初の慎重さを忘れたように素早く三階の窓枠に手をかけた。

「あ……」

アンリエット様たちが気づく。家具の裏に鼠が逃げ込み、ようやく静かになった室内に公子様が下り立った。

勝負あり――窓の下から歓声がわき上がる。見事リベルト軍の勝利で戦いは終結した。

……とは言うものの、公子様はひどいありさまだ。濡れて小麦粉を浴びた上にさらに煤までかぶっている。頭から上体にかけて白と黒のまだらになり、亜麻色のきれいな髪は見る影もない。絶世の美《び》貌《ぼう》も真っ黒に塗りつぶされ、表情もわからないほどだった。

「…………」

沈黙が落ちる。アンリエット様と窓の前に立つ公子様は無言で見つめ合った。

とっさに謝ろうとされたのだろう、アンリエット様は口を開かれた。でも言葉が出てこず彼女は複雑に表情を変化させる。青ざめうろたえていた顔がしだいにゆるみ、頬も赤くなってくる。口を押さえた手の下から「ぷっ」と隠しきれない笑いが漏れた。

「ご、ごめんなさっ……ふっ、ふふっ……」

必死にこらえても肩が震えている。見守っていた周囲からも同様の笑いが漏れだした。

みんな顔をそむけて口を押さえていた。背中を向けている人もいたが、笑っているのはあきらかだ。みんなが笑っているとよけいにおかしくなってくる。とうとうこらえきれずにアンリエット様は声を立てて笑いだした。

「あっ、あはははははっ！　ごめっ、ごめんなさい……ふふ、あははははは」

「…………」

リベルト公子はじっと立ったまま沈黙している。普通なら怒りを恐れて縮こまってしまう場面だが、一度起きた笑いの発作は止まらない。多分顔を引きつらせているのだろう彼の前で、アンリエット様はひとしきり笑い転げた。

「ふふふ……はー……ソフィー、リベルト様に拭くものを」

「はい」

ようやく落ち着いて指示をされ、お湯でしぼったタオルがさし出された。受け取った公子様は顔と手をぬぐう。たちまちタオルが真っ黒になった。一枚では足りず急いで追加を用意することになった。

「お見事にございました。そしてここまでつき合ってくださいまして、ありがとうございます」

なんとか取り戻された美貌にアンリエット様は深く腰を落としておじぎする。取り乱していた姿はどこにもなく、穏やかな微笑みを公子様に向けていらした。

「おかげさまで心が晴れました。深く感謝申し上げます。あとは、どうぞご遠慮なく婚約の破棄を。父と兄にはわたくしから話をいたします。これだけしていただいたのですから二人も納得するでしょう。お気になさらずラビアへお帰りくださいませ」

途中まで周りも笑顔で見守っていたのに、婚約の破棄などと言い出されて凍りつく。ソフィーさんが「姫様」と止めるのをアンリエット様は退けた。

「……婚約破棄？」

リベルト公子が低い声を出す。常に貼り付けていた微笑みは消え、おそろしいまでの無表情だ。冷たく見据えてくる瞳にしかしアンリエット様はひるまず、「はい」とうなずいた。

「ここまでのご無礼を働いたのですから、さぞお腹立ちでしょう。いくら約束があるとはいえ、公子様に対してあまりな仕打ちの数々、ご不快になって当然です」

作戦を立てたのは主にわたしなのに、アンリエット様はすべてご自分の責任として話される。たしかに提案を認めて許可されたのは彼女だけれど、ずっと公子様を案じていらしたことなどおくびにも出さず、無礼もなにもかもご自分のしたこととして話される。

「そもそもこのような事態にいたる前、取り乱して騒いだ時点で呆れられていたのではございませんか。自分でもこれほど覚悟の足りない未熟者であったのかと思い知り、恥じ入るばかりです。叱られるだけで終わって当然のところを、皆でわたくしのわがままにつき合ってくれて、本当に感謝しています。そしてなによりリベルト様にお礼とお詫《わ》びを申し上げます。ご迷惑をおかけして申し訳ございませんでした。このようなわたくしにつき合ってくださって、ありがとうございました」

ふたたび下げられた頭をリベルト公子は黙ってじっと見つめる。侍女も女官も息を詰めて二人を見守った。

ずいぶん長く沈黙が続いたあと、リベルト公子が軽く息を吐き出した。

「それで、私はここまでして振られた男としてすごすご帰れと？　ずいぶんなことをおっしゃる」

「いえ、それは……」

「婚約破棄するつもりなら、はじめからこんな馬鹿げた話につき合いませんよ」

青緑色の瞳がちらりと壁の鏡に向けられる。ご自身の姿をたしかめられ、美しいお顔がはっきりと不愉快そうにゆがめられた。

「これほど無様な姿をさらしたのは生まれてはじめてですよ。正直に申しましょう。今非常に不愉快です」

「は、はい、本当に申し訳ございません」

「これが狙いだったのでしょう」

公子様の目が今度はわたしに向けられた。完璧《かんぺき》な笑顔は消え去り、いまいましげににらんでくる。

わたしは微笑みを返して頭を下げた。

「私を怒らせるため、わざと馬鹿馬鹿しい真似《まね》をしたのでしょう」

「…………」

アンリエット様が視線を落とす。もう一度息を吐いた公子様は、ゆっくりと彼女へ足を踏み出した。

「途中からわかっていましたよ。ですが両陛下や王太子殿下の御前で誓約しておきながら投げ出すわけにはいきません。腹を立てて言をひるがえすなどますますみっともない。どんなに馬鹿馬鹿しいと思っても最後までつき合うしかなかった……ええ、あなたへの誠意などではありません。ラビアの大公子として、引くに引けなかっただけです」

「……はい」

ゆっくりと響いていた靴音が止まる。うつむくアンリエット様のすぐ前で公子様は立ち止まり、婚約者を見下ろした。

「私にとってあなたは、大国ラグランジュの姫という金の駒でしかありません。祖父と違って女性にはそれほど関心がありませんのでね。必要な教養と心得、そこそこ見栄えのする容姿さえ揃っていれば他はどうでもよい。十分合格だと思い、不満などありませんでした。なにより大切な後ろ楯というものは、しっかり保証されているのですから」

「…………」

「せいぜいきげんよく嫁いできてもらおうと愛想をふるまって、結婚後もちゃんと大切にするつもりでしたよ。心配しなくても外に愛人や子供を作ったりしません。面倒ごとの種になるだけですし、そんなものにかける時間があるなら金勘定でもしていた方がはるかに有意義です。いきすぎた贅沢《ぜいたく》は困りますが、お国にいた時と変わらぬ程度には不足のない暮らしをさせてあげますよ。大公妃としての道を踏み外さないかぎり、なんでも好きにさせてあげます。妃に共同統治者としての働きなど求めません。あなたに手伝ってもらわなくても手は足りていますから。必要な時だけ役割を果たしてくださればけっこうです」

「…………」

冷たい口調で遠慮のないことを公子様は並べたてる。ずけずけと言いまくったあと、少しだけ口調をやわらげて彼は尋ねた。

「どうですか、あなたが知りたがっていた私の本心ですよ。夢を見ている方が幸せだったでしょう。姫君にはこんな現実必要ないでしょう？」

「……いいえ」

アンリエット様が顔を上げる。黒い瞳がひるまずに公子様を見上げ、お愛想でも虚勢でもない微笑みを浮かべた。

「不思議ですね、きっと打ちのめされて泣き伏すと思っておりましたのに。今とてもすっきりとした、晴れやかな気分です。残念な思いがないわけではございませんが、心を揺らすほどではなく、むしろ安堵しております。聞かせてくださってありがとうございますと、心から申し上げられます」

「――では、これでおあいこですね」

そう言って公子様も微笑みを浮かべられた。今までと同じ非の打ち所のない笑顔に見えて、どこか違うようにも感じられる。彼は膝をつき、アンリエット様の手を取った。粉まみれ煤まみれの惨憺《さんたん》たるお姿なのに、それが気にならないほど優雅で堂々とした動きだった。全身の汚れは彼が闘った証《あかし》、姫君のもとへ懸命に向かった情熱の証に見えてくる。私をあなたの伴侶《はんりょ》たる男として認めてくださいますね？」

「仕切り直しといきましょう。約束どおり、私をあなたの伴侶たる男として認めてくださいますね？」

障害をくぐり抜けてたどり着いた王子様に請われ、ぱっと姫君の頬に薔薇《ばら》が咲く。恋する乙女《おとめ》の顔に戻ったアンリエット様は、恥ずかしそうにうなずかれた。

「……はい」

侍女と女官たちが喜びに破顔する。わたしとジュリエンヌも顔を見合わせて笑った。やれやれという気持ちと、おめでとうという気持ち。夢のある口説き文句なんて一つも聞かせていただけなかったけれど、上辺だけの甘い台詞《せりふ》よりずっと価値がある。だから言ったでしょう、人間正直がいちばんだと。人生はお芝居ではない。すべてが台本どおりに進むわけではないのよ。相手は決められた役を演じているのではなく、それぞれの心で動いているのだから。

「話はまとまったのですか」

「ええようやく……って」

後ろから聞こえた声に振り向けば、シメオン様が窓枠を乗り越えてくるところだった。外を見てみればとうに梯子ははずされている。当たり前の顔をして入ってきた旦那様を、わたしは呆れて見上げた。

「どうやって登っていらっしゃいましたの」

「こんな建物、梯子など使わずとも登れます」

それを公子様の前で言っちゃいますか。今の絶対聞こえていましたよ。

床に下り立ったシメオン様は室内をぐるりと見回した。そういえばリュタンは——と思い出してわたしも彼の姿をさがす。現れた時と同様、いつの間にか消えていた。リベルト公子が入ってくる前に逃げちゃったのね。

「あの、シメオン様……」

さっきのは違いますよと言いかけるわたしを無視してシメオン様は歩きだす。テーブルや椅子を通りすぎてその奥の、壁際のチェストにまっすぐ向かう。と思ったらいきなり拳を叩《たた》きつけた。離宮の家具に！　乱暴な音にみんなが驚くなか、チェストの陰から鼠とリュタンが飛び出してきた。

「あの狭い隙間《すきま》に⁉」

チェストが作る物陰なんて幅はごくわずかなのに、長身の男がどうやって身を潜めていたのか。猫がまた鼠を追いかけ、リュタンは犬に飛びかかられていた。

「うわ、ちょ……ったく副長、なんで気づくかな」

はしゃいだ犬に顔を舐められながらリュタンが文句を言う。

「気配を消して巧みに隠れたつもりでしょうが、泥棒の匂《にお》いがプンプン漂っているのですよ」

「はっ、さすが王宮の警備犬だね。じゃあお座り！　伏せ！」

「……言いたいことはそれだけですか」

シメオン様がサーベルに手をかける。立ち上がったリュタンとにらみ合い、女性陣が息を呑《の》んだ場面にひややかな声が割って入った。

「バンビーノ、お前そこでなにをしていたんだい？」

「………」

シメオン様と対峙《たいじ》しても失われることのなかった不敵な笑みが、ピキリと固まり冷や汗を流した。

「フロベール副団長」

公子様がシメオン様に言う。これまででいちばん美しく、輝くように微笑んで。

「遠慮は無用です。どうぞ斬《き》り捨ててください」

サーベルが鞘《さや》走り、銀の光がひらめいた。また悲鳴が上がった。小さな鼠と大きな黒鼠がそれぞれ追われて逃げ回る。ご主人様が姫君をどう攻略するのか、最後まで見物したいと思ったのが失敗だったわね。

鼠とリュタンが揃ってこちらへ逃げてきた。窓から飛び出していく一人と一匹を猫も追いかける。

あわててつかまえるわたしの横でシメオン様が飛び出していった。もう何度も言ったけど……ここは三階ですよ！

侍女と女官たちが一斉に窓に飛びついて、なにごともなく駆け去っていく二人に目と口を大きく開けながら拍手していた。

15

わたしとソフィーさんから報告を受けた王妃様は、呆《あき》れた笑いを浮かべながらも喜んでくださった。

「ありがとう、マリエルさん。周りがあれほど騒げば逆にアンリエットは冷静になれたでしょう。混乱した頭を一度空にして、すべてを見つめ直すことができました。感謝します」

「いいえ、おもいきりぶつかり合いなさいと仰せになったのは王妃様です。わたしはお手伝いをしただけにございます」

離宮の前では撤収作業が行われている。近衛《このえ》たちが梯子《はしご》と布団を運んでいた。あの布団、どうやって洗うのかしら。離宮の壁も大分汚してしまったから清掃作業が必要だろう。ごめんなさい。

「言いましたが……」

王妃様は国王様と顔を見合わせてくすりとこぼされる。国王様も肩を揺らしていた。

「ああいう戦法は考えていませんでした」

「ははは、シメオンはさぞ尻《しり》に敷かれているのだろうな」

「おっ、おそれながら！　こちらを参考にしたまでにございます！　提供してくださったのはシルヴェストル公爵様ですから！」

わたしは例の本を掲げて主張する。変な誤解が広まってはたまらない。わたしはいつも叱《しか》られてばかりですよ、けして旦那様をお尻に敷いてなんかいませんから！

みんな笑っていた。王宮にあるまじき馬鹿《ばか》騒ぎも、たまにはいいのかもしれない。迷惑をこうむったはずの近衛たちも楽しそうにしていた。

お別れ間際、わたしはアンリエット様にこっそり耳打ちした。

「公子様はずいぶん冷たいことをおっしゃっていましたが、真に受ける必要はございませんよ。あんなの今だけです。ずっと一緒に暮らしていて、いつまでも道具扱いしてはいられませんもの。この駒《こま》は自分で考えて動くから取り扱い注意だと、思い知らせておやりなさいませ」

少し驚いたお顔になった王女様は、笑いながらうなずいてくださった。

「そうね。負けていられないわ。あの方に、わたくしは人形ではないって見せつけないと」

「その意気です。よろしいですか――デレない腹黒はない」

「え」

目を丸くする王女様にわたしはくり返す。

「デレない腹黒はない。策略自慢で人を意のままにあやつり道具扱いする人にかぎって、惚《ほ》れた相手にはデレデレのメロメロになってしまうのです。あるいはただ一人の主君にだけは心からの忠誠を捧げるとか、家族だけは大切にするとか。どの物語でもそうなっているでしょう」

「……言われてみれば」

わたしと同じく読書好きの王女様は、思い出したお顔でうなずく。

「見せかけだけの優しさを信じる愚かな女性でも、言われるままに嫁ぐ自分のない女性でもないと示されたのです。すでに公子様の中でアンリエット様は生きた人間になっています。かっこ悪くてもかまいません、もっともっとありのままの姿を見せておあげなさい。きっとね、デレる日は遠くありませんよ」

「そうかしら。だといいわね」

疑うようなことを言いながらもアンリエット様のお顔は明るい。ただのはげましではない、わたしの中には確信があった。ああいう殿方には素直で可愛《かわい》らしくて、中身はしっかりしている女性が合っているの。お二人はきっと仲よし夫婦になられますよ。

わたしも愛する旦那《だんな》様と手をつないで帰路につく。リュタンではないけど今回はずいぶんおとなしく見物側でいてくださった。わたしはきれいなお顔を見上げてお礼を言った。

「助けてくださって、ありがとうございました」

「……なにもしていませんが」

片手をわたしとつなぎ、もう片手には猫の入ったバスケットを持っていらっしゃる。澄ましたお顔でとぼける旦那様の腕に、わたしは頬《ほお》を寄せた。

「なにもしないのがいちばんの助けでした。シメオン様に参戦されたら太刀打ちできませんでしたもの。それでは作戦がだいなしです。こちらの考えを理解して、本当は味方してくださっていたのでしょう？」

「…………」

「手出しはしないと後ろへ下がって傍観者でいてくださいましたから、おかげで存分に戦えました」

「見ている方は頭が痛かったですがね」

息を吐きながら首を振られる。わたしを見下ろす瞳《ひとみ》は優しい。

「王女殿下のためと言いながら、グレース・ブランシュの敵討ちも兼ねていたのではありませんか」

「まあ多少はね。でもあんなの遠慮しすぎなくらいでしょう。本当は一発平手打ちをお見舞いしたい気分でしたわ」

「やめなさい」

「しませんよ」

くすくす笑いながら二人で歩く。バスケットの中で猫は疲れて眠り込んでいた。

「グレースさんと言えば、今日《きょう》は千秋楽ですわ。チケットをいただいたのですけど、行きません？」

思い出して言えば眉《まゆ》を上げられた。

「元気ですね、あれだけ騒いだあとに。また熱を出しませんか」

「大丈夫ですよ、昨夜もたっぷり寝ましたから。シメオン様はお気がすすまれません？　でしたらノエル様をお誘いしようかしら」

「帰りが深夜になるような遊びはまだ早い」

「いつまでも子供扱いしなくてよいのでは。来月十六歳ではありませんか。ああ、お祝いなににしましょう……そうだ、帆船模型をほしがっていましたね」

「誕生祝いにするならかなり立派なものでないと満足しませんよ。特注して間に合うかな……ノエルとあなたが連れ立って出かけるなど、なにをやらかすか不安でしかない。私が行きます」

保護者のお顔で宣言する旦那様にわたしは肩をすくめる。素直に自分が行きたいとおっしゃればよろしいのに。

風がいっそう冷たくなってきた。ぬくもりを求めるふりして旦那様に甘える。今夜は二人と一匹でくっつき合って、温かく眠りましょうね。


いろいろあった舞台も無事千秋楽を終え、拍手と喝采《かっさい》に包まれて幕を下ろした。閉幕後花束を持って楽屋を訪れたわたしに、グレースさんはさっぱりとした笑顔を見せてくれた。

「大変お世話になりました。皆様のおかげで無事に舞台を終えられました。ありがとうございます」

「今夜のお芝居はひときわ素晴らしく、たいへん楽しませていただきました。お疲れ様です」

挨拶《あいさつ》をしたあと、リベルト公子との話はどうなったのか少しだけ聞いてみた。わたしが口を出す問題ではないとはいえ、やはり気になるので。

「遺言など、言われるまでもなく辞退しましたわ」

グレースさんはあっけらかんと答えた。

「わたしは舞台が好きです。主役でなくても舞台に立てれば幸せです。それ以外のものなんていりません。母方の祖父の話は驚きましたが……そちらは公子様の方できちんと対処してくださるそうです。わたしたちに危険がおよばないようにすると約束してくださいましたから、それで十分です」

「地位はともかく、財産分与くらいは受けてもよいのでは？　公子様はそれも辞退するよう脅されたのですか」

「マリエル」

あけすけに尋ねるわたしをシメオン様がたしなめる。グレースさんは笑いながら首を振った。

「脅されてなんかいませんよ。ご心配なく、取り引きを持ちかけられただけです。身分の高い方はいろいろ守るものがあって大変ですね。わたしは本当に、女優を続けられたら十分なのですが」

リベルト公子をかばって言っているのではないようだ。グレースさんにとってはそういう形で終わったのね。大公家の一員になることはそんなによいものではないのだと、それとなく思い込ませるような話をされたのだろう。じっさいそのとおりでもある。自由に好きなことをしていられる方が彼女のためだとわたしも思った。

「ちょっとグレース、みんなで打ち上げしようって――すみません！」

いきなり扉が開いて若い女性が顔を見せ、わたしたちに気づいてあわてて謝った。主演の女優だった。グレースさんはわたしたちに目線で謝り、彼女に答える。

「いつもの店？」

「うん。行くでしょ？」

「ええ。先に行ってて」

「わかった。失礼いたしました」

きちんとおじぎして彼女は扉を閉める。あれだけ悪口を言っていたくせに誘いに来るのね。こちらも心配はなさそうだ。

「申し訳ございません」

「皆さんの誤解も解けたようですね」

「ええ。ふふ、今回にかぎらずけんかなんてしょっちゅうしているんですよ。でもみんな、舞台が好きって気持ちは同じなので、なんだかんだ上手《うま》くやってます」

「それをお聞きして安心しました」

あまり長居してはグレースさんが打ち上げに遅れてしまう。わたしたちはお暇《いとま》することにした。グレースさんも上着を着て楽屋を出る。外まで送ると言って一緒に歩いてくれた。

「公子様は条件として今後の支援を提示してくださいましたが、それもお断りしました。本当に演劇が好きでわたしを応援してくれる人なら喜んで受けますが、取り引きのための支援なんていりません。異母兄《あに》に会ってみたい気もしますが、歓迎はされないでしょうね。わたしも公子様や大公様を肉親だなんて思えませんし、このまま他人でいる方がよいのでしょう。義父《ちち》がわたしを可愛がって育ててくれて、覚えていない母の話もたくさん聞かせてくれましたから、自分が不幸だと思ったことはありません」

「グレースさんはちゃんとお幸せなんですね」

「ええ、恋人だっていますし。義父にいつ紹介しようかと、それだけが今の問題かしら」

「まあ、どなたでしょう」

おしゃべりしながら出口近くまで来た時、先に出たはずの主演女優が戻ってきた。彼女はあわてた顔をしてグレースさんを呼んだ。

「グレース！　早く！　早く来て！」

「なによ、先に行ってってって……」

「違うって、外が大変なことに……いいから早く！」

彼女はグレースさんの腕を引っ張る。わけもわからずグレースさんは引きずっていかれ、わたしたちも顔を見合わせてあとを追った。

もうほとんどの客が帰ったと思っていたのに、正面出入り口のフロアにはまだ大勢の人がいた。外からざわめきが聞こえてくる。またなにかあったのかと足を急がせるわたしをかばい、シメオン様が人の波をかき分けてくださった。

「雪？」

外へ飛び出したわたしは、街灯の明かりの中に白いものが舞っているのを見た。吐息が曇り、剥《む》き出しのうなじに風を受けて震えが走る。深夜の大気は冷えている。そろそろちらついてもおかしくないけれどこんなに降るなんて――と驚きかけて、落ちてくるものの正体に気づく。それは雪ではなく花だった。

ひらひら、ふわふわと。

大きいのや小さいの、種類もさまざまに。

次から次へと花が降ってくる。暗い夜空から夢のように降ってくる。

この季節に咲くはずのない花もたくさん降っていた。雪よりも華やかに夜を彩り、夢よりもかぐわしく胸をときめかせる。階段や石畳に落ちて足元も花で埋めていく。

そしてとりわけ人々が注目している場所に――並ぶ彫像の一つ、楽神の足元にリボンのかかった箱が置かれていた。メッセージカードが添えられている。近くの人が読み上げてくれるのでたしかめに行かなくてもわかった。


『アール座の皆様へ。

あなたがたの舞台は真に素晴らしいものでした。心よりの称賛を送ります。

そしてグレース・ブランシュ殿、今は亡きあなたの支援者が送ろうとして間に合わなかったものを、かわりにお届けいたします。

あまり誉められない人物でしたが、彼なりにあなたのことを大切に思ってはいたようです。

できれば、たまには思い出してやってください。

――リュタン』

グレースさんが贈り物とメッセージを手に取っている。わたしたちは遠くからその姿を見守った。

明日《あす》の紙面もにぎわうことだろう。本当の贈り主のことは知られず、リュタンの名前だけが騒がれて、粋な怪盗紳士よと喝采が送られる。名前を使われた本人は少しも喜ばないでしょうけどね。

わたしは振り向かないまま、そばに立った人に言った。

「ご自分のお名前で贈られてもよろしかったのでは？」

吐息だけで笑うのが聞こえた。

「嘘《うそ》つき公子の贈りものなど、またなにか裏があるのではと思われるだけですからね」

「根に持っていらっしゃいますね」

「どういたしまして。なかなかに得難い経験をさせていただきましたよ。うちの子が惚れ込むのもわかります。私はここまでのはねっかえりはごめんですが、あれには合っているでしょう」

シメオン様が小さく咳払《せきばら》いをする。旦那様の目の前でおっしゃるのだから、本当にいい性格のお方ですよ。

わたしはシメオン様の胸に頬を寄せた。はねっかえりに頭を抱えたり叱ったりしながらも、押さえ込もうとはしない人。広い胸に包み込んで守ってくださるあなたを、心から愛していますよ。

頭上からくしゃみが聞こえた。花はまだ降り続いている。これだけ集めるにはお金だけでなく苦労も相当かかっただろう。サン＝テール中の花屋から買い占めてもまだ足りないかも。ご主人様を見物して楽しんだ罰に、あちこち駆けずり回らされたのかしら。屋根の上の二人が風邪をひかないといいけれど。

「今回もう一つの目的として、可愛い弟分の恋を応援してやろうとも思ったのですがね。せっかく機会を与えてやったのに不甲斐《ふがい》のないやつですよ」

そばの人にも聞こえたようだ。声に笑いがまじる。わたしはシメオン様の背中に手を回して、怒らないでとなだめた。

「なんだかんだ言いながら本気であなたをさらうこともできないのだから。強引な真似《まね》をして嫌われるのが怖いのか……お人好《ひとよ》しのお嬢さんにつけ入る方法などいくらでもあるのにね。あなたを相手にすると、あれまでお人好しになってしまうようです」

「…………」

シメオン様の背中が震える。抑えて、抑えて。

「まだそんな甘い部分を残していたとは驚きました」

「本当のお兄様のようにおっしゃるのですね」

「ええ、あれのことは幼い頃《ころ》から知っていますから。私があの子たちを拾って、手元で育てたのですよ。……そういえば、あなたはあれの本名を知りたがっているそうですね。教えてさしあげましょうか？　昔のことも、全部」

シメオン様がわたしを見下ろす。水色の瞳に微笑《ほほえ》みを返し、わたしは首を振った。

「いいえ、けっこうです。彼が教えてもいいと思ってくれるのを待っていますから。他《ほか》の人から教えていただいても意味がありません」

「そんなことを言いながら、あれを男としては受け入れてくださらないのですね。罪な人です」

歌声が聞こえた。豊かで伸びやかな、優しい歌が人々のざわめきを静めていく。

グレースさんが歌っていた。今夜のお芝居で聞いた喜びの歌だ。

贈り物への気持ちと答えが、歌に乗って伝わってくる。

しばし聞き入ったあと、靴音が響いた。挨拶もなく背中が向けられる。

「次はあなたを手に入れる方法でも考えましょうか。ラビアに来ていただければ姫も喜ぶでしょう」

「可愛い弟とおっしゃるのにおわかりではございませんね。あの人、多分今の状態を気に入っているのですよ。わたしだけでなく夫にちょっかいかけるのも楽しんでいるのです。口ばっかりで本当にわたしをさらわないのは、つまりそういうことですよ」

「……やはり不甲斐ない」

笑いながら美しい人が去っていく。人込みの向こうに消えていく後ろ姿を、わたしたちは黙って見送った。花はもう降りやんでいた。かわりに本物の雪が夜空から舞い降りてくる。街の建物や街灯の間をちらちらと、冬の訪れを告げる妖精《ようせい》が踊っていた。

「主従揃《そろ》っていまいましい」

ずっとこらえていた怒りをシメオン様が吐き出される。わたしは冷えてしまわれた頬を両手で挟んだ。かがんでくださいという合図に旦那様が応じる。ふれ合うだけの軽い口づけをしてぬくもりを分け合った。

「主従って似るものなのかしら。シメオン様とセヴラン殿下も真面目《まじめ》なところがよく似ていらっしゃいますよ」

「リベルト公子にくらべればリュタンの方がまだ可愛げがあるような気もしますが、気に入らないのは同じですね」

「向こうもそう思っていますよ、きっと。でも同時に、シメオン様とけんかするのを気に入ってもいるのです。あなたがたも、もうお友達ですわ」

「冗談ではない、全力で否定します」

心底いやそうなお顔をして力強く言うシメオン様に、わたしは噴き出した。ええ、それもやはり、向こうも同じに言うでしょうね。

冷たい夜風も雪も気にならない。人々は足を止めたまま歌に耳を傾けている。夢の舞台はまだ終わっていなかった。それぞれの想《おも》いが絡み合い、数かぎりない物語をつむいでいく。

結ばれなかった恋は別の出会いへつながり、そこでまた新しい物語を生み出した。誰《だれ》もが人生という舞台の主役。異なる物語の主役と共演しながら、悲劇や喜劇を編んでいく。

微笑みをかわしてわたしたちは歩きだした。二人の舞台もまだまだこれからよ。明日はどんな展開があるかしら。暖かなわが家へ帰り、ゆっくり休んで次の出番にそなえましょう。

秋が終わり、冬がくる。街が白くなる季節がやってくる。

わが家がことのほか恋しいこの夜に、一人ではなくあなたとともに歩けるのがうれしい。

この幸せで胸を温め、寄り添いぬくもりを分け合って帰りましょう。

暖炉の前で丸くなって、猫がわたしたちを待っている。

リベルト公子の祝福

たまたま覗《のぞ》きに行ったその街で、幼い二人は死にかけていた。

鼻先を赤くしてくしゃみを連発する男を、リベルトは少し離れて眺めていた。寝台に半身を起こした姿が記憶の中の幼子に重なる。すくすく育って今やリベルトよりも立派な体格になったが、珍しく体調を崩して寝込んでいるのがあの時を思い出させた。

「ずいぶんつらそうだね」

優しい顔と声で言ってやれば、「誰《だれ》のせいですか」と小さくつぶやくのが聞こえた。もちろん優しい主《あるじ》として、リベルトは気づかないふりをしてやる。

「私たちはもうラビアへ帰るけど、お前は治るまでゆっくりしておいで。大使館《ここ》の職員にもよく頼んでおいたから」

「いや、別にそこまで悪いわけでは……」

「遠慮することはない。当分帰ってこなくていいよ」

寛大を装った半追放宣告に、青い瞳《ひとみ》が驚きを宿した。リベルトはにっこりと微笑《ほほえ》みで受け止める。

「……当分って、いつまでですか」

「さて、いつまでだろうね」

「………」

驚きが警戒に変わり、彼の真意を読み取ろうとさぐってくる。が、すぐにまたくしゃみが飛び出して緊張を崩した。リベルトは小さく笑った。

「帰りたいなら課題を出そう。彼女にちゃんと名前を教えたら、帰ってきていい」

「……なに言って」

洟《はな》をかみながら返す言葉に常の余裕も力強さもない。こうしていると、リベルトにとってはまだまだ可愛《かわい》い坊《バンビーノ》やだった。怪盗の名を響かせて世間ではもてはやされているようだが、リベルトには格好をつけているだけにしか見えない。

「彼女、お前が自分から名乗ってくれるまで待つつもりらしいよ。私が教えようとしたら断られた。どうして教えてあげないのかな。お前だってちゃんと本当の名前で呼ばれたいだろうに」

「………」

「私がつけた名前は、そんなに気に入らない？」

「ていうか……」

たしかにいやそうに、そして困りきった顔で部下はため息をついた。

「名乗れないでしょう、あんなの」

「ひどいな。一所懸命考えてつけたのに」

「いや絶対皮肉でしょう。面白がってたでしょう。よりによってなんであんな名前」

「そういうことを言う子は一生帰ってこなくていいよ」

ツンとあごをそびやかす主に、部下はますます困った顔になる。そこまで意地にならなくてよいだろうにと、内心リベルトは肩をすくめる気分だった。

皮肉ではなく、本当に幸せを願って名付けたのだ。まあ、あの頃《ころ》はリベルト自身まだ子供だったから、いささか安直な名付けになったことは否定しない。だが目の前の小さな子に、神の光が届くよう祈ったのは事実だ。

大公のすぐ足元にありながら、貧困と犯罪にあふれたスラム街。その片隅で身を寄せ合っていた二人を見つけたのは、たまたまお忍びで視察に出向いた時だった。

祖父も両親も目をそむける場所を、リベルトは早くから国の重要な課題と見据えていた。大公位を受け継ぐまで待っていたのでは遅すぎる。打てる手は今から打っていこうと、まだ十五にもならないうちから考えていた。

側近に頼み込んでスラム街へ出向き、両親も教師も教えない足元の現実を自分の目でたしかめた。その途中、子供が殺されそうになっている場面に行き合ったのだ。

大の男たちが幼子二人にさんざんな暴行を働いていて、当然ながらリベルトは護衛に命じて助けさせた。なにが理由なのかと聞けば、盗み食いをしたからだという。貧しさゆえに子供にも思いやりを持てないだけなら理解はできる。だが暴力までは許されない。しかもさらに調べてわかったことには、男たちはそこまで追い詰められていたわけでもなかった。

犯罪者だからスラム街に住み着いたのか、貧しさから犯罪に手を染めたのか——徒党を組んで盗みや押し込みを働いていた連中は、子供たちにも仕事を手伝わせていた。大人《おとな》には通れない小さな隙間《すきま》や窓からもぐり込めるので、子供も使われることが多いのだ。その報酬として食べ物を与えていたようだが、身体《からだ》が大きくなっては困るからと最低限にしか食べさせなかった。そのため二人は飢えに耐えかねて盗み食いし、見つかって折檻《せっかん》を受けていたらしい。

懸命に弟を守ろうとしたのだろう、兄は痩《や》せ衰えた身体に何ヶ所もの骨折を負っていた。弟は弟で舌を切られて息も絶え絶えだった。あまりのひどさに診せた医者も絶句したほどだ。もしあそこでリベルトたちが通りかからなかったら、遠からず二人は死んでいただろう。

「ダリオを助けてください。お願いします、なんでもしますから。オレ役に立ちます。高いとこに登るの得意だし鍵《かぎ》開けもできます。なんでもするからダリオを助けてください」

ひととおりの治療を受けて目を覚ました兄は、真っ先にそう懇願してきた。すがられたリベルトは、そこに子供らしからぬ計算が隠れていることに気づいた。善人ぶった金持ちに憐《あわ》れな子供と印象づけて、さらなる援助を引き出そうとしていたのだ。さすがスラム育ちと感心し、この頭のよさを上手《うま》く伸ばしてやれば有能な部下になるのではと思った。

助けたのは純粋に善意と憐憫《れんびん》からだ。けれどそれが使える人材になりそうならば、育てない理由はない。

「残念だけど、その子の舌は治らない。とてもかわいそうだけど、もうしゃべることはできないそうだ」

「治らない……」

答えてやると、痣《あざ》だらけの顔に演技ではない絶望が浮かぶ。まだ目を覚まさない弟へ向けたまなざしは、見ている方まで悲しくなる色だった。

「舌は治せないけど、他《ほか》は全部治そう。約束するよ。君も、ダリオも、僕が責任をもって保護しよう。ラビア大公子リベルト・フォンターナの名にかけて、君たちに健やかな生活を取り戻させよう」

だからねと、戻された青い瞳にリベルトは笑う。

「君もさっきの約束を忘れないでね」

……もう十年以上も昔のできごとだ。あの時の弱りきった姿が嘘《うそ》のように、二人とも元気に育った。リベルトの期待どおり優秀な部下となって働いてくれている。兄貴分はますますしたたかになって最近悪ふざけも目につくが、ひねくれているようで可愛らしい部分を残しているのが面白い。

「ダリオ、こっちへおいで。お前は一緒に帰ろう」

かいがいしく兄貴分の世話を焼いていた大男を呼べば、長いまつげに縁取られた目を瞠《みは》りブンブンと首を振った。あとで知ったことだが二人は本当の兄弟《きょうだい》ではなく、そんなふうに身を寄せ合っていた仲間らしい。幼い頃《ころ》の虐待が原因で今でも人間《ひと》を恐れるダリオは、ずっと自分を守ってきてくれた兄貴分をひたすらに慕っている。

この状態の兄貴分を置いていけないと、彫刻めいた顔が必死に訴える。それを無視してリベルトはもう一度「ダリオ」と呼んだ。

部下がため息をついて、そばの大きな身体を叩《たた》く。兄貴分から行けとうながされて、まるで屠殺場《とさつじょう》へ送り込まれる牛のように、ダリオは重い足取りで寄ってきた。

「……ええと、仕事も休みってことですかね」

「休みねえ。次があるならそう言えるね」

問いにわざと意地悪な答えを返してやれば、青い瞳にちらりと動揺が覗く。幼かった頃とは違い、もうその気になれば一人で自由気ままに生きていけるのに、つながれてもいない主のもとへ帰りたがる。自覚しているのかいないのか、それが可愛くてついいじめてしまうのだ。

生まれてきた子に父親は一かけらの関心も抱かず、それに失望した母親は乳飲み子を放り出して姿を消した。子供を押しつけられた形になった者も、はじめのうちは父親を気にして世話をしていたが、無用の配慮と知って放り出した。誰からも求められず名前すら与えられなかった子供がまだ彼の中で愛情を求めている。本人はとうに忘れたとうそぶくが、幼い頃に刻みつけられた傷は消えないものだ。

「だから言っているだろう、彼女に名前を教えておいで。そうしたら帰ってきていいよ」

「そんな、しょうもないことを」

「しょうもないなら簡単にできるはずだよね」

「………………」

せめて惚《ほ》れた女くらい手に入れられるよう、応援してやる気持ちがわからないのだろうか。なぜこうもごねるのかリベルトにはわからない。彼がダリオを弟のように思うのと同じく、リベルトにとっても二人は可愛い弟分だ。少しばかり特殊な教育を受けさせはしたが、約束どおり大切に育ててきたのに。

「いらんことしてくれなくていいですよ。別に、今のままで楽しいし」

「不甲斐《ふがい》ないことを言うのではないよ。人妻だからと遠慮するお前でもなかろうに。ほしいものは取りにいきなさい。あんな四角四面の、顔と腕っぷしくらいしか取り柄のない男をだし抜くなど簡単だろう」

「……そう侮れるものでもないですよ」

また洟をかみ、部下は小声で言い返した。おや、と聞きとがめるリベルトに複雑な目を向ける。

「まあたしかに面白味のない、くそ真面目《まじめ》な石頭ですけどね。全然可愛くないし腹も立つし、嫌いですよ、嫌いですけどね」

聞いてもいない言い訳をむきになって並べ立てる。

「向こうも僕のことを嫌っているのに、いざとなったらためらいなく助けようとする……本当に融通が利かなくて、どういう相手だろうと必要なら無条件に動く……約束はかならず守るし筋も通すし、それが鼻について苛々《いらいら》して本っ当に嫌いなんですけどね」

意外な思いでリベルトは聞いていた。仲間でもない、まして恋敵だというのにずいぶん高評価しているものだ。顔だけはいやそうに、リベルトの言葉に反論してくる。

「気に食わないけど……彼女が惚れ込む理由はわかるんですよ……」

その「彼女」が言ったことを思い出す。なるほど、この国で心惹《こころひ》かれたものは一つだけではなかったらしい。

「では、なおさら頑張らないとね」

浮かぶ笑みを隠してリベルトは踵《きびす》を返した。風邪ひき男を残し、ダリオの腕を引いて扉へ向かう。

背後に上がる抗議のうめきは聞こえないふりをした。

「ああ、そうだ」

出る直前に思い出して振り返る。

「一つ忘れていた。ブレッサが今さら息子を引き取りたいと言ってきているのだけど、どうする？」

問われた男の表情は変わらなかった。

「どうと聞かれても。よその親子のことなんて知りませんね」

「――けっこう。では、バーニと一緒に彼も始末しよう」

スカルキ一派《ファミリア》の幹部の一人が、リベルトの頭の中で監獄送りに決定した。それ以上を話す必要はなかった。恋路の応援はするが、復讐《ふくしゅう》などに可愛い弟分をけしかける趣味はない。これでよい。

「ではね。温かくしてゆっくりおやすみ、アンジェロ」

最後に優しく声をかけてやると、寝台の中の部下は盛大に顔を引きつらせた。

「やっぱ皮肉でしょうその名前――ぶぇっくし！　へくしっ！　……ちょ、待ってて っ」

声を上げて笑いながら、ダリオを引っ張ってリベルトは部屋を出る。似合わないからと恥ずかしがることもなかろうに。彼女ならばきっと、笑うことなくよい名だと誉めてくれるはずだ。

そう思うリベルトにも知らないことがあった。神などあてにしない、縁もないと言い放っておきながら、御使いの名を持っているなどと言えたものではない。そんな情けなくも困った事情を知らずに主は去っていく。

あとに残された男は風邪のせいだけでない痛みに、頭を抱えるばかりだった。

あとがき

マリエルの行くところ事件あり。毎度巻き込まれたり巻き込んだりしているうちに、シリーズも八作目となりました。これにて婚約編・新婚編がそれぞれ四冊です。

ノリと勢いだけで書きはじめた話をここまで続けられたことには、驚きしかありません。読者の皆様と、編集部をはじめとする出版にご尽力くださる方々、素敵なイラストで盛り上げてくださるまろ先生に、読みごたえある楽しい漫画にしてくださるアラスカぱん先生。皆様のおかげでの八巻です。心よりお礼申し上げます。

さて、前回のラストでちょっと前振りをしておりましたが、ついにリベルト公子が登場しました。ずっとリュタンの背後で命令を出していた、黒幕と言いますかうちのカミさんと言いますか、シルエットな存在だったのがようやくの顔出しです。

この人、名前は二巻から出ていたんですよね。わりと初期から存在していました。ああいう人だというのも決まっていて、リュタンとの関係もあれこれ考えていたのですが、だからこそ簡単には登場させられず長々と引っ張ってしまいました。リベルトが出ると必然的にリュタンの話になってしまいますのでね。

今回はリュタンが裏の主役と言えるかもしれません。シメオンは不服でしょうが、前回頑張ったので譲ってもらいましょう。後ろで見守ってくれるヒーローもよいものです。

そんなわけで明らかになったリュタンの名前と過去、ご想像どおりだったでしょうか？　裏の世界で生きているわりに柄が悪くないのは、リベルトのもとで教育されたからでした。荒れた言葉遣いをしているとご主人様に叱られます。おかげでマリエルの前でも無理なく紳士でいられるわけですが、見られていないところでは今でもけっこう悪い言葉を使っているようです。

ようやくの出番とはいえ、リベルトが表に現れるとマリエルもシメオンも大変です。ラスボスがそう頻繁に出てきたら迷惑なので、ひとまず退場して可愛いお嫁さんを迎える準備でもしていてもらいましょう。次の出番があるとしたら結婚式でしょうね。

八巻という思いがけない長さになりましたこのシリーズ、しかしまだ書きたいエピソードは残っています。イーズデイル組はほとんど手つかずですし、マリエルとシメオンもいずれは次のステージへ進ませてやりたいものです。どこまで書けるかわかりませんが、まずは今回の話を楽しんでいただけますように。そして願わくは、次の巻でまたお目にかかれますように。

ここまでのおつき合い、ありがとうございました。

マリエル・クララックの喝采《かっさい》

2021年4月5日　初版発行

著者　桃 春花

イラスト　まろ

発行者　野内雅宏

発行所　株式会社一迅社
〒160-0022 東京都新宿区新宿3-1-13 京王新宿追分ビル5F
電話　03-5312-7432（編集）
電話　03-5312-6150（販売）
発売元：株式会社講談社（講談社・一迅社）

印刷所・製本　大日本印刷株式会社
ＤＴＰ　株式会社三協美術

装幀　AFTERGLOW

ISBN978-4-7580-9351-4

Printed in JAPAN

おたよりの宛て先
〒160-0022 東京都新宿区新宿3-1-13 京王新宿追分ビル5F
株式会社一迅社　ノベル編集部
桃《もも》 春《はる》花《か》 先生・まろ 先生